U0530140

茅盾文学奖
获奖作品全集
典藏版
The Mao Dun Literature Prize

下 东方

魏巍 著

人民文学出版社

东方 第五部

长城

第一章　枫叶红时（一）

一九五一年秋，枫叶红时，朝鲜前线正进行着粉碎敌人"秋季攻势"的激烈战斗。

五次战役之后，我军由战略进攻转入战略防御，开始执行毛主席指示的"持久作战，积极防御"的作战方针。而在敌人方面，由于连续遭到我五个战役的沉重打击，被歼十九万人，兵力不足，士气不高，也被迫转入战略防御。战线基本上停止在三八线南北地区。

在这种情势下，于七月十日敌人被迫接受了停战谈判。但是敌人对谈判并无诚意，仍继续加强准备，补充兵员，增加海、空、炮、坦部队，扩大李伪军，以求一逞。

七月，正值雨季，在朝鲜发生了几十年所未有的洪水灾害，工事不断坍塌损坏，道路桥梁冲断多处。再加上敌空军进行的"绞杀战"，使我粮食弹药不能及时供应。为了改善这种状况，全军上下，前方后方，部队机关都投入到这一严重的斗争中去，一面战斗，一面抢修公路桥梁，构筑粮弹仓库，同时调各高炮部队集于公路、铁路两侧，掩护抢修抢运。这时，敌人乘我们的困难，发动了"夏季攻势"。

自八月十八日起，美李军纠集了约三个师的兵力，向我东线的朝鲜人民军阵地发动了进攻。人民军在粮弹不足的困难条件下，与敌人反复冲杀七昼夜，毙伤敌一万六千余人，于八月二十四日阻止了敌人的进攻。二十七日，我反击大愚山阵地，又毙伤俘敌八千余名。九月九日,美陆战一师、美二师及伪八师又再度组织进攻。人民军表现了大无畏的英雄气概,巧妙地发挥了步兵火器特别是迫击炮的威力,予敌人以大量的杀伤,打得敌人闻风丧胆,弃尸累累。被敌人称作"伤心岭"的战事,也就出现在这个战役之中。与此同时,我志愿军部队为积极配合东线人民军作战,发起了有限目的的进攻,占领了西方山、斗流峰等要点。这次战役,敌人虽然突进我阵地二至八公里,但却付出了伤亡七万八千余人的代价。敌人的"夏季攻势",就这样被粉碎了。

但是,敌人贼心不死,九月末,为夺取开城战略要点创造条件,又纠集了美骑一师、美三师、英联邦一师(英二十八、二十九两旅及加拿大二十五旅)及泰国二十一团和菲律宾营等,向我西线部队发动了"秋季攻势"。敌军在大量空军、坦克和炮兵的支援下,向我高旺山、积山里至朔宁,天德山至安峡两个方向展开了猛攻。这次战役虽然残酷激烈,但却孕育着朝鲜战争的一个转折。

郭祥所在的第十三师,五次战役后移至西海岸一带进行了休整补充,进行了"持久作战,积极防御"战略方针的教育。本次战役开始前即开赴前线,正在迎击着敌人凶猛的进攻。

激烈的防御战已经进行了二十多天。在敌人进攻的主要地段上,差不多每个阵地,每天都要打下敌人数次至十数次的冲锋,每个阵地都要经过反复的争夺,许多阵地被敌人大量的炮火轰成了焦土。他们就是在这样严重的情况下经受着考验。

邓军和周仆的团指挥所设在一座山岗的背坡,实际上不过是仓促挖成的两个土洞。一个是作战室,一个是邓军和周仆的住房。山岗上长满了青松和红枫,土洞前还有一道浅浅的溪水。虽然山上山下落了不少炮弹,但是因为地形选择得好,洞子却安然无恙。尤其在那没有被炮火损伤的地方,仍然红叶满山,看去比红花还要鲜艳好看。

这天上午,因为二营方面战斗炽烈,邓军一早就到二营视察去了。只有周仆留在指挥所里。中午过后,敌人的几次冲锋虽被打退,但是前沿支撑点却被敌人夺去了一处。周仆不免有些焦躁。这时,哨兵进来报告说:

"政委,山下过来了几个人,我看像师长来了!"

"哎呀,怎么没有通知一声!"

周仆说着站起来,走出洞子一望,山下有四五个人,已经绕过那个大炸弹坑,上了山坡。为首的一个,正是师长,他以一向轻捷的脚步嗖嗖地向山上爬着。警卫员在后面给他拿着大衣。不一刻工夫,其余几个人已经掉在他后面去了。周仆急忙迎下山去,向他的这位"抗大"的老同学略显随便但是亲切地打了一个敬礼,笑着说:

"一号,你爬山可真有两下子!"

师长回过头向他的警卫员和两个参谋扫了一眼,笑着说:

"哼,要说爬山,他们哪个也跟不上我!"

"不过,说实在的,谁也怕跟你一块爬山。"周仆笑着说,"你一爬山就拿出比赛的架势,谁受得了啊!"

警卫员和两个参谋也笑了。

周仆把师长让进自己的洞子。洞子很小,刚刚能直起身子。靠里放着两张行军床。壁上挂着一盏陪伴周仆多年的旧马灯,还有一幅标着敌我态势的地图。这里唯一的奢侈品,就是从美军缴获来的一个煤油炉子。不用说,这是警卫员小迷糊搞来的。他见上级首长来到,立刻提了一壶水来,把炉子点着。不一时,小炉子就发出轻盈的声音哼哼起来。

师长坐在行军床上,端详着周仆说:

"老周,怎么几天不见,你就变成瘦猴儿了?"

"你比我也强不了多少嘛!"周仆望望师长清瘦的面容笑着说。

"是不是吃的不够了?"

"那倒还过得去。"周仆拿出他那小拳头般的大烟斗和烟荷包晃了晃,笑着说,"就是这个困难哪!……这几天,我们老邓饭倒是吃不下多少,烟是一支接一支。我们有两个参谋,烟瘾也够瞧的。他们抽完了,就向我发起进攻。"

"你要不提,我差点儿忘了。"师长笑着说,"我还给你们带来了两条'大生产'哪!"

师长立刻喊警卫员把烟拿进来,周仆接过交给小迷糊说:

"给参谋们拿出两包。剩下的给团长存着。没有我的话,一概不许乱动!"

这一切都是在轻松、亲切的形式下进行的。但是在周仆的笑容后面,却掩藏着深深的不安。他暗暗想道:"师长到前面来,肯定同本团失去了一○○高地有关,否则,为什么要亲自来呢?"想到这里,不免有些难受。当他燃起大烟斗,一抬起头,发现师长正瞅墙上的地图,就更加确定了这一点。于是,不等师长动问,他就带着检讨的口气说:

"今天我们打得不好,把一○○高地丢了。我们准备晚上把它夺回来!你看,是不是把反击计划向你汇报一下?"

"不,老周,不忙。"师长笑着说,"说实在话,我今天是到你这里找办法来的。"

周仆惶惑不解地说:

"一号,你怎么对我也客气起来了?"

"不,不是客气。"师长再次郑重地说,"主席指示我们:持久作战,积极防御。这是我们当前的作战方针。可是究竟怎样具体地贯彻这个方针,并没有真正解决。我本来想召开一次师党委会,大家来认真研究一下,当前情况又不允许。所以我就跑到你这儿来了。"

周仆对师长一向怀有钦佩的感情。自从当连级干部起,他就以作战勇敢和战术思想积极著称。多年频繁的战斗,不仅没有挫折他的锐气,而且像纯钢的刀锋,愈磨愈加锋利。此外,他还非常爱用脑子,喜欢钻研问题,善于总结经验。今天看见他如此郑重严肃,就知道他有一些问题要讲,就一面抽着大烟斗,聚精会神地静静地听着。

"这个防御战已经打了二十天了。"师长闪动着他那深邃的布满红丝的眼睛望着周仆。"这些天,我们虽然丢掉了前沿若干支撑点,却毙伤了敌人八九千人。总的说,打得还是很不错的。但是也要看到另一面,我们的伤亡也比较大。这就提出了一个问题:我们能不能以更小的代价来换取更大的胜利。不然的话,我们怎么来体现这个持久呢?"说到这里,他沉了沉,又继续说:"在战斗最激烈的那几天,我曾经提出'与阵地共存亡'的口号。这几天我一直在思考着这样提是否正确。前天三十团的三营营长最后带着十几个战士坚守阵地,整个阵地都轰成了焦土,他们没有叫一声苦。最后只剩下几个人,还不肯向我说明真实的人数。当时我问这个营长:'你们守得住吗?'这个营长说:'一号,你放心吧!我们坚决与阵地共存亡,就是剩下一个人也不能丢了阵地。'结果说这话不久,这个营长就和几个战士牺牲在阵地上……这件事使我十分难过。难过的倒不是别的,而是我提出这样的口号,造成了人地两亡。当然,不是说这样的口号应当一概否定,在扼守某些要点时,还必须有这种精神。就是今后也需要这样做。可是,作为指挥员,却不能单纯依靠这个口号来搪塞自己的责任。我们必须认真地在战术技术上解决一些问题,也就是说能够找出一些守得住的办法……"

"事实上,我们也采用了一些办法。"周仆说,"例如兵力上的前轻后重,火器上的前重后轻;还有适时的撤退和反击,来夺回失去的阵地……"

"对,我们是采用了一些办法,"师长接过来说,"但是,这些办法都没有从根本上解决问题。当前敌我双方的基本情况,还是像过去一样:敌人仍然占有装备上、火力上的优势,而士兵的战斗力则很差,这是由它的战争非正义性所决定的。相反,我们在政治上处于绝对优势,在武器装备上则处于劣势。双方力量的消长,必然会有一个过程。这是很清楚的。但是我们不是机械唯物论者,我们不能等待改善了武器装备才去战胜敌人。我们需要发挥主观能动性,需要现在就拿出办法来抵消敌人的火力优势。老周,说实在话,这些天我都没有好好睡觉,一直在考虑这个问题。可是,遗憾得很,我没有想出什么办法。昨天晚上,我的脑子才霍然一亮,想起主席的话,'只有蠢人,才是他一个人,或者邀集一堆人,不作调查,而只是冥思苦索地"想办法","打主意"。须知这是一定不能想出什么好办法,打出什么好主意的。'我看我就犯了这种毛病。所以,今天我就跑到你这里来了。"

周仆由于精神过于集中,没有注意茶壶的水已经沸腾起来,被冲开的壶盖,呛啷一声滚在地上。他连忙拾起壶盖,熄了火,倒了满满一茶缸水,端到师长面前,然后笑着说:

"说真的,我们只是忙于应付情况,这方面的经验还没有好好总结哪!"

师长端起茶缸,一面吹散热气,一面问:

"你们有没有一些单位,这次打得比较好,而伤亡又比较小的?"

"这当然有。"周仆笑着说,"我们的三连打得就比较好。他们前两天,打下敌人几十次冲锋,自己的伤亡还不到二十个人。"

"怎么,还不到二十个人?"师长的眉毛一扬。

"如果我记得不错,大概是十八个人。"

师长神情兴奋,笑着问:

"郭祥这个嘎家伙,他又出什么鬼点子了?"

"据说工事修得比较好。"

"什么样的工事?"

周仆一时回答不出,涨红着脸说:

"我们还没来得及看呢……听他们营长说:敌人要打炮的时候,郭祥吹一声哨子,他们就隐蔽在工事里,外面只留一两个哨兵观察;等到敌人炮火一停,他们就跳出来反击敌人。"

"大家都是这样打法。"师长显然不满足地说,"问题是:为什么别人的工事被炮火摧毁了,他们的工事没有被摧毁呢?"

周仆一时回答不出,师长不禁埋怨道:

"老周,你们当政治干部的,也要多关心点军事嘛!"

周仆正要回话,只听前面的枪炮声骤然激烈起来。他急忙跨出洞子,对着作战室问:

"王参谋!前面有情况吗?"

王参谋从另一个洞子里钻出来,说:

"据刚才二营报告,敌人正掩护着抬死尸呢!"

师长立刻从洞子里走出来,叉开脚步问:

"在哪个阵地前面拉死尸呀?"

"八连。"

师长严肃地说:

"你告诉八连,一个也不能叫敌人抬走!"

"敌人已经放了烟幕。"

"放了烟幕,就不好办了?"师长把手一挥,"给我向烟雾里打!"

参谋应声退去。师长偏着头看了看太阳,又看了看表,已经下午三点钟了,就转向周仆说:

"我要到三连看看。"

周仆脸上立刻显出为难的样子。他的大眼睛闪了几闪笑着说:

"依我看不要去了。我把郭祥找来,跟你详详细细地汇报一下,也是一样嘛!"

"不,我要亲自看看他的工事。"

"你看天也晚了。"周仆指指太阳说,"我们走到也看不清了。"

师长笑着说:

"你这个老周真有一套。上次你说太早,这次你又说太晚,我知道你搞的什么战术!"

"好好,既然这样,那我就陪你一块去吧!"

周仆跑到作战室,给团长打了电话,叫他赶快回来。接着又招呼小迷糊说:

"你把那烟再带上几盒,那里还有一个烟鬼呢!"

小迷糊给周仆拿上大衣,随同师长出发。不一刻工夫,这位外号"爬山虎"的师长,又嗖嗖地跑到人们前面去了。

第二章 枫叶红时（二）

越过一道山梁,他们就沿着山边的小径穿行在峡谷里。山径上堆满了厚厚一层落叶,还夹杂着敌人不惜血本从飞机上撒下来的大量传单。脚步踏上去,发出索索的响声。山谷里的稻田,已经抢收完毕,高粱只抖去红穗,剩下的高粱秆儿在飒飒的秋风里摇摆着。

他们愈往前走,炮弹坑愈多。矮矮的松树和灌木的枝条都被烧得黑乌乌的。敌人的炮兵校正机,在头上不死不活地哼哼着,一阵阵排炮不时落在这边和那边的山谷里。师长毫不理会,只偶尔抬起头来望望那架校正机,照旧走自己的。快要接近前面山口的时候,团部带路的小通讯员,忽然停住脚步。他长得又虎势又机灵,圆乎乎的小脸上,闪动着一双猫眼。他把冲锋枪往后一背,沉着小脸说：

"首长们！前面就是敌人炮火封锁区。平时我服从你们,这会儿你们可得听我的了！"

师长望望他那天真而又异乎寻常的严肃的神态,不由得微笑起来。

那个小鬼又说：

"等会儿,敌人的排炮一落地,我们就猛跑过去,谁也不许慢腾腾的！"

"好,好,我们大家都归你指挥！"师长点点头笑着说。

说话间,一阵排炮打在山口,立刻腾起一片黑烟,接着是一阵轰隆隆的巨响。小鬼喊了一声"跑啊！"接着猛跑了几步,回头一看,师长和周仆只不过加快了一点脚步,并没有跑。小鬼急得什么似的,两个猫眼骨碌一转,从挎包里拿出两个蒜瓣,一个鼻孔里塞了一个,连声喊道:

"快快!毒气!毒气!"

小鬼说着,箭似的猛跑过去。师长和其他人也不自觉地跟着他跑了起来。等到跑过山口,大家才放慢了脚步。师长一面喘气一面擦汗,说:

"什么毒气,我怎么没闻见味儿呀?"

"我也没闻见什么!"周仆说。

参谋们纷纷地问:

"小鬼!你闻见了没有?"

小鬼脸偏向一边,眨巴着一双猫眼鬼笑着,还现出两个小小的酒窝儿。师长斜了他一眼,说:

"哼!别问了,我们这些老兵都叫他骗了!"

大家哄地笑起来。

师长有兴趣地望着小鬼,问:

"这个小家伙,你多大啦?"

"十六啦。"他眨巴着眼。

"你什么时候参军的?"

"才不几天儿。"

"好,不几天儿,你就学会骗人啦!"师长哈哈笑着,又问,"你叫什么名字?"

"杨春。"

"他的小名叫大乱,是凤凰堡杨大妈的儿子。"周仆代为介绍说,"自从杨雪牺牲以后,杨大妈就又把他送来参军了!"

"噢!……"师长感情深沉地应了一声。隔了半晌,才感慨地说,"真是一位英雄的母亲!我好多年没有见她了。"

师长赶上几步,和杨春并着肩膀走,一面说:

"杨春!下次给你妈妈写信,一定替我问个好。我在你们家养过伤,你一提她会记得我的。"

说过,师长又抚着他的肩头说:

"小鬼!你这次来朝鲜,可要好好干哪!"

杨春咕嘟着嘴说:

"我有心好好干,就是他们不放我到前方去。"

"这还不算前方吗?"师长笑着问。

"这算什么前方!我要到步兵连去,一枪一刀地干。"

师长回过头对周仆笑着说:

"你看你的这个兵思想还不通哪!……看起来,这小嘎子,跟郭祥是一类角色!"

大家向前走了一程,向左拐进一条更窄的山沟。这里弹坑十分密集,几乎一个挨着一个。许多大树被炮火拦腰斩断,地皮烧得乌黑。周仆指指前面一座歪脖山说:

"前面就是鸡鸣山了!"

话刚落音,从前面矮树丛里跑出两个人来,向师长恭恭敬敬地打了一个敬礼。师长一看,正是三连连长郭祥,后面跟着一个挎冲锋枪的小通讯员。他们虽然满身泥土,但都扎着皮带,把腰煞得细细的,裤脚也用带子扎紧,显得十分利索英武。

师长显然很高兴,一面赶上去握手,一面带有批评的意味说:

"又不是外宾,还来接我们干什么!"

"我们怕首长认不得路。"郭祥笑嘻嘻地说,"你看这山都打成秃子的脑瓜了,要没人带,怕你还真找不到哩!"

师长见郭祥精神抖擞,满意地望着他笑了一笑:

"你们这一次打得不错,听说还有一些创造,所以我要来亲自看看。"

"创造?"郭祥不由一愣,红着脸说,"我们没有什么创造呀!"

"一号今天主要看你们的工事。"周仆解释说,"你先领我们看看,随后找几个人座谈一下。"

郭祥点点头,领大家上山。一时绕过大炸弹坑,一时跳过歪倒的树干。整个山坡,果然被打得像癞痢头似的。再往上走,已经分不出弹坑,因为经过炮火反复地耕犁,已经成了一片暄土。郭祥回头看见师长和团政委深一脚浅一脚的,心中老大不忍地说:

"一号,你要了解什么情况,打个电话,我跑一趟不就行了?干吗非要亲自来看?"

"嗯,有些事就是要亲自看看才行。"师长从暄土里拔出腿说。

师长和团政委的到来,一方面使郭祥兴奋和感激,一方面又担心首长的安全。好在天色已经黄昏,正是前线上沉寂的时刻,只偶尔有几发冷炮落在附近。郭祥打定主意,想尽快地带他们看完工事,免得发生意外。在这一点上,周仆正与郭祥的想法相同。但师长却想利用这个机会,得到更多的东西。在这个经过炮火洗礼的阵地上,他的步态越发从容,煞像一个爱好风景的人,贪馋地观察着周围的一切。

师长站在交通壕里,首先看了看敌方。可惜暮色苍茫,只能看到敌人阵地的轮廓,和炮弹出口时的闪光。山下有一条小河,像一条曲曲弯弯的白蛇,静静地躺在敌我之间的山谷里。在我方的阵地上,师长立刻发现山顶上只修了一些假工事,真正的工事却修在半山腰里;根据自然地形,挖了一道半圆形的交通壕,就像罗圈椅的椅背一般。交通壕里修了若干有掩盖的火力点。在暮色的掩护下,战士们正在抢修被炮火打坏的工事。堑壕里发出一片小镐小锹的响声。师长顺交通壕走着,一面同战士们握手,一面进行亲切的慰问。指导员老模范和排长们,也纷纷赶过来向师长敬礼。整个连队都因为师长的到来,显得十分兴奋激动,听得出小镐小锹的响声都有点不一样了。

在交通壕外面的山坳里,也有镐锹的响声传来。师长往下一看,那里有一片模模糊糊的人影,就随口问:

"那里在挖什么?"

"正在埋敌人的死尸呢。"郭祥答道,"这几天天气热,死尸都发臭了。要不埋起来,明年春天瘟疫流行,对群众也不好。"

师长点点头,又问:

"在这个凹凹里打死的敌人不少吧?"

"伤的不算,光死的也有七八百头。"一个战士插嘴说,"胜利以后,在这儿开辟个苹果园,收成准错不了。都是上等肥料!"

人们笑起来。师长回头一望,见这个战士生得像小炮弹似的,精力充沛,性格幽默,很逗人喜欢,就问:

"你叫什么名字?"

"他叫齐堆儿。"郭祥笑着介绍说,"现在是我们的四班长。是我们连的老资格了。上次,打敌人喷火坦克的就是他!"

"首长不认识我,我可认得首长哩!"齐堆儿笑着说,"一号,你当营长的时候,一讲话老爱说:'同志们!这次打仗,我们一定要用刺刀杀出威风来!'有没有这话?"

师长的脸上浮出微笑,眯细着眼说:

"东西庄那次拼刺刀,有你吗?"

"有哇!"齐堆儿兴奋地说,"那时候,我年纪小,一个日本鬼子把我拦腰抱住,摔倒了。他骑在我身上,正要下毒手,我一瞅,他皮带上挂着个小甜瓜手榴弹,我就嗖地拉开了弦。吓得日本鬼子撒腿就跑,我就用他的手榴弹送他回了'老家'。那次,你还奖给我一个小本呢……"

"噢,是你呀,小调皮鬼!"师长哈哈大笑起来,上前握着他的手说,"你不是复员了么,怎么又来了?"

"有一分热,发一分光嘛!"齐堆儿笑着说。

郭祥老是担心首长的安全,见齐堆说个没完,就向他挤挤眼说:

"齐堆儿!首长的时间宝贵,你快领他看看你们的猫耳洞吧!"

齐堆会意,领着师长沿交通壕向前走去。走了不远,就看见交通壕的里壁上,有一个半人高的小洞。平常的猫耳洞,只能容纳一两个人,这个却是斜挖下去,像是很深的样子。郭祥和齐堆在头前领着,师长和周仆猫着腰随后钻了进去。里面黑洞洞的,什么也瞅不见。大约走了五六米远,师长停住脚步问:

"现在每个洞能盛多少人?"

"能盛一个班的兵力。"郭祥说,"敌人一开始炮火急袭,我们就钻进来待避,外面只留少数人观察。"

"出击来得及吗?"

"来得及。炮火一延伸,我们就立刻跑出去,一点都不误事。"

师长沉思了一会儿,用手指敲敲洞顶:

"一般的炮弹能顶得住吗?"

"没事儿。"郭祥笑着说,"上面的积土有两米来厚呢!"

"如果口子被堵住呢?"

"那边还有一个出口。"郭祥答,"原来的猫耳洞都是孤立的,一是盛人少,二是联系困难。我们就把它连起来了。"

郭祥说着,就转了一个"U"形的小弯儿,领着大伙从另一个洞口钻出来。

师长显然很高兴,拍拍土,回过头久久望着洞口,就像鉴赏什么艺术品似的,自言自语地说:

"噢,问题原来是这样解决的!"

沿着交通壕,都是这种"U"形的工事。

师长又问:

"还有别的工事吗?"

郭祥指指山的左侧说:

"那边挖了个屯兵洞,首长还看不看?"

"当然要看!"师长笑着说,"到哪里去找这么好的大学呀!"

说着,就随郭祥转到山的左后侧。这里有个一人高的洞口,是从山腹掏进去的。师长和周仆随着郭祥走进去,原来是一公尺来宽的一条甬道,约有十公尺长。壁上削了几个小土台,点着几支蜡烛。借着昏黄暗淡的烛光,看见地上铺着柴草,放着背包。再往里是弹药和武器。郭祥解释说:

"前面猫耳洞不需要放过多的兵力,所以我们就挖了这个屯兵洞;再说一守好多天,弹药也要有个存放的地方。"

师长点点头,说:

"看起来这比猫耳洞坚固多了。"

"炮弹落在上头,就像敲小鼓似的。"郭祥笑着说,"前几天,敌人向这个山头打了好几千发炮弹,连我们的汗毛都没碰着一根。"

大家笑起来。周仆笑得眯着眼说:

"今天的座谈会,我看就在这儿开吧!"

不一时,参加座谈会的支部委员、小组长、活动分子都已来齐。师长和周仆坐在战士的背包上,大家围拢着他们,散乱地坐着。周仆刚掏出他那小拳头般的大烟斗,郭祥就凑过去了。周仆笑着说:

"喝!你的动作倒不慢哪!"

"政委,你就快让我们共点产吧!"郭祥嘻嘻地笑着说,"我们已经好几天没有闻到烟味了。"

"要不是我早有准备,怕还过不了这一关呢!"

周仆说着,让小迷糊掏出烟来。郭祥竟以主人的身份,会抽烟的每人甩了一支过去,大家在烛头上燃着,会场的气氛立刻活跃起来。

周仆笑微微地望着师长,等待他发表讲话。

师长一直埋头在沉思里。这时抬起头说:

"还是大家多谈谈吧。比如说,你们这个创造,是怎么发展起来的?"

郭祥美滋滋地喷出一大口烟来,说:

"齐堆!你先说说!这种工事还是你们班先出现的哪。"

"这都是我们连长的主意。"齐堆转向郭祥,"还是你先说吧。"

"这哪里是我一个人的主意?"郭祥说,"为这事,我们支部不知道研究多少遍了。"

"齐堆,叫你说你就先说。"老模范说。

"开头儿,我们班修的是掘开式工事。"齐堆说,"费了好大劲往山上扛木头,一两天才修成一个。结果几炮就打坍了。再说,木头也不好找。我去找连长解决木头问题,连长就对我说:'齐堆!你是个老民兵了,在日本鬼子猖狂那时候,你那地道是怎么挖的?现在没有木头,你就不能把那个猫耳洞挖深一点?'一句话使我开了窍,这样就越挖越深。开头能盛下三两个人,后来就能盛半个班了。因为互相联系很不方便,连长又叫我们把它掏通,这就成了现在的工事了。"

齐堆说完,又笑笑说:

"叫我看,这也是叫敌人的炮火逼的。"

郭祥插嘴道:

"从客观上说,是叫敌人的炮火逼的;可是五次战役以前,为什么就没有逼出这样的工事呢?"

大家都瞅着郭祥,他又继续说:

"因为那时候,我们许多人都有速胜思想。什么'从北到南,一推就完,消灭美帝,回国过年'。就像咱们政委说的,这是'一瓶牙膏'的思想。好像美帝国主义,还没有一瓶牙膏的寿命长。我自己就很典型,出国的时候,牙膏只带了半瓶……"

人们哄笑起来。郭祥又接着说:

"自从西海岸休整,传达了毛主席'持久作战,积极防御'的作战方针,和'零敲牛皮糖'的指示,我这种思想才纠正了。我就想,光战略上藐视敌人还不行,还要做到战术上重视敌人。牛皮糖一口吃不下,就敲它个十年八年。有了持久作战的决心,才会有持久作战的办法。如果还是我以前的想法,谁肯花力气去修这样的工事呀!"

大家都点头称是。接着又有几个战士发言。最后,周仆看大家说得差不多了,就望望师长说:

"还是请一号讲几句吧!"

"好,好,我讲几句。"师长笑了一笑,庄重地说,"说实在的,我从内心里感谢同志们的伟大创造。因为你们解决了当前朝鲜战场上一个很重要的问题,也就是在我们的装备还没有充分改善的条件下,如何抵消敌人火力优势的问题。对我们指挥员说来,这是一个一直没有解决的问题。但是同志们在毛主席战略思想的指引下,通过实践把它解决了。这就是同志们的伟大贡献!"师长望望大家,兴奋地说:"现在你们的工事,已经不是一般的野战工事,而是一种新型工事的雏形。这种工事在朝鲜战场上出现,意义很大。毛主席指示我们的'持久作战,积极防御'的作战方针,可以得到贯彻了，战线也可以从此稳定并向前发展了。在这方面，我看不仅是一个战术技术的问题，而且具有战略意义。"

大家静静地听着。

"当然，我不是说你们的工事已经就很完美了；因为它是一个新事物，还需要继续研究，改善，提高。"师长沉思片刻，又接着说，"就比如，你们前面那些小坑道吧，积土显得薄了一点，还没有抵挡重磅炸弹的抗力。洞子过于狭窄，口子也小，出击还不算方便。"他又打量了一下这个屯兵洞，说，"再比如这个屯兵洞吧，你们的想法是好的；但是如果把它打通，以这条主坑道为骨干，再同前面的支撑点联系起来，这就会形成一个完整的防御体系。那就任凭敌人倾泻他的钢铁吧，他的人别想上来，上来就叫他回不去！正像齐堆同志讲的，他们都是上等肥料，将来在这儿开辟苹果园，倒是很理想的。齐堆同志，到那时候，咱们俩就在这儿帮助朝鲜人民种苹果树吧！……"

大家哄笑起来。周仆把臂膀一扬，也笑着说：

"光你们俩就够啦？到时候，我也算一个！"

人们又笑了一阵。

"我今天不准备多讲了。"周仆在笑声里接着说，"我们一定要按师首长的指示，把现有的坑道工事，继续改进提高。我们要克服一切困难，把山打通，筑成一座攻不破砸不烂的地下堡垒。如果敌人不罢手，我们就在这里活活地磨死他们！"

这时，洞口外火光一闪，接着洞顶上发出一连串咚咚咚咚的响声，确实就像敲小鼓似的。壁上的蜡烛微微地摇曳着。敌人实行炮火袭击了。

周仆望望师长，笑着说：

"座谈会是不是就开到这里。你看敌人给我们打送行炮呢！"

"他那个送行炮倒不要紧。"师长一笑,"要紧的是客走主心安哟!"

郭祥和老模范送师长一行人出了坑道。周仆忽地想起了什么,把老模范拉到一边悄声地问:

"老模范,最近嘎子怎么样?情绪转过来了吧?"

"劲头很足。"老模范说,"他这人一上阵地就没事儿;一松下来,怕就要想起那件事了。"

"最近有表现吗?"

"没有。就是临上阵地以前,有时候,他悄悄地拿出那个小圆镜子来看。"

"什么小圆镜子?"

"就是小杨留给他的一面小圆镜子,还有一支钢笔。"

"这也很难免哪!"周仆叹了口气,"他对小杨的感情是很深的。以后你要多安慰他。"

"自从上次政委交代,我跟他谈了好几次了。"

说到这里,只听师长在前面喊:

"老周哇!这地方你不让我们多待,你在后头老磨蹭什么呀!"

周仆疾步赶上前去。一行人说说笑笑离开鸡鸣山阵地。师长多日来锁着的眉头舒展开了,感到特别的轻松愉快和充实。在归途上,他深有所感地说:

"老周,主席讲:在人民中间,实在有成千成万的诸葛亮。确实一点不错!今天,我觉得群众给我上了最深刻的一课!"

周仆也点点头,深思着说:

"是的,历史就是这些普通人创造的。不过,你今天也给我上了很好的一课!"

第三章　归来

师长回到指挥所,把这种坑道工事的雏形和自己的改进意见,立即报告上级机关。在同一个时期内,许多参战部队也先后出现了类似的工事。彭总对群众的这一伟大创造非常高兴,不断让志愿军司令部发出通报。各级领导机关都很重视,经过综合提高,迅速地在整个部队推广起来。

当时,尽管作战任务繁重,炸药不足,工具缺乏,但是经过全军上下群策群力,自制了许多工具,创造了各种方法,在敌机敌炮的威胁下,一面作战,一面向顽石进军。就凭着一双顽强的手,终于掏通了从东海岸到西海岸的高山大岭,形成了以坑道为骨干与地面堑壕相结合的防御体系。并且由前沿扩张到纵深,从步兵扩张到其他兵种,从前方扩张到后方。到朝鲜停战为止,志愿军构筑的大小坑道总长一千二百五十余公里,约等于中国从连云港到西安间一条石质隧道。他们挖的战壕和交通壕共长六千二百四十公里,比万里长城还长。全部工程可用一立方公尺的土墙环绕地球一周半。这一纵横连贯的坑道工事,后来被人们称誉为"地下长城"。它的出现确实是战争史上的奇迹。看到这种奇迹的人,都不能不惊叹人民创造力的伟大和毛主席群众路线思想的伟大。

我军在粉碎敌人"秋季攻势"中,共毙伤敌人七万九千余人。敌人仅前进了三至四公里。随后,我又乘敌疲惫之际,发起了有限目的的反攻,将阵地大部夺回。从此,战线就在三八线上稳定下来。随着毛主席"持久作战,积极防御"作战方针的深入人心,随着坑道工事的逐步提高和完善,随着祖国人民支援工作的加强,朝鲜战场的形势,从前线到后方都起了巨大的变化。这种变化,对于离开朝鲜战场一段时间的人,感觉是尤其明显的。

一九五二年的春末夏初,刘大顺正从祖国归来。他是去年秋季参加归国代表团回到祖国去的。在这段时间里,他受到祖国人民无与伦比的最热情的接待。这是只有人民对待自己的英雄、自己的爱子才有的那种接待。可以说,在祖国的每一天,都是在鲜花与锣鼓,笑脸与欢呼,热烈的拥抱和感激的眼泪中度过的。这一切一切,都在他的血管里灌注了一种无穷的力量,使他感到即使粉身碎骨也难以报答人民的热情。他在祖国待不下去了,只是一天又一天地盼望着重新奔向朝鲜战场,重新回到自己的连队。终于这个愿望实现了,在北京城飘满槐花浓香的时节,他们告别了祖国,重又踏上朝鲜的土地。此刻,他正和本军的其他两位代表坐在一辆吉普车里,在滚滚的黄尘中奔向前方。

这是从新义州穿过平壤直通前方的一条干线,公路显然已经加宽了。天色刚刚黄昏,公路上已经沸腾起来。那些白天不知在哪里待避的卡车,这时都从一条条山沟里钻出来,加入到这个前不见头,后不见尾的庞大车队。整个公路黄尘滚滚,就像一条奔腾的黄龙一般。

这些卡车,看去都是很够味的。它们一个一个都像风尘仆仆的战士,周身披满厚厚的黄尘,插着飘飘飒飒的树枝。司机们还特意在挡风玻璃上方绑上一块翘起的木板,为的是在月夜行进时遮蔽玻璃的反光。两只小灯上也都罩上半圆形的铁片,远远看去,只像手电筒的光亮。看见它们的这种战斗风采,不能不使人产生一种由衷的敬意;因为它们积累起来的每一个吨公里,都不是平坦的旅途。在将近两年的时间里,它们要穿过多少风霜雨雪的寒夜,要通过多少火箭、机关炮、定时炸弹的袭击和多少炸弹坑的颠簸啊!然而,它们已经像一个能征善战的战士,对这一切都应付裕如,显出一派沉着、从容的神态,在公路上飞驰。

在公路两侧行进的,多半是成群的朝鲜老人和妇女。男的拿着铁锹镢头,背着背架,女的头上顶着筐篮,还有少数人背着她们的孩子。他们都是到敌人轰炸最猛烈的交通路口或者桥梁附近去的;为的是一旦公路、桥梁被炸,就随时抢修,保证车队的通行。在战争的数年间,不论哪个夜晚,你都可以在炸弹的火光中看到他们的身影。现在,他们的神态,比起战争初期是更加镇定和更加乐观了。特别是那些年轻的妇女们,她们一路上谈笑着,还常常向司机们招一招手。司机们也向她们报以感激的微笑。尽管双方没说一句话,也已经传达了为共同目标战斗的伟大情感,汽车立刻加大了油门更快地奔向前方。

防空哨也明显地增多了。这项创造虽出现在五次战役之前,因为过于稀少,还没有发挥应有的作用。现在不同了,在每条大小公路上,每隔一段距离,就有一座防空哨所。一个人站在山头上担任对空警戒,一个人站在哨棚里指挥车辆,一个人随时准备处理各种紧急情况。因为有了他们,司机们的安全感大大增强了,整个公路上的车队显得井然有序。天一黑下来,远远近近卡车上的大灯就全打开了。当卡车驰上山顶时,往下一望,就像一条蜿蜒的火龙缠住山腰。只要一声防空枪响,它们便像有感觉的怪兽一般顷刻合上了眼睛,只在夜色里缓缓行进;飞机声刚过去,接着就又开灯飞驰。刘大顺想起刚出国的时候,也坐过一两次汽车,那时行车是多么艰难!开灯走吧,飞机上的机关炮打下来还不知道;闭灯走吧,累累的弹坑,陡峻的山岩,不是翻在炸弹坑里,就是滚下又黑又深的山沟。尤其在漆黑的夜里,司机的眼睛睁疼了,还是看不见,只有让助手跳下车在前面引路,一夜走几十里,还不如人走得快呢。那时候人们说,什么时候能发明一种没有摩托声响的汽车就好了,这样就可以听见飞机声了。现在好了,实践出经验,斗争出智慧,绵延的防空哨把整个北朝鲜的公路都变成了有神经有感觉的生物,只要有一点威胁,它就作出了锐敏的反应。不管敌机多么猖狂,公路上的车辆照旧扬着飞尘不绝地驰骋。

站在哨棚下的战士,手里拿着红白两色小旗。当他们把三角形的小红旗一摆,阻住你的去路时,那就是说前面还有炸坏的桥梁没有修上,还有弹坑没有填好,还有定时炸弹需要注意;如果他把小白旗带着啵啵的风声嗖地向前一抖,那就是说:"前面情况正常,同志们,加油干吧!"司机们就会立刻加大油门,一辆辆汽车就像听到冲锋号的战马一般冲上前去。

看到这一切变化,刘大顺是多么兴奋啊!他对两个伙伴说:

"你瞧这防空哨多带劲!运输痛快多啦,往后再不会一口炒面一口雪了。"

"听说普遍建立防空哨,还是周总理下的指示哩。"一个伙伴说。

"周总理真是太辛苦了!"另一个说,"他除了协助毛主席指挥作战,许多后勤运输都是他亲自组织。听说他常常得不到休息,有时候,只能在汽车里睡一会儿。"

大家说说笑笑,不知不觉来到清川江边。司机招呼了一声:

"注意,前面要过桥了。"

刘大顺借着汽车的灯光往前一看,清川江大桥早已被敌机炸毁,有三分之二的桥身歪斜着倾倒在冰水里,不禁问道:

"这桥过得去吗?"

司机助手小李,是个活泼的年轻人,立刻笑着解释道:

"不,他说的不是这个。"

刘大顺等几个人左看看,右瞧瞧,并没有发现别的桥梁。正在纳闷,汽车已经哗哗地开到江水里,水波刚刚能埋住轮子,就像漂在江面上的船只一般。仔细一看,原来是一座从来没有见过的水下桥。

几个人不禁又是惊讶又是赞美地叫了一声。

"哈哈,你们几个功臣,连这个都没见过呀!"小李嘻嘻地笑着说,"这都是咱们工兵的创造!有的比这还巧,你白天看是座坏桥,夜晚铺上几块板子就能照样通行。"

"真是越斗争办法越多!"刘大顺赞叹地说。

午夜时分,小吉普越过一座大山,追赶上前面的另一个车队。从山上往下一望,车队盘旋而下,就像一条火龙似的。小李仍在滔滔不绝地说着,司机提醒他说:

"别大意了,前面快到安州了吧?"

安州车站,是敌人空中绞杀战的重点之一。每逢遇到这种地方,司机都是很警惕的。果然下山不远,前面传来防空哨报警的枪声。

就在这一刹那间,刚才那条在地面上奔腾前进的火龙,突然间消逝得无影无踪,就像它不曾存在过似的。小吉普也立刻闭了灯,在漆黑的夜色里徐徐行进。小李推开车门谛听着,重轰炸机发出特有的沉重的隆隆声正由远而近。

这时只听小李惊叫了一声,并且急火火地说道:

"你们看,前面还有人开着灯哪!"

司机停了车,跳出车门一看,果然前面远处,还有一盏灯亮着。司机也急了,立刻说:

"是不是他没有听见防空枪呀？小李,你打一枪！"

小李立刻取出冲锋枪,向开灯方向的上空打出一发子弹。谁知那盏灯眨了眨眼,接着又亮起来。说话间,重轰炸机已经飞临车队的上空。气得小李气愤地骂道:

"防空哨真是太麻痹了！这么多弹药车是闹着玩的吗?"

话音未落,沉重的炸弹声已经在亮灯的地方轰鸣起来。灯光熄灭了。接着是几片大火燃烧起来。敌机大约倾泻下五六十个炸弹才哼哼着满意地飞走了。

司机和小李都很气愤。小李说:

"这样不负责任的防空哨,非向上级汇报不可！"

小吉普开到防空哨前。在一个简陋的棚子下,站着两个满身风尘的战士。小李把车门推开就说:

"刚才那边亮着灯,你们怎么不管哪?"

这话把两个战士问愣了。其中一个反问:

"你说的是哪边亮着灯啊?"

"就是那着火的地方。"小李气昂昂地用手一指。

两个战士交换了一下眼色,立刻哈哈大笑起来。其中一个把旗子一摆,说:

"伙计,快赶路吧！这个不关你们的事。"

小李正憋足劲要查问他们的姓名番号,司机悄悄拽了他一把制止住了。小吉普又继续开向前去。小李转过脸问:

"班长,你怎么又不让问了?"

"你还问啥?"司机手扶方向盘微笑着说,"那是他们自己搞的鬼名堂,是专门指挥敌人往大山沟里卸炸弹的。"

刘大顺和其他两个功臣也都恍然大悟。其中一个拍拍小李的肩膀说:

"小李,我们离开朝鲜大半年了,是不了解情况;怎么你这天天跑车的人,也差点儿弄出大笑话呀!"

人们哄地笑起来。小李也红着脸笑了。

小吉普轻快地行驶着。下半夜又闯过两个重点封锁区。但是世界上没有绝对顺利的事情,由于车子在炸弹坑里终年颠簸,长期失修,在刚刚接近一个山顶时抛锚了。司机和助手整整趴在车下修了一个多钟头,才重新发动起来。为了夺回失去的时间,司机打算用速度来弥补,把车开得飞也似的。可是,季节不饶人,夜光表指到北京时间三点半的时候,天色已隐隐地发亮了。

这时,又正巧行驶在平坦宽阔的坝子上,道路两旁连一棵树木也没有。司机嘴里没说,从那急切的轮声里就可以听出他此刻的心情。从经验判断,敌人的早班飞机很快就会出现。为了大家的安全,小李早把大半个身子探出车门,用一双明亮的眼睛警戒着海蓝色的天空。

天色越来越亮,东方已经透出微红。这时幸好路边伸过一条小路,不远处有十多户人家。司机立刻掉转车头,向小庄子驶去。这个小庄子傍着一座小山,树木浓密,鸟声引人。有几个朝鲜妇女正在井边汲水,还有几个朝鲜老人抱着孩子坐在树下抽烟。他们一见小吉普来到,都满脸堆下笑来。人们一跳下车,他们就忙着给车子寻找隐蔽的地方。

车子刚刚开到几棵栗子树下,就传来一阵隆隆的飞机声。大家抬头一看,一架五个头的重轰炸机,正由四架喷气式战斗机掩护着自南向北飞来。说话间已经飞到了村庄的上空。

这时几个志愿军战士都深感不安,特别是司机同志,脸上的笑容立刻消失了。因为他的车子虽然找到了待避所,但却生怕暴露目标给朝鲜老乡带来灾祸。正在这时候,一个朝鲜小姑娘带着兴奋和欢乐的尖音叫道：

"中国边机！中国边机！"

"明明是美国飞机，怎么说是中国飞机呢？"刘大顺在肚子里咕哝了一句。

"过来了！过来了！中国边机！中国边机！"

小姑娘跳起脚欢叫着，一面用小手指着北方。

刘大顺向北一望，果然从一块蔷薇色的云彩里，钻出了两只银燕，正披着旭日的霞光，拖着长长的烟带，向南飞来。中国志愿军空军的参战，虽说已经听到过，今天亲眼看到它却是第一次。他望着它们那英勇灵活的身姿，雷霆万里的气势，觉得是多么美妙多么带劲啊！此刻他真想向他们大喊一声："同志们！年轻的空军同志们！你们来得好啊！大家盼望你们已经不是一天了，敌人独霸天空的恶气已经受够了，快快赶上前去为人民讨还血债吧！"

听见小姑娘的吵嚷，正在做饭的朝鲜妇女也纷纷从厨房里跑出来，仰起头来观看。有两个朝鲜姑娘，不断挥舞着她们彩色的飘带，仰着脸动人地微笑着，好像飞机能够看到她们的手势似的。

那两只银燕，看样子早已发现了对面的敌人。它们立刻变换队形，一架担任掩护，另一架以轰炸机为目标直冲过去。敌机的队形顷刻大乱。过了一刻，它们仿佛镇定下来，想凭数量上的优势，反扑制胜。此时天空中你来我往，像穿梭一般，不断发出机关炮的咕咕声。大家抬起头聚精会神地望着，因为敌众我寡，不免为两只银燕担心。

大家正在眼花缭乱时，只听小李惊叫了一声：

"糟了！"

"怎么啦？"大家忙问。

"你看，那只银燕叫敌人咬住了！"

大家顺着他的手指一看,原来其中一只银燕英勇非常,它正拼命紧跟着重轰炸机,却不想背后被一架敌机偷偷地追上来,距离愈来愈近。情况真是紧张万分。刘大顺不自禁地喊出声来:

"同志!同志!注意后面哪!"

正在这千钧一发的时刻,那只小银燕就像听到他的喊声似的,突然一个下滑动作压低了坡度,后面那架敌机哇的一声从它的头顶上飞了过去。紧接着那只小银燕又昂着头爬了个高儿,仍旧追着那架重轰炸机,看看追到近处,机头上"咕咕咕"吐出一串火球,眼瞅着那架重轰炸机呼地冒出一团火来,像醉汉似的晃了几晃,拖着一个大黑尾巴一头栽下去了……

"好哇!打得好哇!"人们欢喜若狂地鼓起掌来。那些朝鲜老人和妇女们,脸上都笑得像开了花似的。连怀里的孩子,也拍着小手尖叫着:"朝丝米达!朝丝米达!"

几架敌机发现轰炸机被击落,顿时慌乱起来,纷纷向南逃去。两只小银燕儿越发精神抖擞,穷追不舍地向南追下去了。小银燕飞远了,已经看不见了。但是它们刚才纵横驰骋时留下的一道道白色的烟带,仍然像一个孩子天真烂漫的画幅一样印在海蓝色的天上。

压在司机心头的那种歉疚不安的心情,早被晨风吹得无影无踪。他坐在栗树下笑眯眯地抽起烟来。直到一个阿姊妈妮拿着大瓢笑眯眯地走来帮他淘米的时候,他才想到该做饭了。

饭后,刘大顺躺下很久,还兴奋得不能入睡。布谷鸟在远远近近动人地啼唤着。他一闭上眼睛,那几只银燕就又在眼前穿梭飞翔。再加上一路上的经历,使他感到朝鲜战场的变化太大了,几乎每走一步,都感到人民的力量在生长。在这中间,自己的贡献是多么的微小啊!……他掰着指头计算着今晚的行程,喃喃自语地说:"也许今天一夜就可以赶到前线了!……"

第四章　地下长城

刘大顺回到团里,受到团首长邓军和周仆的亲自接待。大家听到祖国人民对志愿军的那种非同寻常的热情,深为感动。周仆立即通知政治机关,让刘大顺给每个连队都做一次归国报告,要把它作为当前一项重要的政治工作。同时,也考虑到刘大顺回连心切,答应他可以先回连看看。这样一来,刘大顺更高兴了。

一大早,刘大顺就随同通讯员杨春,穿行在开满野花的山径上。早雾还没有消散,在时断时续的炮火声里,不时地听到布谷鸟圆润的悦耳的啼声。山谷的稻田,水平如镜,朝鲜妇女正在弯着腰插秧。只是在炮火袭来的时候,才暂时躲避一下。从这里也可看到,战线已经稳定下来。

两个人沿着山径走了一程,拐上公路不远,见公路正中插着一个大大的木牌:"严禁通行"。地上还用白灰撒了粗粗的一道白线。杨春满不在乎,刚刚跨过白线,就听见旁边粗声粗气地大喝了一声:

"你们干什么?"

接着从防空哨的地下室里钻出一个哨兵,持着枪跑过来,带着责问的口气说:

"你们没有看到这个牌子吗?"

"我们到前边有任务。"杨春说。

"有任务也不行!"哨兵说,"敌机刚刚扔了细菌弹,任何人也不能通过!"

杨春、刘大顺往远处一看,果然公路两侧的草丛里,有十几个深灰色的弹壳,在阳光下闪闪发亮。附近地面上还有一些散乱的纸片。这杨春也像许多农村来的子弟一样,科学知识比较少;尽管敌人的细菌战,从今年一月就已经大规模开始,仍然不很在乎。对敌人投下来的苍蝇、蚊子、跳蚤、老鼠、兔子、鸡毛、死乌鸦等等,有时还当做笑话来谈。今天看见哨兵这么认真,不得不压低调门说:

"同志,你就放我们过去吧,我早就打过防疫针了。"

"打过防疫针也不行!"那个哨兵愣乎乎地说,"你把细菌带出去,这不是你一个人的问题,这是整个部队、整个朝鲜群众的问题。"

杨春见他这么倔,就批评说:

"你这个哨兵也忒价机械了。定时弹我都不怕,几个细菌怕什么!它就正好沾到我身上啦?"

"你准是个新兵蛋子!"那个哨兵也毫不客气地说,"你们上级对你进行过细菌战的教育没有?"

两个人眼看就要争吵起来,被刘大顺连忙劝住。这时,从防空哨的地下室里钻出一个年纪稍大的战士,看去像防空哨的班长。他走到杨春面前,和颜悦色地说:

"同志!不是我们不让你过去;确实,这是一场很严重的斗争。刚才我们已经通知防疫站了,他们很快就来,你们先到那边房子里稍等一会儿,用不了多大工夫,也就可以通过了。"

一席话说得杨春无言答对。刘大顺扯了他一把,两个人就到那边房子里去了。

这是公路边一座被炸弹震得歪歪斜斜的农家小屋。小屋前有一个遮阳的小棚子。旁边就是防空哨的地下室。这就是遍布在漫长的公路线上的那种防空哨所。刘大顺和杨春走进房子一看,里面墙上

贴着祖国的画报,粉碎敌人细菌战的标语,防疫公约,还有一首快板诗人毕革飞的快板诗,写得很有趣,题目叫《杜鲁门搬救兵》:

> 狗急跳墙兔急咬,
> 杜鲁门急得求跳蚤,
> 蜘蛛、蜈蚣和苍蝇,
> 蛤蟆、老鼠都请到。
> 紧急开个圆桌会,
> 杜鲁门出席做报告:
> 是人都说你们最下流,
> 我杜鲁门生来就认你们品质高。
> 我求你们来帮助,
> 因为你们服从精神特别好。
> 培养你们十来年,
> 今天该着出马了。
> 每个带上细菌百万亿,
> 这武器肉眼看不着。
> 见了朝中人民和军队,
> 狠命毒害狠命咬。
> 要把他们全害死,
> 牲畜庄稼毁灭掉;
> 留下蒋、李子子孙孙当走狗,
> 给咱溜溜舔舔背钱包。
> 如果世界人民反对细菌战,
> 我就闭着眼睛硬说不知道。
> ……

两个人边看边等,不大会儿,防疫站的人们已经赶到。杨春、刘大顺向门外一看,男男女女来了十五六个。有中国人,也有朝鲜人。他们全穿着白色的隔离衣,戴着白帽子,一色长统黑皮靴。身上背着喷雾器,瓶瓶罐罐,手里拿着铁锹、扫把、草捆等物。为首的一个约有三四十岁,戴着深度的近视眼镜,脖子里挂着照相机。防空哨的班长迎上去说:

"张助教!今天扔下的玩艺儿可不少啊!"

"不要紧!我们还是先搜集一下标本,然后就进行处理。"张助教淡然一笑,说,"现在敌人还不认账哩!哈利逊①就说,他们'过去没有进行,现在也没进行任何细菌战',我们就让全世界人民看看吧!"

说过,他让大家放下笨重东西,戴上口罩,扎起袖口,先带上五六个人径直地向细菌弹奔去。他咔咔地照了几张相,接着就指挥人们搜集标本。人们分散在公路两侧,在细菌弹周围弯着腰巡视着。一时这边惊叫了一声:

"好家伙!李奇微②肚子上还长着毛,正向外爬哩!张助教,我们还要吗?"

"要,要,都装到瓶子里!"张助教远远地回答。

不一时,那边又嚷起来:

"杜鲁门还要不要?这一个肚子又圆又大!"

"怎么不要?"张助教严肃地说,"品种可能不一样。赶快把它夹住,别让它钻到地缝里去。"

杨春心里痒痒的,很想跑过去看看;又怕那个倔家伙训斥他,没有敢轻举妄动,就仰着下巴颏问防空哨的班长:

---

① 美国谈判代表。
② 美军前线司令。

"他们说的李奇微、杜鲁门是什么呀?"

"这是他们的术语,"班长笑着说,"待会儿你就知道了。"

话没落音,那边一个女防疫队员对着刚张开嘴的细菌弹,尖声地叫:

"哎呀!好臭!这里麦克阿瑟有好几十个,我们要几个呀?"

张助教摆摆手说:

"那个已经不少了。你挑三四个大的就可以了。"

不到一刻钟工夫,人们已经拿着大瓶小罐走回来。杨春、刘大顺挤过去一看,里面装的有肚子上长毛的苍蝇,肚子又圆又大的蜘蛛以及臭气熏天的死老鼠,死乌鸦,还有许多不知名的青绿色的甲虫,在瓶里蹦蹦跳跳……

"你们给他们取的这些名儿还是挺不错的。"杨春笑着说。

"叫我说还是太客气了!"张助教推了推他的眼镜,望着杨春说,"实际上他们比这些带菌的毒虫残忍得多。因为他们毒害的不是一个地区,而是整个地球,整个地球上的人类!"

接着,张助教指挥人们背上喷雾器去清除这些害虫。一团一团银灰色的烟雾,立刻把这块地区包围住了。然后他们又把这些毒虫赶到一处,用柴草烧起一堆大火来。烟火里不断发出哔哔唰唰的声音,冒出一股一股难闻的臭气。最后又刨了一个大坑,把烧死的毒虫统统埋掉,才算结束了这场紧张的战斗。

这时候,防空哨那个愣倔倔的战士才看了杨春一眼,挥了挥手,意思是:

"你这个不遵守纪律的新兵蛋子,现在可以过去了。"

杨春他们沿着公路走了不远,就看见一条一人多深的交通壕,贴着山边子伸向前方。两个人跳进交通壕里走了很久,渐渐上到山顶。刘大顺这才看出,交通壕已经不是一条,而是前后相通,左右相连,四通八达,通向各处。它们在万山丛中蜿蜒起伏,忽而直下谷底,忽而飞上陡峭的山岭,简直像祖国的万里长城一般。

两个人向前走了一段,来到十字路口。这里插着一个很大的木牌,写着醒目的大字,南北的箭头是"北京路",往东是"上海路",往西是"延安路"。刘大顺笑着赞美道:

"这里名堂还真不少呢!"

"你还没看到地下长城呢!"杨春笑着说,"再过两座山,就是你们连的洞子了。"

两个人沿着"北京路",说说笑笑地走着。刘大顺忽然抬头一望,只见西面天空里有四个银灰色的大气球,下面好像被什么紧紧地系着,在晨风里轻轻地飘荡。刘大顺指着气球问:

"那是什么?"

"那就是板门店谈判的地方。"杨春说,"美国代表哈利逊,天天坐直升飞机来,可是不好好谈,净坐在那里跷着腿吹口哨儿。"

"叫我看,不打不行!"刘大顺说。

"我看也是。"杨春说,"狠狠戳它两下子,他就不敢那么调皮捣蛋了。"

他们又穿过两座山,向东一拐,在交通壕的尽头,出现了一个洞口。杨春指了一指说:"到了!"刘大顺走到跟前一望,洞口有一人多高,两边的石壁上刻着一副对联,上联是:"稳坐钓鱼台",下联是:"零敲牛皮糖"。洞顶上还有三个大字:"英雄洞"。他连声称赞道:

"这个对联编得好!"

"上级也说编得不错。"杨春说,"咱们政委讲,两方面是联系着的:有了毛主席'零敲牛皮糖'的指示,才出现了坑道工事;有了这样的工事,也就可以更好地来贯彻毛主席的指示了。"

刘大顺又问：

"这是谁编的呀？"

"谁？"杨春笑着说，"还不是你们嘎连长的点子。"

"嗬，他还不简单哪！"

刘大顺一边说，一边进了坑道。坑道口旁边的墙壁上挂着四四方方一块红布，上面贴着战士们的墙报。报头就叫《地下长城》，下面写着"英雄洞落成专号"。刘大顺凑近一看，第一篇文章，是本连"文艺工作者"小罗的作品，题名《坑道谣》：

> 高高山上挖坑道，
> 山肚子里把洞掏；
> 石头尖，插云霄，
> 英雄斗志比天高。
> 人人争做老愚公，
> 硬把山腰凿通了。
> 甭爬山，甭过壕，
> 前山通到后山腰，
> 四通八达赛长城，
> 能攻能守真正妙。
> B29，小油挑，
> 投弹又把机枪扫；
> 咱们坐在坑道里，
> 抽着烟卷听热闹。
> 他排炮，咱不管，
> 坑道口上放个哨；
> 单等步兵到跟前，
> 饿虎扑食全吃掉。

大顺看后哈哈大笑,接着向里走去。杨春从挎包里掏出电棒照着,在昏黄的光线里,大顺看到,两边都是一个个的小房间,战士的被褥铺得整整齐齐。此外还有粮库、弹药库、水库,以及锅炉房、洗澡间等等,真是应有尽有。大顺笑着说:

"简直像个住家户了!"

"你们嘎连长就是这么要求的。"杨春说,"他讲,敌人要不罢手,我们就在这儿蹲了。他想打十年,二十年,我们都坚决奉陪!"

杨春说着,又用电棒朝斜上方一照:

"你看到这个地方没有?"

大顺一看,坑道在这里发了个岔儿,像楼梯一样盘旋而上,就问:

"这是什么地方?"

"从这儿上去就是战斗工事。上面还有个炮兵观察所呢!"

两个人又往里走。坑道深处,透出一片黄色的光亮。走到近前,是一个较大的房间,壁上土台里燃着一支蜡烛。一个电话员正坐在那里守机子。杨春问:

"人都到哪儿去了?"

"都到下面突击工事去了。"电话员说。

"连长、指导员呢?"

"指导员到三号,连长可能到二号去了。"电话员说,"杨春,这位同志是谁呀?"

杨春笑着说:

"唉呀,怎么连你们连的归国代表也不认识?"

"噢,是刘大顺同志呀!"电话员笑着说,"我来的时候,他已经走了。我们还没有见过面呢!"

电话员说着,连忙起来让座倒水。两个人略坐片刻,就出了坑道口,向二号阵地走来。

　　二号阵地是连的主峰向左伸过去的一条山腿。两个人沿着交通壕走了不远,就望见一个洞口。这个洞全是青色的坚石,上面布满了一道道镐痕。洞口上贴着一首诗,写得非常有力:

　　　　满手血泡满手茧,
　　　　镐头磨尽柄震断。

　　　　大锤砸得地发抖,
　　　　石屑迸上九重天。

　　　　抗美援朝决心大,
　　　　万道钎痕是誓言。

　　　　工事铸成钢铁墙,
　　　　敌人死在阵地前。

　　大顺一面吟味着诗句,一面向里走去。洞里地上每隔不远,就燃着一堆松木"明子"。借着红艳艳的光亮,看得到周围的大青石上都是密密的钎痕。显然这个洞就是这么一镐一钎刻出来的。两人走了不远,就听见坑道深处,传出有节奏的沉重有力的敲击声。迎着松木明子的光亮,看见一个高大的背影,正举着镐头,沉着有力地、不慌不忙地一下一下向石壁刨去。看来他的精神过于集中,两个人来到他的背后,他也没有觉察,仍然一镐一镐地刨着。由于石头过于坚硬,镐尖下去,随着飞迸的火花,只能留下一道白印,落下一些碎末;刨十几二十几下,才能啃掉核桃大的一块。他的一尺多长的镐头,只剩下五六寸长,简直像个端阳节

的大粽子了。大顺不由心头一阵热乎乎的,在他的背上轻轻拍了一下,说:

"大个儿,你该歇一歇啦!"

乔大夯扭过头来,手脸乌黑,像刚从炭坑里钻出来似的。他一把攥住刘大顺的手,热情地说:

"你回来啦!"

刘大顺嘿嘿笑着说:

"大个儿,你怎么这么黑呀?"

"都是让这东西熏的。"乔大夯指指松木明子。

刘大顺对石洞撒了一眼,说:

"这么一点一点抠,抠到什么时候,怎么不用炸药崩呀?"

"这么多山都要打通,哪有那么多炸药?"乔大夯说,"干这个就是要有点儿耐性儿。"

"要叫我就不行。"杨春插嘴说,"还不如叫我干点别的。"

乔大夯笑着说:

"杨春,你把这山比做帝国主义,把石头比做杜鲁门的脑瓜儿,挖起来就有耐性儿了。"

杨春笑了一笑,问:

"你知道连长到哪儿去了?"

"他跟我们排的人到山底下扛木头去了。"乔大夯说,"你们到山后边瞅瞅,恐怕快回来啦。"

大顺和杨春出了石洞,顺着交通壕向山后走去。果然看见一伙人正扛着大木头向山坡上爬。一面爬,一面唱着劳动号子。领唱的正是郭祥。他肩上扛着木头,手里还打着拍子。大顺和杨春仔细一听,乐啦,他随口编的歌词非常有趣:

（郭）　上山要猫腰唠，
（众）　上山要猫腰唠，
（郭）　两眼别乱看咴，
（众）　两眼别乱看咴。
（郭）　都来加把劲啊，
（众）　都来加把劲啊，
（郭）　把它扛上山咴，
（众）　把它扛上山咴。
（郭）　上山干什么呀？
（众）　上山干什么呀？
（郭）　开个小饭店哪，
（众）　开个小饭店哪。
（郭）　卖的"花生米"呀，
（众）　卖的"花生米"呀，
（郭）　还有铁鸡蛋哪，
（众）　还有铁鸡蛋哪。
（郭）　叫声美国鬼哟，
（众）　叫声美国鬼哟，
（郭）　不怕你嘴巴馋哪，
（众）　不怕你嘴巴馋哪。
（郭）　专门等着你呀，
（众）　专门等着你呀，
（郭）　来个大会餐哪，
（众）　来个大会餐哪。
（郭）　一吃一伸腿呀，
（众）　一吃一伸腿呀，

（郭）　一吃一瞪眼哪,
（众）　一吃一瞪眼哪。
（郭）　这是什么饭哪?
（众）　这是什么饭哪?
（郭）　伸腿瞪眼丸哪!
（众）　伸腿瞪眼丸哪!……

郭祥不知什么时候学的,听起来简直跟建筑工人们的调门一模一样,还故意挂了点天津味儿。加上他的声音又是那样的饱满和愉快,更增加了强烈的感染力,把战士们一个个煽得像欢叫的小火苗似的,比合唱队还唱得抑扬有致。不一会儿工夫,就把那些大木头抬到了山顶。可惜的是最后两句过于逗笑,战士们没唱完就格格地笑了。

大家放下木头,一面擦汗,一面说笑。大顺和杨春迎上前去。郭祥把眼一眯细,笑着说:

"这不是刘大顺吗!你回来啦!"

他一面说,一面快步抢过来同大顺握手。又说:

"你这次回国半年还多了吧?"

"有八九个月了。"大顺笑着说。

战士们也围上来,纷纷同大顺握手。有好几个战士说:

"大顺,什么时候跟我们做报告呀?"

大顺脸红红的,腼腆地笑了一笑。

"看,人家屁股还没沾地儿,就给你做报告呀!"郭祥一面说,一面拉着大顺,"走!到连部去。"

杨春随随便便地向郭祥打了个敬礼,说:

"任务完成,我回去了。"

"大乱,"郭祥笑着说,"你是嫌我们连的伙食不好吧?"

"你老叫人的小名干什么!人家是没有大名还是怎么的?"杨春不高兴地说。

"好好,以后叫你杨春同志还不行吗!"郭祥转过脸对大顺笑着说,"别看人小,自尊心可强着哩!"

"你别跟我开玩笑。你对人最不关心了!我托你的事什么时候给我办哪?"

"你说的是调动工作的事吧?"郭祥摇摇头笑着说,"那事不行!你要下连,你自己到团首长那儿说去。别走私人路线。"

"我现在谁也不求了。"杨春得意地说,"团首长已经批准啦,我三两天就来。"

"真的?"

"哄你是小狗子。"

郭祥一愣:"那你还托我干什么?"

杨春鬼笑着说:

"嘿,我就是测验测验你,对我是不是真关心哪!"

"瞧,你这小子比我还嘎!"

杨春笑着,一溜烟下山去了。

郭祥领着大顺进了一号坑道,来到连部。他拿起大暖瓶倒了一大缸子开水,给大顺放到子弹箱上,笑嘻嘻地问:

"大顺,你瞧咱们连的工事怎么样?"

"真想不到!"刘大顺赞叹地说。

"这还不算完!"郭祥颇有一点自得的神气。"你看见今天扛的木头了吧,除了加固坑道口,我还准备叫木工组给大家做点枪架、碗架、小桌子、小凳子。一切都要长期打算。只要敌人不罢手,我们就跟他磨下去,直到把它磨垮磨死为止。我要试试帝国主义到底有多大力气。就像一盏灯,我不相信它没有熬干的时候!"

他掏出烟荷包,一边卷他的大喇叭筒一边问:

"你这次回到祖国,都到了什么地方?"

"北京,西安,兰州,银川,玉门,新疆,差不多大西北都跑到了。"

"怪不得这么长时间!"郭祥把卷起的喇叭筒在蜡烛上点着,抽了一口,然后仰起脸儿,眼里放出光彩,笑微微地问,"你们见到了毛主席吗?"

"见了。"大顺头一低,略带羞涩地说。

"还有咱们的周总理、朱总司令,你们全见到了吗?"

"全见到了。"

"他们的身体怎么样?"

"我仿佛觉得,比相片上的要瘦一些。"

"那是肯定的。"郭祥说,"我们新中国才建立,事情那么多,再加上这么大一个战争,他们真够操心的了!"

"那天我实在太激动了。"大顺说,"不知怎么的,大泪珠子乒乓直掉,一句话也说不出来。那时候,如果主席说,你把前面那座大山炸平,我也会马上抱着炸药扑上去。"

"可惜我一直没见过他们。"郭祥轻轻叹了口气,惋惜地说,"解放战争,我们的部队好几次离西柏坡只有几十里路,可惜的是没有这个机会。"他把那个大喇叭筒一连抽了几口,又接着说,"那天修工事太累了,我盖上个大衣就睡着了。看见主席披着大衣,挂着望远镜,和周总理、朱总司令一块儿说笑着,从那边高山上走下来。我连忙跑上去给他们打了个敬礼,他们笑着问:'郭祥,工事修得怎么样?三号坑道打通了没有?'我说,'报告首长,快打通了,用不了几天了。'毛主席很高兴,就走过来一只手握着我的手,一只手扶着我的肩膀笑着说:'郭祥啊郭祥!党培养你也有十多年了。你可要好好干哪！这场战争的意义是很伟大的。打得好不好,不单对东方,对全世界人民都有很大影响。你可不能粗心大意啊！我们是只能前进,不能后退,只能打胜,不能打败！……'我正要向主席表决心,通讯员把我喊醒了,要不我还得跟主席谈下去呢……"

郭祥的大喇叭筒一闪一闪,照见他的脸色充满幸福的红光,就好像真的有这番经历似的。

沉了沉,郭祥又问:

"你这次回国,祖国人民很热情吧?"

"真是没法说了。"刘大顺说,"我们在玉门油矿做了报告,工人们抱住我们一边哭,一边说:'我们每天一端起饭碗,就想起最可爱的人是不是吃上饭了?睡在被窝里就想起,最可爱的人是不是睡暖了?不是你们一口炒面一口雪,我们怎么会有这么幸福的生活呢!……'在新疆,有个一百零三岁的维吾尔族老大娘,听说我们去了,她骑了一匹马,驮着三斗麦子,拿着四万五千元人民币赶来了。她说:'孙子,我是一个穷老婆子,没有别的支援你们,这麦子是我秋天拾的,这钱是我纺线挣的,送给你们,表示我一点心意吧。'这种事在各个地方都说不完……"

"祖国人民真是太热情了!"郭祥深深地慨叹着说,"要不是他们全力支援,凭什么打这么多胜仗啊!"

"他们感动得我哭了好多次。"刘大顺说,"我最受不了的,就是每到一个地方还要来抬我们,女同志也抢着来抬。还说,'抬着最可爱的人,累也不觉累,沉也不觉沉。'这时候,你不让抬也不行,往下跳也不行。感动得你直想哭。我老想,自己究竟做了什么贡献,值得人民这样热爱呢?人民的热情,我觉着就是粉身碎骨也报答不完……"

"你说得对!"郭祥望着他激动的面容,认真地说。

"连长,你知道我是有错误的。"刘大顺接着说,"这次回来,过鸭绿江的时候,我心里好难受。想起开始入朝,我的觉悟实在太低了,我确实不理解这场战争……"

"这都是过去的事了!"郭祥把手一摆,"人的觉悟都是从低到高嘛。要说那时候,我对你的态度也是有缺点的。如果不是老模范帮助我,我也差一点儿犯个错误。"

说到这里,刘大顺带着几分羞愧笑了。

郭祥立即变更话题,说:

"大顺,你这次回到朝鲜,看到变化不小吧?"

"变化这么大,真想不到!"

"这就是正义战争的力量!"郭祥严肃地说,"可是,敌人还是不老实。按说,我们提出,以三八线作为停战线是很合理的。因为西线我们在三八线以南,东线敌人在三八线以北,两下面积大约相等。可是敌人硬要把停战线划在三八线以北,企图不打一枪占领一万两千多平方公里的土地。理由就是要他那个'海空军优势的补偿'。这不是地地道道的强盗逻辑吗!直到粉碎了敌人的夏、秋季攻势,歼灭了它二十五万人,这才又回到谈判桌上来。现在以实际接触线为停战线,他们倒是承认了,可是还不断捣乱。不是在帐篷里吹口哨,就是往会场区打炮弹。依我看,还得要好好打一打才行!"

"有什么消息吗?"刘大顺两眼放光地说。

郭祥压低声音,神秘地说:

"快了。我们连快调到第一线了……我还准备向上级提一个建议……"

"什么建议?"

郭祥笑而不答,隔了一会儿才说:

"也没有什么,到时候你就知道了。"

这时,通讯员喘吁吁地闯进来,兴奋地叫:

"连长,三号坑道快打通了!"

"真的?"

"两边说话都听见了!"

郭祥猛地从铺上跳下来,匆匆拿起一尺多长的大电棒,说:

"大顺,走!咱们看看去。"

郭祥出了坑道,在交通壕里一溜小跑。大顺和通讯员在后面喘吁吁地跟着。刚到三号坑道口,就听见里面闹嚷嚷的。郭祥赶到里面一看,陈三正领着他的小鬼们发疯似的掘着。小钢炮见连长来了,立刻呼雷撼天地叫道:

"连长,快通啦!快通啦!"

"真的能听见说话吗?"

"不信,你听听!"

大伙收了锨头,郭祥侧着耳朵一听,对面呼嗵呼嗵的掘土声,已经离得很近。光听见欢腾的嚷叫声,就是听不见说些什么。郭祥喜滋滋的,立刻把袖子一捋,说:

"我也来几下子!"

说着从陈三手里抢过锨头,就同小钢炮并着肩膀干起来。时间不大,忽然一个大土块呼噜一声滚了下来,郭祥把身子一闪,看见对面已经出现了一个圆圆的大窟窿,老模范正光着大膀子探过头来看呢。郭祥立刻攥住他的手,哈哈大笑地说:

"好哇!老模范,你又把老长工的架势拿出来啦!"

"我就不信,赛不过你们这群小嘎子!"他用手指着小钢炮他们说。

人们哈哈大笑,抢上去跟老模范握手,跟对面的人们握手,竟像多少天没见面似的亲热。欢腾的喊声震得坑道嗡嗡地响。

郭祥把刘大顺从后面扯过来,说:

"老模范,你看看这是谁?"

"噢!这不是大顺吗!"老模范从窟窿那边攥住他的手说,"你赶得好巧啊!"

"他是专门来参加三号坑道落成典礼的!"郭祥代替他回答。

人们轰地笑起来。那堆松木明子,因为空气流通,也烧得更加明亮,更加红艳了。

第五章　夺取中间地带

不久,郭祥和他的连队调到了一线。

一个时期以来,由于我军集中力量修筑坑道工事,主动出击较少,敌人相当疯狂。白天经常在大炮坦克掩护下,抵近我工事前沿进行破坏,夜间也经常出动小部队进行骚扰。这对郭祥来说,自然是不能忍受的。

一个晴朗的下午,师长来到前方视察一线阵地。在他走下观察所,快出坑道口的时候,郭祥赶上去说:

"一号,我想提个建议。"

"什么建议?"师长停住脚步。

"意见不一定合适。"郭祥笑着说,"可是要不提出来,心里老像有个小虫子咕容咕容地痒痒得难受。"

"恐怕是手心又发痒了吧?"

"首长这么说也行。"郭祥笑着说,"我们的工事修得很坚固,也带来了一个缺点。有人光把它当成防炮洞了。我看,修坑道工事,不过是依托,更重要的,还是为了吃掉更多的敌人!"

"对嘛!"师长神色严肃地说,"我们一贯反对消极防御,毛主席一直是这样讲的。"

"这么说,我们最近的活动就少了一点儿。"郭祥说,"敌人白天用步兵抵近我们的前沿,用飞机大炮破坏我们的工事,晚上也出来捣乱。夜间活动,本来是我们的拿手好戏嘛!"

"你的意见呢?"

"我的意见——"郭祥以坚决的语气说,"是加强小分队的夜间活动,夺取中间地带。这出戏,应该由我们来唱主角!只许我们在敌人头上尿尿,不许他在我们面前吐痰!"

师长对他的这位"好战派",从上到下深为赞赏地望了一眼,满意地笑着,点点头说:

"我这次来,就是为了解决这个问题的嘛!"

说过,他又压低声音说:

"我们师党委很快就会做出决定。你们可以先派出个把班到前面去试试!"

郭祥紧紧攥住师长的手,高兴得笑了。

他送走师长,在铺上装作睡觉的样儿,盘算起怎样组织这一次的活动。不一时,被大家叫做"老保姆"的小鬼班长陈三,含着小旱烟管走进来。他先汇报了一件无关紧要的小事,接着就笑嘻嘻地问:

"连长,这个任务你准备交给谁呀?"

郭祥暗暗吃了一惊,想不到消息走漏得这么快。他装作若无其事的样子,说:

"什么任务?"

"嘻,连长你就别瞒我们了。"陈三仍旧笑嘻嘻地说,"这个任务你就给我们班吧!"

"你是听谁说的?"

"我不过是个判断。"陈三笑着说。

"判断?不对!"郭祥说,"我刚才正同师长讲话,扫见背后有个黑影儿,一扭头又没有了。你坦白说,是谁偷听了?"

"是杨春从那儿过,其实他也不是故意偷听的。"陈三红着脸,为他辩解说。

"这个嘎小子!"郭祥说,"你可要好好注意他!我说把他放在连部吧,你偏把他要去,还说,'给我个小嘎儿吧,我把他带出来!'瞧,你把他带成什么样儿了?"

"嘻,连长,我以后管严点儿,也就是了。"陈三嘻嘻笑着说,"你瞧,我们班有好几个新兵,还没有跟敌人交过手呢,让他们先出去打个小仗,锻炼锻炼,对以后打大仗很有好处。你说是不?再说,连长,您自己也常讲,朝鲜战场就是个大练兵场嘛!"

郭祥显然被说服了,把手一挥说:

"好好,我同老模范研究研究。"

这个对上对下都和颜悦色、善于说服人的陈三,满面含笑,磕磕他的小烟管,向他的小鬼们报告好消息去了。

第二天黄昏以前,下了一阵小雨。幸好很快雨霁天晴,西方山顶上现出一弯细眉般的新月。光线说明不明,说暗不暗,正是夜间活动的良好时刻。陈三和他的小鬼班就在这时候轻装出发了。

交通壕里还有一些积水,他们在积水里吱哇吱哇地走着。临下阵地,陈三停住脚步,回过头来,再一次检查了每个人的着装,摸了摸每个人的手榴弹捆得紧不紧,鞋带松不松,指定杨春等三个新战士走在中间,这才迈步下山。

这里,敌我之间,是大约五六百米宽的一条山谷。山谷中有一道浅浅的小河。原来两岸都是稻田,现在却长满了一人深的荒草。陈三领着小鬼们分开草丛静静地行进着。大约走了半个小时左右,才到了预定的设伏地点——一个五六所房子的小村。根据平日的侦察,这是敌人的小部队经常出没的地方。

陈三迅速侦察了周围的地形,在小河和房子之间,把他的三个小组布置成一个小小的口袋。说老实话,在三个新战士中,他最担心的就是杨春。倒不是怕他临阵畏缩,而是怕他轻举妄动。因为据几天来的观察,他早就不以新战士自居了。陈三有意地让他挨着自己,免得发生意外。

时间不大,那一弯新月就落下去了。山谷里黑沉沉,静悄悄,除了这里那里几声零落的枪声以外,只有小河哗哗的水声。

他们趴在湿漉漉的草地里,直到午夜时分,还没有发现一点动静。杨春开头还老老实实地趴着,聚精会神地望着对面的无名高地;时间一长,小动作就越来越多,不是拍打脖子里的蚊虫,就是抓痒痒,显得越来越不耐烦。终于他向陈三爬了两步,轻声地问:

"班长,天什么时候了?"

"快半夜啦。"

"敌人恐怕不来了吧?"

"心急喝不了热黏粥,干这玩艺儿就是得有点耐性儿。"

正在这时候,忽然听见河对面无名高地东侧的洼地里,"呱!呱!呱!"一群野鸡噗喇喇地惊飞起来,带着好听的羽声从他们的头顶上飞过去了。

陈三立时把头昂起来,谛听了一阵,随后轻声地说:

"你瞧,敌人出动了吧!"

"你怎么知道?"

"嘻,你想想,三更半夜的,要是没有人惊动它,它怎么会飞起来呢?"

"我们冲吧!"

杨春高兴起来,立刻去掏手榴弹,陈三摆摆手说:

"先等一等。那边有一条小路,通我们的阵地,敌人很可能是袭扰我们去了。"

"那怎么办?"

"好办。我们到他回来的道儿上去伏击他。"

"要是他不从原路上回来呢?"

"一般说不会。因为他去的时候没有发现情况,回来走原路比较放心。"

陈三说过,从挎包里摸出一个蒙着红布的电棒,向我方阵地绕了几个圈儿,接着就把队伍集合起来,极其肃静地蹚过小河,向刚才野鸡惊飞的地方悄悄摸去。

陈三找到那条小路,又布置了一个口袋:把小钢炮和罗小文带的两个组布置在小路两边;自己仍旧带着杨春、郑小蔫趴在小河南边不远的一个土坎下,紧紧卡住敌人的归路。果然,时间不大,在我方的阵地上响起激烈的机枪声和手榴弹声。显然,夜袭的敌人已经摸上我们的阵地。杨春望望手榴弹爆炸的红光,笑眯眯地瞅了他的班长一眼,心里暗暗佩服地说:"嘀,这个老同志还真有一套呢!"

半小时过后,杨春听见哗啦哗啦的蹚水声。凝神一看,已经有三个大黑影蹚过河来,连哼哧哼哧喘着粗气的声音都听见了。但是老班长仍然不动声色,丝毫没有发出射击命令的样子。杨春忍不住了,刚把手扣上扳机,就被班长踢了一脚。直到十几个敌人都跑过河,钻进包围圈以后,班长才取出他的小喇叭"嘟——嘟——"吹了两声,这是向全班发出的射击信号。登时冲锋枪和手榴弹向着敌人劈头盖脸地打去。

敌人遭到猝不及防的打击,在包围圈里懵头转向,乱跑乱钻,很快就被小鬼们击毙在地。那杨春一心想抓活的,瞅见一个胖大的敌人向东逃去,穷追不舍地追赶着。那家伙因为过于紧张,绊了一跤,等爬起来时,杨春已经冲到面前。他看杨春个儿小,就一把将杨春抱住,在杨春胳肢窝里乱抓乱挠。杨春一抬头看见他的脖子后面挂了顶钢盔,心想,"你抓我的下面,我就抓你的上面",就猛地抽出右手,抓住他的钢盔,狠狠地往后一拽,钢盔的带子顿时勒得敌人喘不过气来,手也松了。杨春乘势将他踢翻在地,骑在他的身上。可是那家伙究竟力气大些,带子一松,刚缓过气来就又紧紧抓住杨春的两手,想翻过来。幸好陈三、小钢炮赶到,才将那家伙捆上。

小钢炮一看敌人那么老大个子,埋怨说:

"你怎么不揍死他,跟他摔起跤来了?"

"我光想捉活的了!"杨春说。

陈三知道这地方不能久停,立刻向小钢炮发出命令:

"你带上全班快撤!"

"你呢?"

"我在后边掩护你们。"

"班长,我跟你在一起吧!"

"服从命令!快!"

小鬼班刚刚过河,敌人阵地上的照明弹就一个接一个地打起来,照得整个山谷明晃晃的。接着,敌人各个地堡的机枪像雨点般地盖过来,小鬼们伏在草地里,被压制住了。

这时候,小鬼们看见自己的老班长,从一个弹坑里站起来,向河这边挥着手高声喊道:

"同志们不要慌!我掩护你们。"

他一面喊一面举起冲锋枪,向山头上的敌人"哒哒"地射击着。红色的曳光弹,像一缕缕红线向敌人的地堡飞去。顷刻间,敌人无名高地上各个地堡的机枪,都调转了方向,向着陈三射击。小鬼们一个个心里热乎乎的,在小钢炮的率领下飞快地撤退了。

正在敌人的机枪疯狂射击的时候,我方的迫击炮在敌人的山头上轰鸣起来。在敌人的地堡前,闪着一团团橘红色的火光。这显然是我们的炮火进行掩护。陈三借此机会,迅速跳出弹坑,越过莽莽荒草追上他的小鬼们。小鬼们一个个高兴得什么似的,都争着要替班长背枪。陈三摆摆手,和蔼地笑着说:

"我比你们一步也没多走,怎么就累着了?"

小鬼们乱纷纷地欢叫着说:

"班长,你已经这个岁数儿了,你瞧我们多年轻呀!"

这话果然。小鬼们虽然经过一夜的战斗,经薄明的凉风一吹,一个个的脸蛋都绯红绯红的,像涂了一层油彩似的,看去更可爱了。

最后,还是杨春眼尖,一个冷不防把班长的冲锋枪抢了过去。这时候,他才发现班长的衬衣袖子上有一片殷红的血迹,不禁惊叫了一声:

"班长,你负伤了?"

"刚擦伤一层皮。"陈三笑着说,"回去你们可别乱嚷。要让上级知道了,我就得到后方去,咱们就不能就伴了。"

小鬼班回到阵地,受到郭祥和老模范的热烈欢迎。他们对这个干净的小歼灭战,尤其是活捉了一个上尉排长,深为满意。正好军文工团的一个演唱组来到阵地,徐芳背着她的小提琴也来了。郭祥握着她的手热情地说:

"徐芳同志!你们来得太巧了。你给小鬼们唱个《刘胡兰》吧!"

徐芳笑着说:"上级号召我们现编现演,要搜集一些新鲜材料儿,来配合当前任务哩。"

"新鲜材料儿有的是。"郭祥笑着说,"你比如我们这个老班长陈三,在带领新战士作战方面就很典型。要能编出来倒很有现实意义哩！当然,还有那位配角,"他指了指远远坐着的敌人的上尉排长,"他带了一个排出来找便宜,在阵地上被我们消灭了一半,剩下一半跑回去,又被小鬼班连肉带汤喝了个干。最后就剩下他一个,正蹲在那边哭哩！你也可以找他谈谈,我想他是深有体会的。"

人们哄笑起来。

夺取中间地带的战斗,就从这天开始了。

第六章 钢铁战士

随着整个战线小部队活动的开展,敌我之间的中间地带,已经不是什么真空地带,而是我军十分活跃的狩猎场了。这种仗规模虽小,因为便于发挥我军近战夜战的特长,往往能成班成排地全歼敌人。这样,不仅掩护了我军修筑坑道工事,而且打击了敌军的气焰,限制了敌人的活动,把斗争的焦点推到敌人的前沿去了。

在这期间,调皮骡子王大发这个班,是少数没有摊上任务的单位之一。再加上班里人风言风语地说:"咱们班长要不是调皮骡子,早就轮上了。"这些话更使调皮骡子吃不住劲。所以这天郭祥来到班里,他就不冷不热地说:

"连长,你也到我们落后班来转转?"

郭祥一听味道不对,连忙坐下来说:

"你这个——"他本来要叫他调皮骡子,又临时改口说,"王大发同志,有什么意见哪?"

"班长落后,全班也跟着落后。"调皮骡子把头一歪。

"没有人说你落后嘛!"郭祥和蔼地笑着说,"入朝以来,大家对你的印象早改变了。就是有时候叫你'调皮骡子',也是为了亲热,没有别的。"

"这,我倒并不在乎。"

"那你是为了什么呢?"

"班里有人说,要不是调皮骡子担任班长,任务早到手了。"

"嘻,怎么能这样看!"郭祥笑着说,"要求任务的人这么多,总要有先有后嘛! 再说,这伏击越往后越难打,我早就盘算着,让你挑大头哩!"

俗话说,话是开心斧。调皮骡子听到这儿,扑哧一声笑了,就像石子投进池水里,脸上漾着欢乐的波纹。

"嘻,连长!"他说,"你干吗不早告我一声儿,弄得我这些天连觉都睡不香!"

郭祥笑了笑,正起身要走,他上前拦住说:

"连长,你先等等! 我还有话跟你谈呢。"

郭祥见他的神色很少这样庄重,就重新坐下,掏出烟荷包,递给他一小条纸,一块卷起大喇叭筒来。那调皮骡子涨红着脸,手指头一个劲地抖索着,烟末几乎撒了一半,还没有卷上去。老实说,这位老资格就是在兵团司令面前,也一样谈笑自若,今天这么忸怩,是很少有的。

郭祥瞅了他一眼,笑着说:

"大发,你有话可是说呀!"

调皮骡子迟疑了半晌,才涨红着脸说:

"你们到底对我有什么看法儿?"

郭祥笑着问:

"你怎么问起这个?"

"我今天就是要了解这个。"调皮骡子固执地说。

"我以前不是说啦,"郭祥笑着说,"你在战斗方面,吃苦方面都没有说的。"

"别的方面呢? 比如说我的家庭出身方面?"

"这当然没有问题。谁也知道,你是穷得当当响的贫农。"

"思想方面呢?"

"思想方面么,"郭祥说,"据我看也有很大进步。"

"既是这样,"他激动地说,"你们要我的翅膀长到什么时候?"

郭祥见他十分激动,连忙笑着说:

"关于你的入党问题,我们正在准备讨论。"

"噢,还在准备!"调皮骡子叹了口气,"我跟毛主席干革命这么多年了,到今天还是个非党群众!当然,这主要怨我的思想觉悟太低。可是思想是变的嘛,觉悟就不能提高啦?说实在话,过去我干区小队,最多就看到我们那个县。一说出县,看不见村头上那棵歪脖柳树了,就慌了神了。幸亏党一步步引导我,打开了我的眼界。后来我又认为,只要打败蒋介石、国民党,革命就算到'底'了,就可以回家去捋锄把子了。自从政委跟我谈了话,我才知道毛主席说的:夺取全国胜利,这只不过是万里长征走完了第一步,一出大戏,只演了个头儿。从这时候,我的思想才敞亮了,就像老在小山沟里走,一下子爬到山顶上似的……"

郭祥忽然想起了什么,笑着问:

"大发,你过去不是常问,这'革命到底'的'底'到底在哪里?现在找到了没有?"

调皮骡子的脸红了一红,有些不好意思地说:

"关于这个问题,我过去确实搞不清楚。这次入朝,我看到朝鲜人民的苦难,就更觉得帝国主义可恨。我就想,光看到自己的国家解放了,看不到帝国主义还在全世界捣乱,怎么能算觉悟高呢?现在我明白了:这个'底'就是帝国主义统统完蛋,一切反动派在地球上统统消灭,共产主义彻底实现!也许,建设共产主义,我赶不上;可是豁出我这一百多斤,给共产主义清除清除障碍,垫垫地基,我还是有用的……连长,我看你们不会不要调皮骡子这样的人吧!?"

调皮骡子说着,由于过分激动,两颗黄豆一般的大泪珠子,终于克制不住跌落下来。郭祥心里也热辣辣的,攥住他的手说:

"大发同志,我承认过去对你的看法有些偏差,对这问题抓得不紧。"

"算了,"调皮骡子把头一摆,"我不是一定要领导上向我承认错误。你们知道我心里想些什么也就行了。"

郭祥忽然想起什么,问:

"大发,你母亲现在怎么样了?"

"没有问题!"调皮骡子愉快地说,"她来了信,说杨大妈的合作社办起来以后,我们村也跟着办起来了。俺娘这会儿吃有吃的,烧有烧的。每天一睁眼,小儿童就把水缸给她挑得满溜溜的。她身子骨弱,社里专门给她派轻活,只要拿着长竹竿吓唬吓唬鸟雀就行了。"说到这儿,调皮骡子满脸是笑地说,"这个社会主义,我以前不知道什么样儿,看起来还就是不简单哪!"

两个人又欢洽地谈了一阵,最后,郭祥立起身来,郑重地说:

"王大发!你把任务好好考虑一下。因为敌人吃亏吃多了,现在打伏击可要特别耐心才行!"

"这就请领导上放心吧。"调皮骡子笑着说。

郭祥临到洞口,又回过头笑着说:

"王大发,我也给你提个意见:以后说话你少带点刺儿行不?"

"刺儿有刺儿的用处。"调皮骡子笑着说,"今天,我要是说:'连长,你有时间没有?咱们谈谈。'你一定会说:'好好,等我找个时间。'说不定拖到什么时候!你瞧,我刚说了个'落后班',你马上就坐了下来。"

"嘻,怪不得人说你是调皮骡子!"郭祥用手点了点他,笑着走了出去。

正如郭祥所料,现在打伏击是越来越困难了。

在对面无名山的两侧,各有一道较宽的山沟。右侧那条沟,我们取名为"八号沟"。沟口外有一块小小的高地,上面有三五株挺拔的白杨。这里经常隐伏着小股的敌人,准备打我们的伏击。郭祥计划以反伏击的方式,来歼灭这股敌人。为了提前到达,让调皮骡子这个班认真做好伪装,天色刚交黄昏就提前出发。

可是,事与愿违,这支七个人组成的小分队,在草丛里忍受着密密的蚊蚋的侵袭,直到凌晨三点多钟,还不见敌人的影子。

夏日昼长夜短,按实际情况,已经该回去了。但是由于调皮骡子长久没有摊上任务,求战心切,仍然纹丝不动地聚精会神地伏在草丛里。

终于,副班长李茂——一个个子短小的四川人忍不住了,他从草丛里爬过来,悄声地说:

"班长,敌人恐怕不来了吧?"

"你是不是想回去呀?"调皮骡子瞪着眼说。

"不,我是说可不可以摸敌人一下子,抓一两个回去也是好的。"

"这行!"

调皮骡子本来也有这个想法,就欣然同意。他决定自己带一个组打正面,让李茂带一个组从侧翼绕上去。动作要求"隐蔽迅速","抓一把就走"。

可是李茂的那个小组刚下了小高地,还没有走出多远,轰隆一声巨响,就像落到他们身边一个大炮弹似的,眼瞅着三个人在火光里倒了下去。调皮骡子心想,说是炮弹吧,又没听见炮弹出口声,想必是中了地雷。接着,敌人的照明弹打了起来。调皮骡子见情况不妙,就三脚两步地跑过去,看见李茂和另外两个战士都负了重伤,倒在草丛里。他当机立断,马上命令其余三个战士把伤员的手榴弹解下来,然后背着他们迅速撤退;自己在后面担任掩护。这时山头上敌人的轻重机枪已经像雨点般地扫射过来。

天色已经微明。调皮骡子估计敌人很有可能下山追截,那三个同志背着伤员也不可能走得太快,危险仍然是存在着的;就提着好几挂手榴弹和子弹,重新回到小高地上,蹲在一个炸弹坑里,监视着山上的敌人,准备着将要来临的一场恶斗。

果然,时间不大,从山坡上下来三十几个敌人,大呼小叫地去追那几个背伤员的战士。调皮骡子是闻名全团的射手之一。他冷静沉着地瞄准敌人,立时就打倒了几个。敌人不敢追赶,就调转头把小高地包围起来,想来抓他活的。

"好狗日的!你的野心倒不小哇!"

他狠狠地骂了一句,接着把一颗颗手榴弹,都趁空隙咬开盖子,把弹弦舐出来,在面前摆了一溜。这一切都做得从容而又迅速。因为他已经清醒地估计了眼前的形势:此刻突围不仅不可能,而且还会使他的伙伴不能脱险。如果能多拖一些时间,同志们的安全也就愈有保证了。

在他这样想着的时候,东面的坡坎下钻出来五六个敌人,一面打冲锋枪,一面冲上来。调皮骡子不动声色,等敌人冲到三十米处,接连投过去三颗手榴弹,打得敌人滚的滚,爬的爬,只剩下一两个蹿回到坡坎下面去了。

调皮骡子的嘴角,轻蔑地笑了一笑。一回头,后面有两个敌人,正从草丛里悄悄地爬过来。调皮骡子装作没有看见,也不惊动他,只等这两个家伙爬到七八步远,才突然转身,举起冲锋枪,给他俩点了名。其中一个翻了两个身死在那里,另一个钢盔被击穿,脑袋一歪就伏在那里不动了。

调皮骡子接连打垮敌人两路进攻,心中一阵高兴。加上我方炮火这时也向无名山进行间歇射击,心里更受鼓舞,胃口就大起来。他心中暗想:"如果能多多杀伤敌人,突围还是有希望的。"

这时,只见南边坡坎下草棵一动,摇摇晃晃地露出一顶钢盔。他刚举起枪来准备搂火,又立刻停住,原来那顶钢盔是用一根小棍儿顶着。他低声地骂了一句:"还跟我来这个花招呢!"就没有理它。过了一会儿,坡坎下伸出两个脑袋,一伸一缩。调皮骡子心想,"让他们过于胆小反而不利",就仍然不加理睬。果然,敌人的胆子渐渐大起来,坡坎下先后伸出七八个脑壳,悄悄地爬上了坡坎,试探着向弹坑接近。等他们进到适当距离,调皮骡子才抓起一个大个儿飞雷,一扬臂,嗖地投了出去。轰隆一声巨响,登时像大炮弹一般掀起一股浓烟。他怕不解决问题,又一连投了几个手榴弹,半个山坡雾沉沉的。烟气消散,这七八个敌人大部被炸死,只剩下两个撅着屁股往回爬,也被调皮骡子补了几枪,趴在塄坎上不动了。

调皮骡子觉得很过瘾,正自高兴,忽然背上像有人捶了一下,一扭脸,一颗小甜瓜手榴弹从背上滚下来,在炸弹坑里滴溜溜乱转。他来不及思索,就把手榴弹抓在手里,立起来一扬手投了回去。手榴弹还未落地就轰隆一声爆炸了。几乎与此同时,他听见背后"哒哒哒"一串冲锋枪声,背上一麻,就昏倒在弹坑里了。等他清醒过来,觉得浑身无力,肚子里热乎乎的;低头一看,腰里的皮带钻了好几个洞。他把怀解开,肠子已经流出来,像小茶碗那么一坨,垂在裤腰上。鲜血顺着两条裤腿流个不住。

这时,调皮骡子心中想道:"今天我已经打死了快二十个,早够本了。我要能坚持一下,再打死几个,就纯粹都是赚的。"

这样一想,精神又振奋起来。他一看左臂上还缠着白毛巾,那是昨天晚上夜间战斗的联络记号,就想把它解下来,垫着它把肠子塞进去。可是刚刚解下毛巾,猛一抬头,四五个黄毛脸的敌人已经冲到面前五六步远,正要来抓他活的。他登时怒火冲天,霍地立起身来,一只手用毛巾捂住肚子,一条臂夹着冲锋枪,一阵猛扫,把四五个敌人都打倒了,怕他们装死,每个又补了一枪。这时候,他的肠子已经流出了一大坨,站立不稳,又坐在弹坑里……

他冷静地清查了一下弹药。手榴弹只剩下两枚,子弹也不多了。他很后悔,刚才一时发怒,消耗了过多的弹药。他把剩下的子弹从梭子里扣下了两粒,装在口袋里;手榴弹也留下一颗:准备在最危急的情况下,留给自己。这位老战士,由于过度地自信,是很少有这种心境的;但是眼前的情况,使他不能不作最后的准备。

可是出人意料,敌人既没有撤退,也没有再上来,竟形成了一种奇怪的僵持局面。天色不知什么时候阴沉起来,一阵狂风过后,跟着来了一阵暴雨。调皮骡子忽然灵机一动,自己叫着自己的名字道:"王大发呀王大发!你不趁机突围,还在这里傻等什么?"这么一想,就用那条毛巾垫着,想把肠子塞进去;结果竟塞进了一多半,剩下一坨实在塞不进去,只好忍着疼痛把腰带往紧里扎了扎。接着,一手提着枪,一手拿着手榴弹,走出弹坑。避开北面的敌人,从西面绕了出去。

在雨烟的掩护下,调皮骡子顺利突围,艰难地跋涉在草莽里。如果说在刚才紧张的情况下,他觉得身上还有些力气;等走到河边,回头看看后面并没有敌人追赶,就觉得实在走不动了。他站在河边,稍微休息了一下。此刻他最怕的就是在河里滑倒,如果那样,就很可能爬不起来。这样盘算了一会儿,就想在近处折一根树枝。没想到,一根并不很粗的小树枝儿,用尽全身力气竟然折它不断。没奈何,只好挂着冲锋枪,极力稳住步子,才过了那道不足一丈宽的小河。

　　过了河,两条腿就像绑了两块大石头似的,每迈一步都像有千百斤重。他只好走几步,歇上一歇,又接着走。他觉得走了很长很长时间,回头看看,并没有走出多远。由于草深路滑,一脚蹬空,跌倒在坡坎下面,顿时又昏迷过去。过了很长时间,他才苏醒过来。看看天色像快要黑了的样子,雨还没停。他挣扎了好几次,都没有站起来,心里不由生气地骂道:"王大发呀王大发!你也是一个老战士了。大江大河过了多少,今天就这几步路,你怎么就走不了啦?你还争取入党呢,你还埋怨支部没有讨论你的入党请求呢!每个共产党员都应当是钢铁战士,你连这点困难都克服不了,还谈什么入党啊!"他对自己的责备果然有效,抓着灌木丛,拄着枪把硬是站了起来,又开始了比平常几千里路还要遥远的征程……

　　正在他艰难地跋涉时,忽然听见后面沙沙地响。他吃力地转过头去,见草丛向两面微微摇摆着。他蓦地一惊,以为是敌人追过来了,就停住脚步,把子弹哗的一声推了上去,静静地等待着。时间不大,听见草丛那边一个人说:"我看他不会叫敌人虏去。别看这家伙平时大大咧咧,到关键时刻是很过硬的!"另一个说:"很可能是负伤了,你看小高地上的炸弹坑里好大一摊血哟!"第三个说:"你怎么知道是他?"第二个又说:"你没看见那一堆手榴弹弦吗!还是得顺着血印找才行!"又一个说:"要是不下雨就好了,一下雨血印也看不见了。"说到这里,只听一个人用命令的口气说:"大伙散开一点,在草棵里仔细拨拉拨拉。就是把这草地翻遍,也得把他找着!"调皮骡子听出,说这话的正是自己的连长郭祥。

　　他心里一阵热乎乎的,就尽全身的力量喊了一声:"连长!我在这里!"但是想不到自己的声音这么微弱,加上雨声又大,简直就跟没有喊出来似的。他只好把手指探上扳机向空中放了一枪……

郭祥披着雨衣,拨拉着草棵赶过来,看见调皮骡子浑身上下已经成了一个血人。他一只手用冲锋枪拄地,一只手用毛巾捂着肚子,脸色像块白纸,一点血色也没有了。郭祥马上扶住他,接过冲锋枪,紧紧握着他的手,激动得说不出话。

"我没有完成任务……"调皮骡子一句话没有说完,眼泪就刷刷地流了下来。

"这不怪你。"郭祥鼻子酸酸地说,"主要是我对敌人的地雷估计不够。"

同志们也都赶过来。乔大夯连忙把肩上的担架放下,郭祥亲自扶着调皮骡子上了担架,脱下雨衣,给他盖上,亲切地抚慰说:

"大发同志,不要难过。你这次不顾一切危险,掩护同志,比抓几个俘虏,我们还高兴呢!"

大夯和另一个战士抬着担架,走在前面。郭祥等人在后面跟着。在临到后方医院去的岔路口上,调皮骡子忽然叫住郭祥说:

"连长,你可别忘了把团员的介绍信给我转去啊!"

郭祥扶着担架亲切地说:

"大发同志,我忘了告诉你,你的入党问题已经通过了!"

调皮骡子的眼睛又涌出一股明亮的泪水,滴落在担架上。雨,还在哗哗地下着。郭祥他们站在路边,一直目送着担架,消失在白茫茫的烟雨里……

第七章　地雷大搬家

一连几天,郭祥很恼火。不仅因为调皮骡子这个班遭到很大杀伤,而且敌人越来越多的地雷,大大限制了小部队的活动。从前面回来的人说,敌人敷设的地雷,不仅数量多,种类也多。除了踏火雷,绊脚雷,还有什么跳雷,照明雷等等。据说那种跳雷,触动它时能够凌空而起,给地面的人以大范围的杀伤;照明雷也很讨厌,它常常使夜间活动的人暴露在强光之下。因此,每当郭祥布置夜间活动时,都不能不首先考虑到这个讨厌的怪物。他觉得自己的手脚简直像被人捆绑起来似的难受。

于是,他和老模范开了一次支部委员会,专门讨论这个问题。结论是:不能有依靠工兵的思想,不能抱消极等待的态度。因为工兵们在后方运输线上担负的任务已经够繁重了。会上郭祥提议,由他本人亲自带领一个班,到前面先去"摸一点经验"。但是,这个建议刚刚提出,就被人用话截住。说话的不是别人,正是那个被群众称为"小诸葛"的齐堆。他是同郭祥一起创造了"坑道工事"之后提升为排长的,而且是党支部的宣传委员。他以一向不慌不忙的架势,摆摆手,笑嘻嘻地说:

"常言说,杀鸡不用牛刀,你们掏耳屎也用不着大马勺嘛!像这种事儿,只要找一个当过民兵的,埋过地雷的,带上一两个人,先去取一个来,研究研究,也就行了。"

"说我嘎,你比我还嘎!"郭祥嘿嘿笑着说,"讲了半天,你推荐的不就是自己个儿吗!"

齐堆扑哧一声笑了。郭祥又笑着说:

"现在的妇女,觉悟性就是高,一来信就是:'我也不缺吃,不缺穿,就缺一张报功单。'齐堆,说实话,是不是来凤又向你要立功喜报了?"

"这个,就用不着向领导详细汇报啦。"齐堆笑嘻嘻地说,"人家那信,比你说的可就丰富多喽!"

任务就这样落到齐堆手里。

齐堆表面上诙谐健谈,大大咧咧,实际上却十分爱动脑子,处事无比精细。他选择的出发时间,比小部队通常出动的时间要早。这是因为:第一可以出敌意外;第二便于观察,免得黑灯瞎火地蹬上地雷;第三,他准备去的那个小高地,也就是调皮骡子力战群敌的地方,敌人往往白天占据,日落前撤回,正可以利用这个空隙进行活动。齐堆还考虑到,执行这种任务,人多了反而容易招致伤亡,所以他只挑选了身强力壮的小钢炮张墩儿与他随行。

下午两个人提前吃了晚饭,扎好伪装。齐堆看看太阳,在正西偏北方向还有一竿多高,由于斜照着敌人的山头,正是敌人不便观察的时候,就立刻下了阵地,穿行在一人多高的草丛里。这时敌我之间,除了偶尔打两发冷炮之外,整个山谷里显得颇为宁静。

在临近调皮骡子王大发力战群敌的那座小高地时,齐堆向小钢炮摆了摆手,停住脚步。他聚精会神地观察了一会儿,见山上没有动静,才慢慢地向山脚接近。没走多远,突然草丛里一阵响动,两个人以为中了敌人的埋伏,立刻端起木把冲锋枪准备射击。谁知仔细一看,原来是被惊起的两只野山羊,惊慌地向山上逃去。刚刚跑到山坡上,只见火光一闪,接着轰隆一声巨响,冒起一大团黑烟,两只野山羊已经被炸飞了。小钢炮瞪着两只圆溜溜的眼

睛,说:

"排长!这是哪里打来的炮哇?"

齐堆笑了一笑说:

"炮怎么会没有出口声呢,这恐怕就是咱们找的敷雷区了。"

小钢炮怕排长受损失,把袖子一捋,说:

"我先上!"

"不,不,"齐堆笑着说,"起这玩艺儿,可不能学莽张飞。"

说过,他让小钢炮走在后面,拉开一段距离,然后小心翼翼地向山坡上接近。面前的小树,石头,他都作了仔细的观察。这样轻手轻脚地走了十几步远,忽然觉得脚上像是被什么东西绊住。弯下腰仔细一看,才发现是一根葱绿色的细铁丝,比头发丝粗不了多少。他连忙把腿缩回来,顺着铁丝向旁边走了几步,看见一棵幼松下,摆着一个扁圆形的绿色的铁盒子。这齐堆虽然自称是"老"民兵,实际当时年龄很小,对地雷并没有真正摆弄过;见识这个从大洋彼岸来的"洋玩艺儿",更是初次。按照他事后的说法,他就蹲下身子,跟那个洋玩艺儿"相起面"来。那个扁圆形的铁盒子上,凸起了一个一寸多高的雷帽,有墨水瓶盖那么大,上面有一个小铁环,铁环上系着好几根绿铁丝牵往别处。只要碰着其中一根,就会雷鸣电闪般地怒吼起来。齐堆望着它,轻蔑地笑了笑,指着它说:"今天,你就是老虎,我也得拔掉你的牙;你就是毒龙,我也得扳掉你的角!为了给同志们摸索点经验,今天我就跟你干了!"

他想到这里,就转过身来,对小钢炮说:

"小钢炮,你站远一点!你要注意我的动作。如果我这么起它,没弄好牺牲了,你就接受我的教训,下一次换一个办法。"

小钢炮一把拉住他说:

"排长,这可不行!你还要指挥打仗呢,让我先来起吧。"

齐堆嘿嘿一笑,说:

"还是我经验多。小钢炮,你快走开一点!"

小钢炮见他决心已定,只好离开一段距离,眼巴巴地瞅着。齐堆随即全神贯注地思索起来。他想,那个连着绊雷丝的铁环,一定是发火的地方,必须首先把它弄断。于是,他就一只手轻轻地扣着铁丝,一只手掏出钳子去咬,只听嘎嘣一声,铁丝断了。他把几根绊雷丝全部咬断,就松了一口气。可是,敌人为什么把地雷埋着一半留着一半?这里边又有什么鬼名堂呢?俗话说,"小心没大岔",他就去扒地雷周围的土。土扒开了,用手试探着往下面一摸,并没有碰到什么,他就发了狠,一只手小心地扶着雷体,一只手用力一扳,就扳了起来。他将它高高地托起,凝视着它,低声喝道:

"龟儿子!你炸吧!炸吧!"

可是待了一两分钟,仍然不见响动。齐堆这才长长地吁了口气。那边小钢炮看见排长高高地托着地雷,连忙跑过来又惊又喜地说:

"排长,你这个老民兵就是行,怎么一扳就扳起来了?"

齐堆笑了一笑,说:

"光扳起来不行啊,你瞧着,我还得给它来个开膛破肚呢!"

小钢炮说:

"排长,你不是说背回去才拆卸吗?"

齐堆说:

"我憋不住这股劲儿了;再说咱们闹不清楚,路上碰响了也不是玩儿的!"

齐堆说过,想找个保险的地方拆。他用眼一扫,旁边不远有一条交通沟,就端着地雷走过去,把它放在沟沿上,然后捋捋袖子,指着地雷说:"看咱们俩今天谁整住谁!你只要一冒烟,我就把你推到沟里去!"

他首先察看雷帽。发现雷帽衔接处是螺丝口,心想:"你既然能拧上去,我就能拧下来!"主意一定,他就转过脸对小钢炮说:

"小钢炮,你还是先到那边待一会儿,我现在准备先从左往右转,如果出了差错,你就再起一个来,倒过来拧。今天,无论如何我们得把它破了。"

小钢炮本来正伸着头聚精会神地看着,听了这话,翻了一眼,说:

"一到节骨眼上,就把我支使开了。"

"嘻,这也是工作需要嘛!如果一块儿都炸住了,那咱们俩就在这儿休息吧,谁也甭完成任务了。"

小钢炮只好离开。这里齐堆就挽起袖子,瞪大眼睛,开始旋动起来。他尽量使自己沉住气,可是等到把雷帽拧下来,衬衣已经黏黏糊糊地贴在背上了。

他长长地吁了口气,看看雷帽,里面装的是弹簧和撞针。再看看雷体,雷管和底火还附在上面。齐堆唯恐还有什么鬼名堂,就一遍又一遍地察看着雷管和雷体衔接的地方。他试着拔了几下没有拔动,心想,既然拔不动,那就可能是拧上去的。接着轻轻一拧就拧下来了。

最后,只剩下雷体了。但是他还不放心,就抱起它向空中一扔,只听咕咚一声,像一块石头落地那样稀松平常,只不过砸了一个小坑。这时,他几乎兴奋得喊出来:

"美国佬!你们的看家法宝完蛋了!"

小钢炮跑过来,又是钦慕又是兴奋地把他的排长抱住了。齐堆兴奋地说:

"小钢炮,你等着,我再给你抱几个'老虎娃'去!"

"排长，"小钢炮笑着说，"你怎么也学起莽张飞了？你先教会我，咱们俩一块儿抱'老虎娃'不好吗？"

齐堆连连点头说：

"好，好。"

不过几分钟，小钢炮就出师了。他们俩便在山坡上搜寻起来。这时候已经完全没有刚才的紧张情绪，简直像在西瓜地里挑瓜似的，不一会儿就起了十几个各式各样的地雷。小钢炮统统把它装到事先准备好的大口袋里，往肩膀头上一扛，乐呵呵地说：

"今天收获确实不小！排长，咱们得胜回朝吧！"

齐堆抬起头望望天，太阳刚刚落山，明月已经升起。他颇有点恋恋不舍地说：

"小钢炮，你看天还早着呢！咱们把这些玩艺儿背回去搞训练，当教材，也用不了这么多呀！还是给敌人留下几个才好。"

"什么？还给他们留下？"

齐堆笑着说：

"这玩艺儿既是他们造的，也叫他们自己尝尝它的滋味嘛！"

小钢炮立刻两眼放光，一连声说：

"行！行！"

于是两个人兴冲冲地向小高地的山顶爬去。过了山顶，就到了向敌面的山坡上。在这里他们左寻右找，终于发现了一个隐蔽的防炮洞。洞口向南，朝着敌人的阵地。他们悄悄摸进去，借着月光一看，里面堆放着许多电线，还乱扔着饼干纸和罐头盒子。洞里拉着一根电线，通到洞外的单人掩体里。果然，敌人白天就躲在这里，依靠两边的单人掩体观察我军情况。小钢炮立刻说：

"排长，我看就在这儿埋上一个吧！"

说着，就撂下大口袋，取下小圆锹，在洞口要挖，齐堆摆摆

手说:

"你在洞口挖,只能炸住一两个。他人多了,一定往里挤,你在里面埋上一个,就给他来个连锅端了。"

两个人埋好后,盖上了一层薄薄的干土,扔上了一些碎纸片、罐头盒子,使它恢复了原状,然后才出了洞口。

他们顺着交通沟向下走了不远,看见有几棵大杨树,树底下被踩得光溜溜的,旁边一块扁平的大青石,附近还有一个小水洼。齐堆停住脚步,指着树底下说:

"小钢炮,你看,这准是敌人乘凉的地方。敌人在山上挨了炸,一定会跑到这里喝水休息,咱们给他留点小点心怎么样?"

小钢炮欣然同意说:

"好!那就再留下一个。他要休息,就叫他们彻底休息吧!"

最后,他俩又在各交通路口埋上了几个,这才带着一身轻松跨过峡谷,轻轻地哼着歌儿回到了自己的阵地。

当他们把十几个光怪陆离的洋怪物从口袋里倒出来的时候,郭祥把他们的手攥了老半天,最后瞅着齐堆,笑眯眯地说:

"行!行!我看你这个老民兵还真有两下子!等天一亮,我就给你召集人办训练班。"

训练班办起来了。教员、材料都现成。这也许是训练班中最短的训练班,从学员入学到结业仪式,通共还不到一个钟头。到下午,郭祥就抽了两个班,区分了作业地区,准备一到黄昏就准时出发,作为实际的毕业考试。

在这一天里,最不宁静的是小钢炮,觉也没有睡着,饭也没有吃好。因为他老跑到前沿去看,他和排长给敌人留下的几份礼物,是不是起到了作用。中午,在小高地的后面,冒起了两缕黑烟,却没有听到爆炸声,更使他坐卧不安。他跑到齐堆那里说:"排长,今天的太阳给咱泡上啦！往日走得那么快,今天怎么就不动窝了？"

好容易挨到太阳落山,明月升起。齐堆和小钢炮各带了一个班,分赴指定地区。直到月落乌啼胜利归来时,郭祥看到的地雷就不是一口袋,而是满满的几口袋。真是五光十色,应有尽有。郭祥说：

"不是说给他们留下一些吗？怎么都带回来了？"

齐堆笑着说：

"连长,给他们留下的已经够吃喝一阵的了；如果再多,也是浪费。不如咱们留点存货,总有用着的时候。"

"也好。"郭祥两个眼珠一转,立刻决定说,"在咱们阵地前面也埋上一些,叫这些不花钱的洋玩艺,也给咱们看看家吧！"

小钢炮回来时,更是兴奋无比。一跨进门就喊：

"起到作用了！起到作用了！"

郭祥笑着问：

"小钢炮,起到什么作用,你倒是说呀！"

"嗐,你就别提了。"小钢炮说,"那个洞子,简直进不去人了,一端进去,黏糊糊的都是血。我摸进去一看,里面露着一只脚,还穿着大皮靴。我就喊：'缴枪不杀！'他也不应声。我心想,你别装蒜,就抓着靴子往外一拽,你说是什么,原来是敌人炸掉的一只大腿！"

整个洞子的人都哈哈大笑起来。

这时,团里来了电话。郭祥一听声音就知道是团里周政委。他在电话里问：

"执行任务的人都回来了吗？"

"都回来了。"

郭祥接着把执行任务的情况讲了一遍。政委显得很高兴,但是紧接着说：

"你们不要满足,不但要自己搞好,还要帮助友邻。从明天起,你们准备派出十个教员,带着地雷到各部队讲课。"

郭祥连声应诺。下边政委用又严肃又亲切的声调说:

"郭祥同志!你们搞的这个'地雷大搬家',发挥了群众的主动性和创造性,在全军起到了一定的作用。但是在有些方面,你们比起一些先进连来是落后了……"

郭祥听到这里,耳朵一支棱,咽了口唾沫,把耳机攥得紧紧的,听着政委下面的话。

"比如说现在开展的冷枪冷炮活动,有些连队硬是打得好啊!你听说过'狙击兵岭'吗?"

"没听说过。"郭祥回答。

"哦,这个连队可真了不起!"政委用煽动性的调子说,"他们是中线一个有名的连队。这个连队在一个多月时间内,光用冷枪冷炮就打死敌人四百多名,简直快够一个营了。敌人害怕得很,把他们占的山头叫做'狙击兵岭'。这不是我们授予的称号,是敌人给他们的称号!"

政委好像故意让郭祥思索了一会,又接着说:

"可是,你们为什么就没有取得这样的战果呢?是积极性不高吗?不会,你不存在这个问题。恐怕还是打大仗的思想作怪,瞧不起这些'小打小闹'。郭祥同志,你有没有这个想法?"

"有。"郭祥坦率地承认道,"我老是想,我们在这儿泡的时间不算短了,干脆把无名高地拿下来算了。"

"哈哈哈……"政委爽朗地笑起来,"我就知道你是这个思想。当然,无名高地要争取早一天拿下来。但是狙击活动也不能放松。我们要从'零敲牛皮糖'这个总方针上好好领会领会。昨天我在师里开会,师长还特意叫我给你捎一句话呢!……"

郭祥的耳朵又支棱起来,攥紧耳机问:

"师长说什么了?"

"师长说,前天他在你们友邻看地形,看到无名山的敌人送饭换岗都大模大样地走;有一个家伙还站在那辆固定坦克上向我方张望。师长对这件事很生气。他说,我们前面不是四马路,干吗让敌人大模大样地走?应当把他们打得像狗爬,把他们打到地底下去!"

郭祥涨红着脸,一时没有言语。政委在电话里问:

"郭祥,你有什么意见?"

"没有意见。"郭祥说,"政委,请你报告师长,我们坚决把敌人打到地底下去!"

挂上耳机的时候,郭祥擦了把汗,长长吁了口气,说:

"嘻!现在这个形势,真是长江后浪催前浪,稍微不注意,就落后了!"

"政委到底说些什么呀?"齐堆问。

郭祥笑着说:

"嘿,他这政治工作就是有两下子!你刚轻松一点,他就提出了新任务,叫你想骄傲都没有时间……快快,快去找指导员开支委会吧!"

第八章　又一个"狙击兵岭"

常言说,"响鼓不用重槌敲"。自从团政委点出三连的问题之后,郭祥就立时召开了支委会,首先对自己打大仗的思想进行了自我批评。接着对"怕捅蚂蜂窝"的思想也捎带着给了几炮。随后经过研究,选出了本连的特等射手,组成了步枪组,机枪组,还有六〇炮和祖国新来的无坐力炮合编的冷炮组,区分了地段,划分了责任。第二天,狙击活动就轰轰烈烈地开展起来。大家都憋足劲,要向"狙击兵岭"看齐。

果然不出所料,狙击活动遭到了敌人强烈的报复。又是飞机,又是大炮,很疯狂了一阵。但是都被他们硬顶过去。郭祥还特意把无坐力炮秘密运到前沿,敲掉了无名山上敌人设置的那辆固定坦克,狙击活动就更顺利地开展起来。无名山上的每一条大路小路,敌人出没的每一个场所,都受到狙击手们的严密监视。只要敌人一露头,就会猝不及防地倒在狙击手们的枪弹之下。真是把敌人打得晕头转向,屁滚尿流,偶尔出来一次,就像老鼠出洞一般。开始敌人还去拖死尸,死尸拖不回,还得赔上三个五个,最后连死尸也不拖了。当时,我们的快板诗人毕革飞,曾写过一篇快板,专门记载此事。诗曰:

狙击手,真活跃,
你一枪,我一炮,

不打死靶要打活目标。
展开狙击大竞赛,
个个都把战机找。
敌人在工事一露头,
叭地一枪应声倒。
敌人出来拉尸首,
又是射击好目标。
你要愿意要尸首,
我们负责给你造!
零零碎碎吃喝你,
最后把你全吃掉!

在这场狙击大竞赛中,"创造杀敌百名狙击手"的口号,具有极大的吸引力。青年战士们,人人奋勇,个个争先,都想最先突破这个光荣指标。特别是那个十六岁的小鬼杨春,简直着了迷。这匹刚刚戴上笼嘴的小马,在老保姆陈三得力的领导下,虽然进步不小,但是按陈三的说法,始终没有把他那种过剩的精力完全转化为建设的积极性。平时,不是到这个班偷偷拆卸机枪,就是到那个班摆弄别人的炮。这一下可好了,他的全副精力都集中到这方面去了。每天天一亮,他把帽檐儿一歪,就抱着一枝枪,伏在射击台上,用一双圆圆的猫眼搜寻着自己的猎物。有时候为了减小自己的目标,他甚至脱个光膀子,把帽子也染上黄泥,伏在交通沟沿上观察。远远看去,他那在庄稼地滚过的身体简直同黄黄的泥块没有两样。由于他这样不辞劳苦,今天打中三个,明天击倒五个,他的记录表一直像响箭一般地直线上升。他本人也越打越上瘾,越打越来劲。每天只嫌太阳落得早,只嫌天色亮得迟。就是夜间做梦,也不断地喊:"打中了! 打中了!"一边喊,手指头还在不断地扳动。这样,在一个月结束的时候,他的毙敌数已经达到五十八名,不要说在全连,就是在全营也遥遥领先了。

有人分析说,他所以能取得这样的成绩,是由于他那精确的射击技术。确实不能否认,他从小就是一个玩弹弓的好手,到现在他那圆乎乎的小脸上,还有一个小小的疤痕,就是他的战友给他留下的光荣纪念。但是如果全面考察,他那善于捕捉战机的积极性,却是他克敌制胜的主要原因。例如他击毙的第三十个到第三十三个敌人,就很能说明这个问题。那一天,敌人对我们头天的狙击活动恼火透了,一早晨就来了四架敌机,在阵地上狂轰滥炸。这时候,大家都躲在洞子里防空,唯独找不见他,把郭祥和陈三急得什么似的。你猜他在哪里?他就在最前沿的山坡上,全身插满了松枝,伪装成一棵幼松,用跪射姿势屹立在漫漫的硝烟之中。因为平时敌人不敢露头,现在见他们的飞机正在施展威力,纷纷从地堡里钻出来观看,有的还鼓掌大笑。就在这时,小杨春举起枪来,叭,叭,叭,三枪打倒了三个敌人。吓得敌人又赶忙钻回到地堡里,这场热闹也没有看成。事后,郭祥责怪他说:"你这个家伙,怎么不防空呀?"小杨春龇牙一笑说:"我要防空,还到哪儿去找这个好机会呀!"

说到这儿,我们不妨揭破这小鬼的一件秘密。它甚至已经到了绝密的程度,以致使得料事如神的郭祥、工作深入的老模范以及朝夕相处的陈三都摸不清底细。

那还是今年春暖花开的时节,从祖国寄来了大批的"慰问袋",小杨春也理所当然地分到了一个。这个袋子里装了几十块水果糖,还有一封短短的信。从信上看,来信人年纪很小,字迹稚嫩,一笔一画,像是刚会挪步的孩子,比杨春那打飞脚的字好不了多少。信上写道:

亲爱的志愿军叔叔：

　　我妈妈每天给我一分钱买糖。我没有吃。现在我给叔叔寄去。希望叔叔吃了我的糖,多打死几个美国鬼子！我要向叔叔学习,长大了,也要去抗美援朝。

李毛毛

　　当时,接到慰问袋的这位十六岁的"志愿军叔叔",不用说是颇受感动的。因为他平生以来第一次作为一个人民的战士受人尊敬。他当时就在自己的小本上写了一首诗：

慰问袋,六寸长,
慰问糖在里面装。
昨天我吃一块糖,
糖儿对我把话讲：
你吃糖,想一想,
祖国人民的心意可记上？

　　按照小杨春原来的计划,这糖本来是准备立功之后才吃的。但是,毕竟我们这位"志愿军叔叔"修养方面还有些不足,今天一块儿,明天一块儿,也就吃完了。只剩了个空空的小口袋还包在包袱里。这次支部号召"创造杀敌百名狙击手",小杨春忽然想起这个慰问袋来,如果打死一个敌人,就把一枚小石子装进去,装满了一百枚,将来寄给这位小朋友,岂不是一个很好的纪念？这样就暗暗下了决心。但是,这小鬼鬼心眼不少：一来这计划还不知道能不能完成；即使能完成,事先透露出去,还是会被人传为笑柄。他自己这样那样的"娄子"已经够多了,何必再给人增加一份谈话的资料呢？于是就把这事定为"绝密"一级,对人绝口不谈。只是在打死一个敌人后,才选一枚晶莹可爱的小红石子,乘夜深人静,悄悄丢到那个未曾见过面的朋友的口袋里。

事物的发展过程总是曲折的。最初几天,他的冷枪不算得手,接着就跨入胜利的坦途,每天都可以打死一两个甚至两三个敌人。有一天,这是多么值得回忆的一天,他竟然创造了打死五个敌人的最高纪录。应该说,连里给他分工负责的地区也是比较理想的;从无名山右后方到前面地堡的一条通道,是敌人每天往前边送饭送水、运输弹药的必经之路。那天中午,小杨春正光着膀子伏在交通沟沿上察看,从无名山后出来了三个敌人,前面一个人抱着碗碟,中间一个挑着大锅,后面一个人提着帆布桶。这小鬼颇有算计,他想,如果先打前面的,后面两个就会跑掉;如果先打中间的,两头的也容易逃脱。他仔细看了一下地形,第一个人的前面是一个较陡的山坡,跑过去有点费事;中间的那个挑了很重的东西,也容易收拾;只有最后那个回头跑很容易溜掉。主意一定,他就首先瞄准那个提帆布桶的。这小鬼的枪法确实高明,只听"叭"的一声,那家伙已经应声而倒。中间那个挑大锅的见事不好,仓皇回顾,究竟是往前跑还是往回跑,一时拿不定主意,等到他刚刚撂下挑子,小杨春的枪弹已到,他就打了一个趔趄,趴到他的大锅上了。这时候,前面那个敌人正在"哈吃""哈吃"地往坡上猛爬,刚要爬上坡顶,被小杨春"叭"地一枪,就一个倒栽葱倒了下来,在山坡上打了十几个滚,滚到了山坡底下。小杨春料到敌人要来拉尸,就静静地等着。过了半个小时,敌人见没有动静,才从地堡里钻出三个人来。杨春故意不理睬他。等他们把死尸的脚套上绳子刚往回拉,杨春突然开枪,接连又放倒了两个,只剩下一个仗着脚杆子长跑回到洞里去了。杨春虽然不免有些惋惜,但还是高高兴兴地哼着歌儿,选了五枚最好看的红石子,投到那个慰问袋里。

但是,紧接着就产生了日益增多的困难。因为敌人的浅近纵深的每一条道路都被我控制起来,干脆不出来了。白天不换哨,不值勤,不送伤员,不拖死尸,甚至也不送饭,这一切都被迫地改在夜间进行。这时候,冷炮组及时地改变了手法,对敌人的必经之路,事前测好距离,实行夜间封锁。但是对于杨春这个步枪手却失去了用武之地。他心中暗想:"你把送饭改在夜间,这可以;但是你吃了饭不拉屎总是不行!"于是杨春就提前起床,专门封锁敌人的厕所。正好这厕所在一座高坡上。这天早起天似亮不亮,敌人陆续不断地从地堡里钻出来到厕所里去,杨春没有管他。单等敌人从厕所里出来,就一个一个地点名。有一个敌人刚钻进厕所就提着裤子往外跑,等到他连滚带爬地下了土坡,杨春就叫他一命呜呼了。光这一次就打死了敌人四名。事情传开,其他狙击手也纷纷学习杨春的先进经验。谁知这样一来,敌人连拉屎撒尿都用罐头盒子装着往外扔,这不能不说是朝鲜战场上的一种创造。

看来,事情已发展到山穷水尽的地步。一个神枪手,即使能百发百中,没有目标,又到哪里去射击呢?这不能不给杨春和他的伙伴们带来一定的苦恼。确实的,在狙击运动临近第二个月的末尾,也就是杨春把第九十五个红石子丢进小口袋之后,一连几天,都没有"进货"了。

在这关键时刻,郭祥来找杨春,一看他闷闷不乐的样子,就笑着问:

"小机灵鬼,怎么不高兴了?买卖开不了张啦,是不?"

"你明明知道,还故意问我。"小杨春咕嘟着嘴说。

郭祥摸摸他光着的小肩膀,笑起来:

"都怪你没有学过辩证法嘛!一条道走到黑。你要敌变我变,高敌一着才行!"

"敌人连拉屎撒尿都不出来,还有什么办法?"

"那,你就不会想个办法引他出来?"

这句话使杨春大大开窍。他在床上直翻腾了半夜,第二天一早,在他的交通壕里出现了一个草人,头戴军帽,身穿军衣,两条袖子在风里飘来荡去,潇洒自若,颇像一个大军官看地形的样子。他还专门邀请了罗小文作他的助手,在交通壕里掌握着这个草人,时而低一低头,时而挺一挺胸,装作向无名山贪馋地观看。而这个草人的主人,却依然光着膀子,歪戴着黄泥帽,睁着一双圆圆的猫眼,悄悄躲在侧翼。果然,待了不大一会儿,就从地堡里钻出一个人来,他首先探了探脑袋,看看没事,接着就又钻出了一个,架上了机枪。等到哒哒哒的机枪声还没有响完半梭,这两个可怜的生物已经倒下去了。这时候,就像连阴天忽然出现了明丽的太阳,许久不见的笑容,又出现在杨春那圆乎乎的脸上。

几天后的一个早晨,杨春正在搜寻猎物,忽然发现对面交通壕里站着三个敌人,都戴着明晃晃的钢盔。杨春不由喜上眉梢,正准备瞄准射击,觉得不对劲儿,定睛细看,不由得哈哈大笑道:"这鬼东西也想学我哪!"他一面找他的助手罗小文向那几顶钢盔射击;一面在一侧静静地守候。果然小文的枪声刚响,一个敌人就露出头来,等他架好枪时,他的脑袋已经软软地搭在交通沟的沟沿上了。

这时候,杨春的小红石子已经投到第九十八枚。可是,天底下的事就是这么巧,在只差两枚就要满百的情况下又被卡住。看来,敌人对我们阵地上出现的"大军官"一类,显然也丧失了兴趣。

终于杨春忍受不住,在一个不眠之夜去找郭祥。

"你是不是又开不了张啦?"郭祥笑着问。

"师长一天到晚说:'把敌人给我压到地底下去!'现在可好,压是压下去了,可就是不出来了。"

郭祥哈哈大笑着说：

"那还是因为你不学辩证法嘛！把它压进去，还可以把它再抠出来嘛！"

"抠出来？怎么就抠出来了？"杨春忽闪着一双猫眼，感兴趣地问。

"你等着瞧！"郭祥眨眨眼，笑着说，"我保证明天八点钟以前给你抠出来，叫你打个痛快。"

"你别说着玩了。"

"看，我什么时候骗过你！"郭祥说，"一准的。至于说我把它抠出来，你打上打不上，那就在你了。"

显然，郭祥是有准备的。当晚，他已经把两门无坐力炮取下炮架，秘密地运到了前沿阵地，对冷炮组、机枪组和步枪组也都作了相应的布置。

第二天拂晓前，郭祥又检查了一遍。天色刚一放明，他拿起五寸长的小喇叭嘟嘟一吹，两门无坐力炮就向两个最近的地堡突然开火，连续打了三发，顿时，两座地堡在一团团黑烟里揭开了盖子，接着乱糟糟的敌人，就像蜂群一般钻了出来。有的向别的地堡跑，有的向山后跑。接着步枪组和机枪组的狙击手们也开了火。这些人都是本连的特等射手，弹不虚发，敌人顿时就倒下了一片。杨春一连几天没有开张，简直像个大肚饿汉遇到满桌的饭菜一般，撂倒一个，又是一个，一连就打死了五个。剩下的一部分敌人刚刚跑到山后，几门六〇炮按照事先测好的距离又向山后打去。两个地堡的敌人，大概剩下不了几个。等到敌人的炮火还击的时候，狙击手们早已进入坑道，在那里喝水抽烟了。

郭祥一边卷粗大的喇叭筒，一边拍拍杨春光光的小肩膀，笑嘻嘻地说：

"机灵鬼,怎么样?没有骗你吧!"

杨春龇着牙笑了,两个小酒窝也显露出来。因为他正在盘算着要选五枚最美最红的石子儿,投到慰问袋里。多日来的愿望已经实现:他可以向他未曾见面的朋友写信了……

第九章　绣花人

郭祥就是这种性格：当敌人在他面前嚣张的时候，他是不能忍受的；而当敌人被他压倒了，"老实"了，他又会感到寂寞。自从开展狙击运动以来，经过两个月的零敲碎打，共打死敌人一千二百余名。敌人白天已经不敢露面。这时候，郭祥望着无名山叹起气来。

一个炎热的中午，郭祥刚撂下饭碗，通讯员就跑进来报告说，团长来了。他急忙跑出洞口，望见团长邓军正甩悠着他那只独臂，慢悠悠地顺着交通沟走上来，后面跟着警卫员小玲子，还有侦察排长花正芳等人。在炎热的阳光下，团长那一张被战火熏黑的脸，黑里透红，显然他的体力已经因为战局的稳定得到了恢复。他的神情也流露着愉快，和战争初期相比，他那威严的神态也显得和蔼了。

郭祥把大家迎进坑道，在幽暗的烛光下走了二三十步，才拐进他那一丈见方的连部。房间正中是一张新做的松木桌子，两边是他和老模范的床铺。他让大家在铺上坐了，接着卷了一支又粗又大的喇叭筒，递给邓军，笑嘻嘻地说：

"团长，咱们在这儿蹲的时间不短了吧？"

"你又不耐烦了吧，嗯？"邓军微微一笑。

"我倒没什么。"郭祥装出一副坦然的样子，"就是战士们反映不少。他们说，要再这样蹲下去，身上都长毛了！"

"真会夸张！"

"呃,团长,这怎么是夸张呢?现在敌人白天不敢露头;夜间出去打伏击吧,十次有九次扑空。我看再不动手,恐怕就要影响士气了。"

邓军悠然自得地喷了一口烟,笑着问:

"你看我来的意思是什么?"

郭祥眼睛里像两朵小火花似的一亮:

"是不是要拿无名山哪?"

邓军点了点头。郭祥手舞足蹈地说:

"那太好啦。我当你又来督促我们打冷枪呢!"

"不过,要真正准备好了才行。"邓军说,"军师首长都跟我谈了话。要我们像绣花一样组织这次战斗。"

"像绣花一样?"郭祥觉得有点新奇。

"嗯,军长就是这么跟我说的。他说,'老邓呀,现在打的是现代化的敌人,像你过去当排长的时候,那么一冲不行啰!你见过你老婆绣花没有?'我说,'我见过。'他就说,'对,就像你老婆绣花那个样子!'……"

郭祥忍不住,嘎嘎地笑起来。

"确实的,我过去是太粗啰!"邓军认真地说,"这一次,我这老粗手也要拿拿绣花针了。我考虑,无名山前面,敌人的地堡,工事,我们是比较熟悉的。可是它后面到底有什么?我们并不清楚。我想今天晚上伸到无名山的后面去,就潜伏在那里,明天白天好好地看一看。"

"什么?你要到敌人阵地的后面?"郭祥吃了一惊。

"怎么?我就不能去呀?"

"不是说你不能去,团长,"郭祥笑着说,"像这种任务,我跑一趟也就行了。"

"你当然要去。"邓军说,"迫击炮连连长也要去。咱们三个一同去。"

"这……团长,你还是再考虑考虑。"

"考虑什么?"邓军把那只独臂一挥,"军师首长,还有咱们周政委,他们考虑了好几天,才批准了,现在你又来拦我?……"

他不等郭祥表态,就站起来,说:

"不谈这个!走,你先领我到观察所看看。今天晚上,我们准备午夜零点准时出发!"

午夜,银河横空,繁星灿烂。邓军、郭祥和迫击炮连连长陈武三个,早已准备妥当,悄悄下了阵地。郭祥腰里插着一把二十响的驳壳枪走在前面,邓军居中,陈武在后,不一刻工夫,就进入到阵地前那一片漫漫的草莽里。他们带的东西很简单:除了望远镜、水壶和一小袋干粮之外,每人还带着两颗手榴弹。这是临下阵地之前,邓军特意向战士们要来的。其意义不说自明:一颗是用于敌人,一颗是留给自己。

在这一片野草漫漫的荒谷里,郭祥曾经活动过多次,对他早已是驾轻就熟的了。但是今天夜里,他却老像怀里揣着一个小兔似的嘣哒嘣哒地跳。他一面在荒草中觅路前进,一面还在不断地嘀咕:究竟应不应当让他的老团长去执行这样的任务。自然,对于这个身经百战的长征英雄来说,是无所谓的;但是万一发生了什么意外,自己对上级、对全团的同志怎样交待呢?……郭祥越想越觉着担子沉重,也就格外地小心谨慎起来。他走一小截,就停下来谛听一下周围的动静。邓军还不断在后面戳他的脊梁骨:"快一点嘛,莫耽误时间啰!"

快到河边,敌人的探照灯突然亮起来,它那粗大的光柱,像白色的巨蟒一样卧在无名山的前面。郭祥立即停住脚步,摆摆手让团长和陈武伏在草丛里。直等了一刻多钟,探照灯转移了方向,郭祥才扶着团长涉过那条小河。因为他知道河里的石头很滑,上面长了很厚的青苔。

过了河,他们向东斜插过去,直奔无名山左侧的山口。距山口不远,有两三户人家。按预定计划,由侦察排长花正芳和一个侦察员事先在无名山后选择好潜伏地点,然后在这个小村里等候他们。当他们到达这个荒芜的小村时,花正芳和那个侦察员从一人深的草丛里钻出来。郭祥低声地问:

"前边有什么情况没有?"

"没……什么,就是……公路上,来往汽车多一些。"

郭祥听出,花正芳的声音有些颤抖。由于担心团长的安全,想不到这个在敌人眼皮底下无比沉着的人,今天竟会紧张到这种程度。

"潜伏地点选好了吗?"邓军若无其事地问。

"选好了。"

"那就快走,莫耽误时间啰!"

花正芳立刻把冲锋枪一提,和那个侦察员走在前面,向着无名山左侧的山口前进。这里因为距敌人很近,山头上敌人修工事的声音,听得十分清晰。显然由于我军火力的加强,敌人已经在忙加固工事了。

穿过山口,就是一条新辟的小公路,从敌人后方直通无名山的山脚。花正芳刚要跨过公路,一辆卡车亮着灯光开过来。花正芳急忙打了个手势,让大家伏卧在草丛里。顷刻间,那辆卡车载着一大车木头,压得车帮咯吱咯吱地开了过去。花正芳引大家过了公路,沿着无名山后的一道山沟向西走了不远,来到一个山坡上。这个地方林木丛密,与无名山隔沟相望,观察十分方便。看来邓军相

当满意,立即堆下笑说:

"这地方就不错嘛!"

"不过,"花正芳的声音仍然有些颤抖,"我们背后头顶上就是敌人,离咱们最多只有五六十公尺。"

"那没有什么!我们的声音可以小一点。"邓军决断地把手一挥。于是几个人就在这树木丛中坐了下来。为了首长的安全,花正芳和侦察员提着冲锋枪向下移动了十几步远。

天刚一发亮,邓军就举起望远镜,在枝叶的缝隙中观察起来。这时候,山谷里还弥漫着白茫茫的雾气,一时还看不十分清楚。几阵晨风一吹,早雾消散,郭祥一望,这里距无名山的山脚不过百多公尺,中间只隔着一湾浅浅的山溪。山上修筑工事的敌人,由于畏惧我军的冷炮,大部分钻进了地堡,只有少数人还在挖土。山腰上有两道交通壕,像两条黄色的带子垂下绿色的山岗。下面就是密密麻麻的地堡,像乱坟包似的一时看不出头绪。细细一看,才看出是两个地堡群,分布在无名山的两侧。

郭祥正在凝神观察,忽听扑棱棱一声,一只斑鸠正好落在两三步远的一棵小松树上,正歪着脖儿向下察看。郭祥蓦地一惊。忽然想起看过的一出戏:花木兰在巡营瞭哨时,不正是看到鸟鹊惊飞判断敌人来袭的吗?这样一想,郭祥心里又忐忑不宁起来,觉得这次没有坚决阻止团长来是一个错误。他怀着极为懊悔的心情,屏神静气地盯着那只斑鸠,既希望它赶快离去,又怕将它惊飞……

而邓军这时却正举着望远镜,全神贯注地,简直是贪馋地观察着他的目标,既像是喃喃自语又像是对郭祥说:

"你瞧,这些鬼东西,多狡猾!地堡完全修在死角里,没有足够的曲射炮火是不行的。哼,你还劝我不要来,不要来,不来怎么能行啊,嗯?……"

"团长,你声音小一点吧!"郭祥目不转睛地望着那只斑鸠,提心吊胆地说。

"声音小一点可以。"邓军仍然举着望远镜,没有转过头来,"可是你一定要注意啊!最近兄弟部队打了一仗,伤亡不少,没有抓多少俘虏,就是因为后面那些地堡没有敲掉。这是血的教训哪!……嗯?……你叫陈武把图标得精确一点,每个地堡都不要漏掉。嗯?……"

郭祥因为眼望着斑鸠,没有应声。一阵风吹过来,那只斑鸠随着树枝摇来荡去。

邓军似乎察觉到郭祥不很在意,放下望远镜,转过头说:

"你张望什么?看地形你也不注意!"

因为邓军转动了一下身子,碰着了树枝,那只斑鸠扑棱棱一声飞了。邓军仰仰头:

"什么鬼家伙?"

"一只斑鸠。"郭祥小声地说。

"斑鸠有什么好看的?!"邓军沉着脸说。

郭祥看看敌人的阵地没有动静,才放下心来,望着邓军恬然地一笑。

邓军望望陈武,这位瘦高挑、脸孔白皙、有点斯文的迫击炮连连长,正佝偻着身子,拿着一支红蓝铅笔,聚精会神地在军用地图上标记地堡的位置。邓军轻轻地"嘘"了一声,向他招了招手,他即刻轻轻地移动着身子,向这边爬了两步。邓军问:

"地堡都标上了吗?"

"都标上了。"他温顺地回答,接着指了指地图上那些蓝色的斑点。

"老陈哪,"邓军嘱咐说,"位置可要搞精确呀!"

陈武点点头,又是温和地一笑。实际上,他连射击计划都在心里酝酿好了。

邓军又举起望远镜观察起来。也许他一面看一面就在构思未来的战斗部署,精神显得十分集中,似乎旁边的一切动静都与他无干的样子。

一轮红日推上东方的山顶,照得整个山岭红彤彤的。目标物显得越发清晰。郭祥看了几遍,都已记在心底,就又打量无名山的四周。他忽然发现,在无名山西侧的山口,贴着山脚停着一辆坦克。上面杂七杂八地盖着一些树枝,如果不是它那缠着青草的炮筒有些异样,简直很难发觉。郭祥正凝视间,从炮塔里钻出一个人来,接着又钻出了一个。两个人站在炮塔上正向这边瞭望,一边还用手指点着。郭祥又是一惊:"是不是刚才斑鸠惊飞起来,叫这两个家伙发现了?"正在嘀咕,两个坦克兵已经跳下坦克,向这个方向走来。郭祥嗖地把驳壳枪抽了出来;又怕花正芳他们过早开枪,立时出了一身冷汗。

他正准备报告团长,邓军举着望远镜说:

"郭祥,你看清楚了吗?"

"看清楚了。"

"哼,我说你没看清楚。"邓军仍然举着望远镜说,"你说敌人的指挥所在哪里?就在右下方那个比较大的地堡里嘛!你看那个洞口,电线快有一把粗了。记住,一开始就要把它敲掉!……听到了吗?嗯?"

"过来了!团长,过来了!"郭祥望着那两个坦克兵,离他们只有五六十米,立刻把驳壳枪张开了机头。

"你怎么老精神不集中?嗯?"邓军放下望远镜,转过头问,"什么过来了?"

郭祥用嘴巴往前一指,邓军这才看见那两个敌人。他把郭祥的驳壳枪轻轻一按:

"等一等!我看不一定是发现了我们。"

果然,那两个家伙又朝前走了几步,就在小溪边蹲下,捧着水洗起脸来。这时,正巧我方的一颗迫击炮弹"嗵"的一声落在山坡上,这两个家伙脸也顾不得擦,撒腿就跑。他们几乎用跑百米的速度,跑回坦克边,又钻进乌龟壳里去了。

邓军和郭祥看着他们的狼狈相,几乎笑出声来。

接着,邓军和郭祥又聚精会神地观察了无名山与周围敌人的联系,以及敌人可能增援的道路。中午时分,这些工作就已经全部完成。他们吃了一点干粮,喝了点水。郭祥想到团长一夜没有休息,真是够劳累的,就说:

"团长,你就扒住那棵小树打个盹吧,我来观察。你到底是四十开外的人了。"

这次团长倒很顺从。他笑着点了点头,就攀着那棵小树,微微地闭上了眼睛。其实,他哪里是在休息,他是在继续构思着他那还没有作完的"文章"呢。

郭祥时而看看敌人的阵地,时而看看顶空的太阳。太阳就像定在那里似的一动不动。整整一个下午,真比一年的时间还长。

一直熬到天黑,他们才离开潜伏地点,向着无名山的山口走去。不过,这一次郭祥不是走在前面,而是提着驳壳枪走在后尾。他不时地回过头来,提防着从后面可能发生的一切……

直到踏上自己的阵地,郭祥才长长地吁了口气,抻抻陈武的袖子悄悄地说:

"我的老天!咱们的团长可真是要绣花了。"

第十章　布谷声里

　　战斗绝不能靠侥幸取胜,更不是靠指挥员的感情冲动和主观臆断。它在很大程度上决定于战前的调查研究和周密的准备工作。无名山的一举攻克,全歼了敌人的一个加强连,就是其中的一个范例。

　　这种小型的攻歼战,按照当时的习惯说法,叫做"挤阵地"。就是在敌人完整的防御体系中,瞅准敌人的弱点,经过周密的准备,一口"啃下一块"来。这种办法也很使人眼馋。如果这个部队啃掉了一块,那个部队就要向他的上级请示了:"军长呀,我们前面的高地是一个弱点哪,我们该啃它一口啦!""你们有把握吗?""嗐,我们已经研究过多次啦,我们的团级干部已经钻进敌人的铁丝网里看过啦!"好,不久,那里也就啃下了一块。尽管每次不过消灭敌人一个整连或整排,但这些数字加在一起也很可观。仅一九五二年夏秋之间一个多月的时间内,在整个战线上,就歼敌二万七千多人,几乎顶上战争初期的一个战役了。这也是对"零敲牛皮糖"战略的一个很好的实践。

　　攻克无名山,就引起了连锁反应。不久各友邻也都采用了这种"绣花战术"攻占了各自的目标。这时,整个前线,都沉入到胜利的欢乐之中。军师首长对邓军、周仆这个团深为满意,专门派了文工团到阵地进行慰问演出。徐芳也带了一个演唱组来到无名山。

　　郭祥特别高兴的是,在黑云岭和自己一起跳崖的小牛也回来

了。他双腿摔断后,一直住在医院里。这次回来,郭祥攥着他的手简直不愿撒了。还扒起他的裤腿,一面看,一面反复地问:

"真的全好了么,小牛?"

"全好了,全好了。"小牛一连声说,"我觉着比以前还利索哩!"

"夸张!"郭祥学着团长说话的腔调,"哪有这样的事么!"

小牛见他不信,马上蹦了个高儿,笑着说:

"你瞧,完成什么任务也没问题。"

小牛的归来,自然使郭祥又想起了杨雪。这天中午,人们都去看演节目,在坑道的一个小房间里,只剩下他和小牛,郭祥就悄悄地问:

"小牛,你刚到医院那时候,见着小杨了吗?"

"见着了。"小牛说,"人民军把我一送去,她就去看我了。"

"她跟你说什么了没有?"

"她问我,你们俩到底是谁先跳的,怎么就没有见着他?我对她说了,过两天她又来问。那些时我看她是一心惦记着你,人都瘦了。"

"她还说了些什么?"

"她还说,我相信他绝对不会让敌人抓去,他是一定会回来的。"

郭祥心中激动,在下级面前,极力克制着自己的感情。沉了一会儿,又问:

"她的坟到底在哪里,你知道吗?"

"知道。就在松凤里旁边一座小山上。那里有一片松树林。今年清明节,我和医院的人,给她扫墓去了。我看见朝鲜人男男女女,大人孩子去了不少。"

最近以来,由于争夺中间地带,攻打无名山,郭祥真是倾注了全部心力,很少想到别的。今天谈起杨雪,他那平静的心波,不禁又像涨潮似的狂涌不已。等小牛看节目走了,他就盖上大衣,打算假寐片刻。矇眬间,看见杨雪穿着一身雪白的护士衣,笑眯眯地飘然走来。她的脸色比平时还要新鲜红润,眼睛像星星一样明亮,并且显出一副悠闲的样子。她一进来,就往郭祥身边一坐,笑着问:"嘎子哥,你看人家都准备攻武威山、白云岭呢,你怎么在这儿闲待着呀!是不是拿下一个无名山,就满足啦?"郭祥连忙解释道:"不会,不会,我正盯着武威山、白云岭呢,你瞅着,下一步我就得把它啃下来。"郭祥接着也开玩笑地问:"小雪,自你参军,我就看见你忙得厉害,不是洗血衣,就是给伤病员喂水喂饭。你今天怎么这样闲在呀?"杨雪笑着说:"我正在医院休养呢。因为好久没见到你,就瞅空看你来了。"郭祥说:"怎么有人说你死了,是真的么?"杨雪笑着说:"哪儿的话? 我只不过负了点轻伤,过一阵子就养好了。伤员们还等着我工作呢!"……

不知什么响动,把郭祥惊醒。他望了望洞壁上的油灯,灯光摇曳,一片寂静,只有连部的那只旧马蹄表滴答滴答地走着。回想刚才迷离的梦境,更增添了对杨雪的怀念。这时,他不自禁地从挎包里取出杨雪那面小圆镜子来看。看着看着,忽然听见门外有人长长地叹了口气,郭祥赶忙把镜子装到口袋里,装作睡着的样子。

徐芳进来了。她笑着问:

"嘎子连长,你刚才在那儿看什么呀?"

郭祥揉揉眼,坐起来,故意打了个哈欠,说:

"刚才? 我迷糊了一会儿,什么也没有看哪!"

"不,不,"徐芳说,"我刚才看见你手里拿着个亮晶晶的东西,你是又想我小杨姐姐了吧!"

"嘻,你这么年轻轻的,怎么就眼花了?"郭祥勉强笑着说。

徐芳也就不便再问,又叹了口气说:

"我们演节目,你怎么没有去呀?"

"你就多原谅吧,小徐。昨天夜里挖工事,我一宿也没合眼。"

两人一时无话。郭祥忽然想起在医院时,曾经看见徐芳袖口里老是露出她那件红毛衣,就试探地问:

"小徐,你会织毛衣吗?"

"多少会一点儿。"徐芳笑着说,"你要织什么呀?"

"我想请你织个笔套儿。"

"笔套?噢!"徐芳一笑,"是装那支金星钢笔的吧?"

郭祥不好意思地一笑:

"我怕把它磨坏了。再说一天摸爬滚打的,说不定什么时候就从口袋里蹿出去,丢了。"

"行,行。"徐芳满口答应。

沉了一会儿,郭祥又说:

"要是你能再织一个,更好。"

"什么?"

郭祥慢吞吞地掏出那面光闪闪、亮晶晶的镜子,眼睛里燃烧着热情的光辉:

"你比着它的大小织。最好是用赤红色的线。要不装上,时间长了,也会磨坏。"

徐芳完全为郭祥对杨雪的深情所感动。她连连点头答应,眼睛望着郭祥,心中暗暗想道:"这是一个多么好的人哪!他不但对革命是那么的忠诚坚定,在个人感情上也是多么忠贞不渝,多么深沉和真挚啊!难怪杨雪说他是一块真金了……"

正在这时,小罗跑进来,说:

"小徐,你快看看去吧,傻五十有意见了!"

"什么意见?"郭祥抬起头问。

"他没有看上节目。"

"他为什么不去看哪?"

"他给大家烧开水去了。开水烧好,戏也演完了。"

郭祥笑着说:

"这个傻五十!没有看上,就以后看嘛!还能为他一个人专演一台戏?"

"这个好办。"徐芳笑着说,"我们这次来,定的计划就是不漏掉一个。"

徐芳说过,辫子一甩就跑出去了。

十几分钟以后,徐芳就背着她的小提琴,和另外两个男同志出现在山后边伙房的坑道里。炊事员们到山下背粮去了,剩下傻五十情绪不高地躺在一个小炕上。他见文工团的同志来了,才坐起来,扑哧一声乐了。

徐芳坐到他身边,笑着说:

"五十同志,我们给你演节目来了。"

傻五十不好意思地说:

"给我一个人演?"

"那有什么? 你刚才给大家烧开水去了嘛!"

徐芳先给傻五十读了军政治部的慰问信,接着就在坑道口演起来。节目都是新编的,短小精悍,新鲜活泼。一个男同志唱了一段京东大鼓:《邓团长昼看无名山》。徐芳唱了她最拿手的《刘胡兰》选曲《雪花满天飘》,还有《白毛女》选曲《北风吹》。特别是其中还有两个节目是专门歌颂傻五十的。一个是《李五十大战松树林》,是根据傻五十用小圆锹劈死英国军官的战斗事迹编的。还有一个相声叫《李五十的火箭炮》,讲的是去年冬天,有一次敌人偷袭,他们班同摸上来的敌人打起了交手仗。当时,傻五十勇猛无比,跳上战壕一阵猛打,把冲锋枪的两梭子子弹都打光了。他急忙返回防炮洞去取手榴弹,不小心绊了一跤,爬起来看见迎面一盆烧得正旺的炭火,他怕耽误时间会使前面的同志吃亏,就端起这盆炭火来,朝着交通壕外的敌人劈头打去。猛然间,一大团红光化作无数火球四处飞溅,敌人一阵怪叫,纷纷逃命。一个被捉住的俘虏兵还抖抖索索地说:"你们的火箭炮真厉害啊!"相声讲的就是这段故事。

傻五十听了,眉飞色舞,高兴得鼓掌大笑。

这次演出,一共五六个小节目。傻五十始终全神贯注。由于他的感情极其纯真,看到高兴处,就嘻嘻笑个不住;听到情节悲苦处,就泪流满面。所以这三个演员,也因自己的这位观众反应强烈而深为满意。

演出完毕,傻五十极其热情地给每个人舀了溜边溜沿一碗开水端过来。还从挎包里把祖国人民慰问的糖通通拿出来招待。别人不吃,他就把糖纸剥了,往你嘴边擩,一面还说:"吃吧,吃吧,这是祖国来的!"

徐芳也为他的热情所感动,看见傻五十衣服破了好几处,就立刻掏出针线包,坐下来替他缝补。一边缝补,一边说些闲话。

连里流传着一个人所共知的笑话。有一次傻五十负了伤,被朝鲜老百姓抬到人民军的医院里。一位女护士对他非常热情,关心备至,还给他输过一次血。他内心十分感激,想说句感谢话,还说错了,把人家弄了个大红脸。原来他叫人家"阿妈妮",而那人还是不到二十岁的姑娘。

徐芳想起这段故事,一边拽着他的袖子给他缝补,一边笑着说:

"五十儿,你管人家朝鲜姑娘叫'阿妈妮',有没有这事儿呀?"

"这个……是有。"他红着脸承认道。

"你干吗这样叫呢?"

"我看同志们管朝鲜大娘叫'阿妈妮',就当女的都得叫'阿妈妮'了。"

大家哄的一声笑起来。

傻五十也不见怪,沉了一会儿,感情真挚地说:

"我也不识个字,你们替我写封信吧!"

"给谁?"

"就是给那个姑娘,她待我真好。我的小本上还留着她的通讯处呢!"

"行,行。"三个人一齐说。

正缝补着,徐芳看见一个虱子从傻五十的领子里爬出来,就把针往自己胸前一插,捉住虱子,在指甲上噶嘣一声就挤死了。

"五十,你这虱子怎么不捉捉呀?"她笑着问。

"你瞅我哪有空儿呀!"

"你脱下来,我给你捉捉!"

"你不嫌脏?"

"脏什么?我在后方医院,经常看见小杨给伤员捉虱子呢。"

其他两个男同志说:

"现成的开水,干脆给他烫烫吧。他那衣裳也早该洗了。"

傻五十还要推辞,徐芳不由分说,让他把外衣脱下,把他被子下的脏衣服也找出来,全用滚开水烫了,泡在一个大盆里。把衣服洗净涮好,才离开洞子。临走,傻五十把他们的手都握疼了,还用极其热诚的眼睛望着他们,说:

"同志们!下次战斗见!你瞅着,我不能白看你们的戏!我李五十是翻身来的!"

徐芳这个演唱组在无名山待了一个星期,把他们预定的计划——演出节目,辅导连队文化活动,帮助战士缝补衣服,搜集创作材料等几项任务都完成了。临行时,郭祥、小罗直把他们送过炮火封锁区,才放心地让他们走了。

徐芳每次下部队,都感到心灵上更加愉快和充实。这一次更是如此。不同的是,又多了一层无以名之的恋恋不舍之情,总觉得时间太短了,仿佛没有待够似的。直到离开很远很远,她还回过头望无名山的阵地呢。

这时,已是盛夏景色。他们六七个人说说笑笑沿着曲曲弯弯的山径走着,耳边是不绝的蝉鸣和丁冬的溪水,眼前是看不尽的白云、绿树、野花和稻田。虽然太阳晒得徐芳老是掏出小手绢擦汗,也使她深深地沉醉在美的享受之中。路上,她看到不少伐木头的战士,"杭育、杭育"地把大树干从山上抬到路边,一个个敞着怀,有的光着膀子。他们的肩背厚极了,膀子圆圆的,又黑又红,闪着汗光,像红铜一样好看。她觉得战士们不仅灵魂美,就是体格也是美的。

田野上,这里那里的丛林深处,不时传过布谷鸟婉转的啼唱,仿佛它们在远远地互相问讯互相应答似的。徐芳从小就喜欢布谷鸟叫。她觉得,这种鸟,不管在露水湿润的早晨,还是在宁静的中午和朦胧的月夜,听来都各有情趣。尤其在炮火声里,她觉得它们的啼声更为动听和充满诗意。她一面走,一面听,心里暗暗想道:如果将来写一个战役的交响乐,摘取一点儿布谷鸟自然的音韵,那才显得够味呢……

太阳老高,他们就赶到了师部。这是一个二十多户的浓荫遮蔽下的小村。村边都是栗子树。树上挂着一串串绿色的毛茸茸的圆球,就像古代英雄冠上的盔缨一般。紧挨村边是一个小学校,校舍被炸坏了,从废墟上还露出两株未曾被压毁的木槿花,绽开着粉红色的花朵。

栗子树下,一个年轻的女教师,正教一群孩子跳舞。她穿着有花边的葱绿色的裙子,态度十分文雅。大约她们的风琴被砸坏了,她就用手打着节拍,用自己的歌声轻轻伴奏。孩子们尽管穿得很不整齐,但是精神很好,光着小脚丫在发烫的土地上欢快地跳着。显然,各方面的工作都已走上轨道,处处显示着战局的稳定。

进村不远,在一个高高的台阶上,就是师部了。台阶下是一个打谷场。徐芳看见场上围着十几个人,都是本师的团长、政委。他们好像刚刚吃过晚饭,都穿着白衬衣,在那里悠闲地站着看热闹。徐芳走近一看,原来邓军正和一个十一二岁的小女孩逗着玩。小女孩穿着小蓝裙子,光着脚丫儿在前面跑,邓军拿着小树枝儿,飘着另一只空袖管在后面追。井旁边有一棵小枣树,小女孩怕追上她,就爬上了树,越爬越高。她见邓军够不着她了,就摘下小青枣,来投邓军。邓军也嘻嘻笑着拾起小青枣进行还击。那小女孩很机灵,她投中邓军就嘻嘻地笑,邓军投中她,她就装哭。所有的团长、政委都站在小女孩一边,师长也在那里呐喊助阵。小女孩每投一个,师长就喊一句:"小贞子,打呀,打米国撒拉米!"小女孩的士气越发高涨。当一个小青枣嘣的一声正正地击中这位"米国撒拉米"的头顶时,邓军装作被打败的样儿,把头一抱,引起一阵哄笑。师长拍掌大笑说:

"今天,老邓这个节目精彩。我看比他那年春节装傻小子还够味哩!"

徐芳一伙人也忍不住笑了。

周仆一扭头,看见徐芳他们,就赶过来握手。大家也都亲热地

围过来。师长立刻以主人的身份,大声招呼道:

"警卫员!给文工团的同志们搞饭嘛!"

"我们还是到文工队吃吧!"徐芳笑着说。

"你这个小徐!"师长说,"这里还不是一样啊?快放下背包洗脸去!"

警卫员拿了几个洗脸盆放在井边。这是一眼泉水井,清澈极了,里面放着一个大瓢,一探身子就可以舀上来。徐芳一行人就在井边放下了背包,乐器。干部在那边围着小桌打起了扑克。周仆在一边悠闲地散步。

徐芳洗过脸,就站在一边,掏出杨雪送她的小红梳子拢头。周仆望望她,笑着说:

"小徐,我看你比以前结实多了,脸也有点晒黑了。"

"晒黑点好。"她笑着说。

"怎么晒黑点好呢?"

"晒黑了,人们就不说我是新兵蛋子了。"

"看,还是小孩心理。"周仆笑起来,说,"你们这次收获不小吧?"

"收获大极了。"

"材料收集得不少,是吧?"

"不,不仅是这个,我觉得战士们真可爱。"

"什么地方可爱呀?"

"什么也可爱。灵魂,姿态,体格,都很美。"

说到这儿,周仆从上到下望了这位女孩子一眼,不胜感慨地想道:"革命战争真是锻炼人!自从认识她,到现在不仅个子长高了半头,思想也提高得多么快呀!"他点点头说:

"小徐,我看你入了门了。"

"怎么叫入了门呢?"徐芳诧异地问。

"因为衡量一个知识分子,最主要的就是看他同工农群众的关系,同工农群众结合的程度。这是主席讲的。"周仆解释道,"当然这个锻炼的路程很长。一个知识分子要想锻炼成比较健全的革命者,至少要过三关……"

"哪三关哪?"徐芳感兴趣地问。

"这不过是我个人的体会。"周仆笑着说,"第一个,恐怕就是劳动关;第二个,就是生死关;第三个,就是名利关。前两关都过了,第三关也未必过得去。不扔掉那些私心杂念,还是会在生活的礁石上碰得粉碎。"

徐芳陷入沉思里,拿着小红梳子的手停住了。待了半晌,说:"过这三关我都有决心。就是很可能我还没有过去……就拿第一关来说吧,刚入朝那会儿,一行军就露了馅儿。要说背的东西,比战士轻多了,一个背包,一个米袋,一把提琴,加上我那几本书,也不过三几十斤。有一次,碰上军里政委,政委说:'小徐呀,今天路程可远哪,行不行啊?把你那背包放到我马上吧!'当时,我一口就谢绝了。哪知道下半夜,爬过一个大黑山,就走不动了,就好像我这背包有千百斤重似的。我心里就后悔了,刚才不把背包放在马上,现在想放也放不成了。趁大家休息,我就跑到僻静处,想偷偷地来个精兵简政,把不必要的东西扔掉一些。可是翻来翻去,哪些是不必要的呢,牙膏、牙刷吗,不用说是必要的;香皂吗,也不能扔,何况只剩了半块;扔掉被子、鞋子吗,那怎么行?米袋自然可以扔,可是第二天就要红着脸去吃别人肩上的东西,多可耻呀!剩下的就是我那把提琴了,可这比我的生命还重要,丢掉它,我还到前边干什么呀!想到这儿,我就把所有的东西统统背上,追上了队伍……嗐,提起这,真要臊死人了。"

徐芳低下头羞怯地笑了一笑。周仆也笑着说：

"这是个锻炼过程嘛！"

徐芳接着说：

"你说的第三关,我也许还没轮到；第二关我倒有些体会。去年冬天,我到前方来,公路桥炸坏了,只有铁道上一座悬空桥。这座桥有三十几米长,下面有四五层楼房高,两边没有栏杆,枕木之间都是空的,往下一看,是滚滚流水,我的头就蒙了。当时我想,只要一脚踩空,我这个小命就玩完了。可是我看到战士们毫不犹豫地刷刷地踏着枕木闯过去了,我就叫着自己的名字说：'小徐芳呀小徐芳,你看战士们多勇敢哪！你不是要锻炼吗,你是怎么锻炼的呀？'我这么一狠心,一咬牙就踏上了桥板,你说呢,也就过来了。"

"对,对,就是得有这股狠劲儿！"

"政委,"徐芳迟疑了一下,笑着说,"你不也是知识分子么,你是怎么锻炼的呢？"

"我？还是得感谢党,感谢这个时代,感谢工农同志。"周仆笑着说,"至于说主观上,也得靠你说的那股狠劲儿嘛。对待自己的缺点和弱点,我的体会是,决不要客气,要抓住它不放,经常发起进攻！另一个重要方面,就是向工农同志学习,具体说,我从老邓身上就学了不少。"

徐芳看着她手里的小红梳子,微笑着说：

"小杨姐姐对我的影响也很大,就是好多地方我还没有学到。"

说到这里,她忽然想起了什么,笑着问道：

"政委,我好久就想问你,你干吗取了这么个名字？是不是'仆人'那个'仆'字？"

"对,对,就是'仆人'那个'仆'字。"

"你是不是说,要立志做一个人民的仆人？"

"对,至少我是这样提醒自己和勉励自己。"周仆笑着说,"我也取过不少别的名字,什么'伟'呀,'刚'呀,最后还是换成了这个字。"

徐芳点点头,开玩笑地说:

"现在跟美国跑的'仆从国',不也是这个'仆'字吗?"

"对对,也是这个'仆'字;"周仆笑着说,"不过,我这个仆从,是比他们要忠实得多的仆从。"

说到这里,两人都哈哈地笑了。

这时,师长在那边喊:

"老周哇!你们在扯些什么呀?开会啰!"

桌上放着散乱的扑克,人们纷纷向台阶上的作战室走去。徐芳扫见那屋里挂着大幅的作战地图,悄声地问:

"你们开的什么会呀?是不是要打武威山、白云岭了?"

周仆神秘地笑了一笑,也走到台阶上去了。

第十一章　在五面包围中（一）

由于我军准备工作极其充分，士气高昂，各友邻配合得力，那个大家天天眼巴巴望着的战略要点武威山和白云岭，终于被我十三师一举攻克。不久前，长期对峙的无名山，现在已经成了他们的大后方——师部的所在地了。在我们小部队经常出没的荒谷里，在王大发那些英雄战士洒下斑斑血迹的地方，又升起了袅袅的炊烟，朝鲜人民已经纷纷回来，重整他们的家园。在无名山后——现在应当说山前了——那道浅浅的山溪边，已经成为后方战士们和朝鲜妇女们洗衣的地方。每当郭祥走到这里，想起不久前和团长潜伏时自己那种紧张的情景，不禁哑然失笑，仿佛是很久以前的事了。

这时的郭祥已经提升为营参谋长，正在师文化训练队学习文化。接着老模范也提升为副教导员。三连的连长由齐堆担任，指导员由陈三担任。整个部队加紧修筑坑道工事，巩固既得阵地。

自从五月份以来，板门店谈判，一直僵持在战俘遣返问题上。双方遣返全部战俘，这本来是很合理的；但是美方坚持所谓"自愿遣返"，实际上是要强迫扣留我方的战俘。他们捏造说，不能遣返全部战俘，是因为战俘自己不愿遣返，他们"必须保护这些战俘"。事实上，他们不仅把战俘当做毒气、细菌武器的试验对象，还把蒋介石和李承晚的狗特务安插到俘房联队中来，强迫战俘在身上刺字，中国战俘左臂上要刺上一幅国民党的"国旗"，右臂上要刺上

"反共救国"四个大字,胸前要刺上一幅地图,背上要刺上"跟台湾前进,向大陆反攻"的反动标语。上半身的肌肉差不多全刺遍了。刺墨是要流血的,因为墨不好,经常溃烂化脓。这种令人发指的恶行,我方被俘人员当然不能接受。就在板门店的谈判桌上进行激烈争辩的时候,在南朝鲜巨济岛的战俘营中,发生了一桩惊人的事件:中朝被俘人员奋起抗争,以迅速突然的手段,把战俘营负责人美国将军杜德扣留了。这一事件彻底揭穿了敌人所谓"自愿遣返"的骗局。新任的俘房营长官柯尔生在答复中不得不说,"我肯定承认有过流血事件发生,结果有许多战俘被联合国军打死或打伤","在你们不加伤害地释放了杜德将军以后,我们不再对这个战俘营里的战俘进行强迫甄别或任何重新武装的行动"。美国政府发言人也不得不承认这一事件"使美国在这个紧张的时候,在整个东方丢脸"。可是在板门店的谈判桌上,美方代表仍然一再狂妄地声言,他们的方案是"坚定的、最后的、不能改变的"。并且屡次中途休会,离开会场,企图逼使我方屈服。像任何敌我之间的谈判一样,枝节问题的争论不过是表面现象,实际上是迷信武力的美国侵略者仍然不愿罢手。他们对我钢铁阵地举行全面进攻,已经无能为力,但是在局部地区集中优势兵力,企图割裂我军阵地,却抱有幻想。九月上旬,敌人对我白云岭战略要点展开大规模进攻的征候越来越明显了。

首先是,敌人对我白云岭一线阵地的侦察活动异常频繁:侦察机每天都在进行反复的低空侦察;小股部队经常在烟幕的掩护下进行试探性的进攻,侦察我阵地的地形。与此同时,还出现了一种反常现象:敌人大白天用汽车装载少量兵员运往别处,夜间却把大批兵力运来。很明显这是一种声东击西的诡计。九月上旬末尾的一天深夜,有一个李伪军的参谋向我投诚。据透露,美军第八军军长范佛里特亲自到这一带看了几次阵地,还召开了高级军官会议,决定向白云岭发动进攻。这就进一步证实了我军的判断。果然,几天以后,朝鲜战场上一次空前残酷激烈的搏战已经揭幕了。

这一天,敌人的炮火确是很凶恶的。据事后了解,敌人共动用了十八个炮兵营,105毫米口径以上的火炮三百余门,在我白云岭不到四平方公里的两个山头上,倾泻了三十万发炮弹。飞机投掷了五百枚重型炸弹。阵地上天昏地暗,烈火终日不熄。敌人集中了七个营的兵力,向白云岭的两个山头猛扑过来。战士们跃出坑道与敌人反复冲杀,杀伤敌人一千多人。之后,战士们全部进入坑道,表面阵地遂被敌人占领。

接着,我乘敌立足未稳之际,于当晚展开强大反击。在我炮火准确有力的支援下,又将敌人赶下山去。此后,战斗就以这样的形式反复进行着。或者是敌人占领了表面阵地,我军退守坑道;或者是我军冲出坑道,消灭表面阵地上的敌人。随着时间的持续,据守坑道的部队伤亡不断增大。由于敌人炮火猛烈,我反击部队夺回表面阵地后无法立足,仍不得不转入坑道。这样,表面阵地遂于第五天落于敌手。退守坑道的战士们处于敌人五面包围之中,人员大部负伤,粮弹和水的供应都极感困难,敌人又千方百计破坏坑道,白云岭的防御战遂进入难以想象的困难阶段。

郭祥自从调到师的文化训练队学习以后,鉴于自己的弱点,本来想下狠心学习一下,这样一来,又怎么能够学得下去?再加上前方不断传来这样那样的消息,说是三连参加反击后伤亡很大,也被迫退入坑道,更使他的心里忐忑不宁。每天他都爬上无名山顶,望着远远的白云岭,烈火熊熊,黑烟弥漫,仿佛整个山岭都在燃烧。敌人猛烈而密集的炮火,就像打在自己的心上一样。过去,当他自己遭到敌人炮火的轰击时,他从来没有这种感觉;现在,当他想到自己的连队,自己的战友遭到这样的轰击,真是说不出的滋味。他分辨不出自己是担心,是心痛,是不安,是焦急。他对自己的再三强制已经不起作用。终于这一天下午,他找到一个借口,请了个假,向自己的团队赶去。

路上,完全是一个大战役的气氛。从师部到前线三十华里的交通壕里,一眼望去,全是背送弹药的人群。有的背着一箱,有的背着两箱,不分昼夜地向前运送。连机关的参谋、干事、科长们都参加到这个行列里。从前面下来的是运送伤员的担架。在交通壕较宽的地方,这两支队伍就擦肩而过。遇到狭窄的地方,背送弹药的人就自动伏在交通沟里,让抬伤员的人从身上踩过去。抬担架的人一旦表现犹豫不决,他们还敞着嗓门叫:"快过吧,这是什么时候?"等到抬担架的人从身上走过去,他们就又站起来,背着沉重的弹药箱继续向前。

在山拐角处比较隐蔽的地方,设着绑扎所、鼓动棚和朝鲜群众专门为志愿军设的开水站。开水站里架着一口口大锅,朝鲜妇女们不断地把烧好的开水起在一个大桶里,盛在一个个铜碗里。一有人过来她们就用生硬的中国话喊:"东木!东木!开水的喝!"鼓动棚的扩音喇叭,不断放送着革命歌曲、前线的胜利消息和鼓动口号,鼓舞人们为夺取这一重要战役的胜利而斗争……

郭祥嫌交通壕里过于拥挤,干脆跳出交通壕,一溜小跑地往前面赶。终于在黄昏时分,赶到了团指挥所武威山。

山头已经变得面目全非。郭祥找了好一会儿,才找到他熟悉的坑道口。原来坑道口有一棵高大的古松,现在只剩下一段烧得乌黑的树干,上面嵌满了一层一层的弹皮。真没想到,不过几天工夫,阵地上竟起了这么大的变化!

郭祥刚走进狭长的坑道,就听见邓军那洪亮、严厉而又略带嘎哑的声音：

"小马！小马！你们的门口有野猪吗？你们的门口有野猪吗？……哦……哦,不少,好,我马上把它赶下去！"

原来团长正对着步话机讲话。政委披着件破棉袄,在小土炕上斜靠着,一面抽着大烟斗,正在深沉地思考着什么。郭祥为了不打断首长的指挥,在门口停住脚步。时间不大,就听见山后炮弹的出口声,随后在白云岭的山头上爆炸了。

郭祥走进指挥室,向他们打了一个敬礼。在邓军和周仆的脸上都同时出现了喜悦的表情。

邓军把耳机一摘,转过脸说：

"你这个鬼家伙,怎么跑来了？"

"我早就料到他会来的！"周仆笑着说。

郭祥看见团长、政委并没有责备的意思,立刻接上说：

"首长看得就是准！说实在话,我是确确实实蹲不下去啦。战斗这么激烈,同志们被压在坑道里,我倒在那儿'ㄅ、ㄆ、ㄇ、ㄈ、ㄉ、ㄊ、ㄋ、ㄌ'……"

邓军和周仆都笑起来。周仆说：

"那么,你要来干什么？"

"我要求参加反击！"郭祥说,"不能叫他们蹲在头上拉屎！"

周仆磕掉烟灰,笑着说：

"你今天就是不来,我们也得找你！"

郭祥要求任务从来没有这么顺利,笑眯眯地望着政委。周仆亲切而又严肃地说：

"我和团长已经研究好了,准备调你来执行一项非常艰巨的任务,比反击的任务还要艰巨得多……"

郭祥眼里立时放出动人的光彩,笑吟吟地说：

"什么任务?"

"我们准备让你去指挥第一线的坑道部队。"周仆神态严肃地说,"郭祥同志,你知道前面坑道里是非常困难的。那里都是各个反击部队进入坑道的零散人员,建制很多,光连的番号就有十几多个,指挥不统一,思想也比较乱,又处在敌人五面包围之中,处境是很不好的。因此,我们想派你到那里去,把大家组织起来,把党支部也组织起来。就由你担任坑道的总指挥兼支部书记……你考虑考虑,有什么意见?"

"没有意见!"郭祥爽朗地说。

看来周仆和邓军对郭祥的回答都深感快慰。在艰苦残酷的环境下,不仅下级指挥员需要上级的支持,上级指挥员也同样需要下级的支持。郭祥充满信心的声音,立刻使邓军和周仆肩上的担子轻松了许多。周仆再次提醒说:

"郭祥同志,这可是个重担子啊!……越是困难的时候,越要发挥党的作用。如果失去党的堡垒作用,再坚固的工事也是不顶用的。"

郭祥严肃地点了点头,说:

"团长,还有什么指示?"

"就照政委说的办。"邓军把那只独臂一挥。

"那我现在就去吧。"郭祥马上站起来。

周仆看看表,说:

"不忙!现在敌人的炮火封锁很紧。还是在这里吃了饭,下半夜动身的好。"

郭祥和团长、政委一起吃了饭。周仆想派个通讯员与郭祥同行,郭祥明白领导上是出于关心,为了减少伤亡,就婉言谢绝。临走时,邓军和周仆亲自把他送到坑道口。虽然已过午夜,在武威山与白云岭之间,敌人的炮火依然不停地封锁着,弥漫的硝烟和腾起的尘土,就像一道穿不透的幛幕似的,连升起的照明弹的亮光都显得昏蒙蒙的。周仆指指朦朦胧胧的白云岭说:

"郭祥!这条路虽然不过六百米,你也走过多次,可千万不能大意啊!过了这段炮火封锁区,还要从两个山头之间穿过,那两座山头都有敌人。这不是个人生命的问题,是能不能完成党的任务的问题……"

郭祥心情激动,嗓子眼里热辣辣的,压抑着自己的情感说:

"首长放心吧,我一定完成党交给我的任务!"

周仆又紧紧握住郭祥的手说:

"你这次进入坑道,困难是很多的。你要记住一条,就是依靠群众。只要发扬民主,多和群众商量,困难是可以克服的!……等到反击准备好,我们就可以见面了。"

团长没有多说什么,他上前紧紧握住郭祥的手,有好几十秒钟之久,只说了一句"去吧!"就把手撒开了。在这一刹那间,同志间深厚的情谊、无限的信任和亲切的期待,比任何语言都更有力地传递到郭祥的心坎里。

郭祥把皮带紧了紧,就一手攥着驳壳枪,跃出了坑道。山梁上原来有一道一人多深的交通壕,现在一点影子也看不到了。整个山梁蒙着一尺来深的虚土,简直像个大沙岗似的。郭祥深一脚浅一脚地跋涉着。走了不到一百公尺,就是敌炮封锁区,敌人的排炮密集地有规律地轰击着这块两山之间的山坳。显然,这是敌人想用炮火来切断我主阵地与白云岭之间的联系,以便把我退守坑道的部队置于死地。郭祥对待这种炮火封锁,当然是富有经验的。他不慌不忙地蹲下来,歇了一会儿,单等那密集的排炮刚刚落地,就一个猛跑,钻进那滚滚的硝烟中去了。

郭祥穿过呛人的烟尘，刚放慢脚步打算喘息一下，只听"哒哒哒哒"一串红色的曳光弹射了过来。郭祥立即敏捷地跳到一个弹坑里。他觉着什么东西在鞋子里硌得生疼，脱下解放鞋往手掌里一倒，在一把沙土里竟有六七块指甲盖那么大的弹片。他不由得气愤地骂道：

"哼！美国的钢铁都跑到这里来了！那些资本家怎么会不赚钱！"

他把那些碎弹片一丢，乘照明弹熄灭的当儿，跃出弹坑跑了一截。照明弹一亮，他就伏卧在地上。这样跑了几阵，白云岭的坑道口已经越来越近。借着照明弹的亮光，已经能够隐约看到一号坑道漆黑的洞口。可是前面一段路，正好夹在两个几乎并列着的小山头之间。两个小山头上都有敌人，那儿堆着他们筑起的沙袋工事。右面山头的敌人距那条路不过三四公尺，左面山头的敌人稍远一些，也不过七八公尺。如何从敌人的鼻子尖底下通过而又不被敌人察觉呢？他竟一时拿不定主意。他考虑了好一阵，觉得既然自己还没有被敌人发觉，那就还是不要莽撞为好。于是，他紧紧地贴着地面，让自己的身子尽量陷在虚土里，利用照明弹熄灭的瞬间，屏着呼吸，悄悄地向前爬去。爬了几步，敌人的照明弹又打起来。他不得不再一次停住，暗暗想道：像这样爬进，一旦被敌人发觉，还是会白送性命。在焦急之中，他微微地抬起头来，发现前面几步远有一位烈士的遗体。他灵机一动，乘照明弹熄灭的瞬间，紧爬了几步，从死者身上扯下一块血布，蒙在头上。照明弹一灭，他就迅速地向前连爬几步；照明弹一亮，他就蒙着血布趴在那里纹丝不动。他就是这样在敌人的眼皮底下爬过了小小的山鞍。

终于，坑道口一步一步地接近了。可是刚一抬头，看见坑道口顶上伏着五六个敌人！不禁吃了一惊。其中一个敌人显然已经发现了他,刚要举起枪来,郭祥的手榴弹就撇了过去。当手榴弹轰隆一声爆炸的时候,郭祥已经跳进坑道里了……

守卫坑道口的是一个青年战士。等他看清楚是自己人,就把枪收回来,抱住了他,又惊又喜地问:

"你?你是团部来的吗?"

"对,我是团部来的。"郭祥笑嘻嘻地说。

那个青年战士见他人很年轻,不大像个干部,加上光线很暗,没有看见他身后的驳壳枪,就问:

"你是来送信的吧?"

"对,我是来送信的。"郭祥又笑着说。

看来那个战士有些失望,轻轻叹了口气:

"上级不是说给我们派个指挥员吗?到底什么时候来呀?"

郭祥随口说:

"快,很快,马上就到,马上就到!"

说着,就向狭长的坑道走去。在坑道的壁上点着一盏盏豆大的灯火。在暗淡的灯光下,看见有的人在擦枪,有的人半躺半卧。轻重伤员似乎混杂在一起,枪支弹药也放得非常凌乱。伤员们的低声呻吟,不断地传来,还夹杂着争吵的叫嚷声。整个坑道都使人觉得乱哄哄的。

为了体察战士们的情绪,郭祥在黑影里靠边一站,静听着。

"走!咱们出去反击。这些家伙们都是右倾!"一个粗壮的机枪射手,提起轻机枪招呼他身旁的一个战士。

"你说谁是右倾?"马上有好几个战士站起来质问。

"算啦,算啦,"旁边又站起一个人,调解地说,"越在困难的时候越要团结嘛!……"

…………

郭祥静听了一会儿,更感到团首长给自己的任务是多么重要。战士们虽然对敌人怀着满腔仇恨,有很高的战斗积极性,没有组织和指挥是不行的。他紧走几步,站在那盏菜油灯下,提高嗓门说:

"同志们!你们辛苦啦!我代表首长向你们问好!"

吵嚷声渐渐平息下来。郭祥又继续说:

"我是营参谋长,是奉团首长的命令来指挥你们作战的……"

顿时,坑道里掀起一片喊喊喳喳的议论声:

"营参谋长?"

"哪个营的?"

"管他是哪个营的,只要能指挥打仗就行。"

那边黑影里,还有几个人悄声地说:

"我看他很像那个嘎子连长。"

"真的?"

"他到我们营去过,我看那劲头很像。"

"哪个嘎子连长?"

"还有哪个?就是红三连带着火扑敌人的那个,后来在黑云岭跳了崖,又回来了。"

"要真是他,敢情太好了。就是敌人再来几个团也不怕!"

"不,我看不准是他。"

说到这儿,一个人当真站起来带着笑问:

"参谋长!你是红三连那个嘎子连长不是?"

郭祥哈哈一笑,说:

"人都说我嘎,其实我这人最老实了。就是小时候,俺娘给我取了这个名儿,到现在也改不过来。"

坑道里掀起一阵哄笑,空气立刻活跃了许多。一听郭祥来到,人们的精神为之一振。刚才那个要出去的机枪射手提高声音说:

"郭参谋长,你来得好哇!这回可得好好地组织起来跟敌人干!"

郭祥马上接过话茬说:

"对!这位同志说得对!我们就是要组织起来!只有组织起来才有力量。只有团结起来才有力量。虽说咱们是不同单位的,都是共产党的部队,都是毛主席领导的嘛!我们的任务是一个,就是坚决消灭敌人,坚决保住坑道,等待最后的反击!……"

郭祥的话还没落音,人们就纷纷喊道:

"组织起来!"

"对!组织起来!"

郭祥见大家的情绪很高,心中暗暗高兴,立刻说:

"现在咱们马上编班,我先把同志们的名字登记一下……"

"好!"大家齐声喊道。

"最好让卫生员检查一下,"一个人建议说,"不然伤员也会报告参加突击队。"

"依你说,伤员就不能参加战斗啦?"立刻有几个伤员反驳他。

"伤员也可以参加战斗。"郭祥笑着说,"把重伤员和轻伤员分开。轻伤员编成一个队,没有负伤的同志编成一个队。同志们放心,每个同志都给你们一定的任务!……党员同志也要登记起来,我们要组成统一的坑道支部,重大问题由支委会讨论决定。"

郭祥说过,顺手拉了一个背包,坐在菜油灯下。然后取出杨雪留给他的那支黑杆金星笔,在小本上登记起来。除了不能动的重伤员,人们纷纷拥过来,党员掏出党费证,团员掏出团费证,争着报告自己的职务和战斗决心。郭祥随口鼓励着他们。

这时,那个要往外冲的机枪射手,也掏出党费证,挤到郭祥身边,说:

"我是共产党员。名字叫许福来。"他拍了拍他的机枪,"我一直跟这玩艺儿打交道了。你们连的乔大个儿,我们在一个机枪训练队学习过。不过我爱说话,他不爱说话,他是山东的,我是山西的。"

"好,好。"郭祥一面往小本上写,一边问,"你在党内担任什么?"

"支部的宣传委员。"

"哎呀,老许。"郭祥笑着说,"你刚才就把宣传工作忘了,光想往外冲啦。现在宣传工作可正在劲头儿上。"

"那也是实在把我憋坏了。"许福来不好意思地一笑。

登记完毕。郭祥在坑道里巡行了一遍,同坑道里的所有人员,包括轻重伤员在内,都一一地握了手,做了安慰和鼓励。坑道的气氛立刻变了。伤员的呻吟声听不见了。焦躁、埋怨的吵嚷声没有了。有的在擦枪,有的拧手榴弹盖,有的捆炸药包。一种看不见的强大力量在坑道里凝聚起来……

接着,郭祥又用步话机同白云岭的二号坑道取得了联系。不一时,驻守二号坑道的代表——三连连长齐堆,指导员陈三和副连长疙瘩李都来了。他们都显得又黑又瘦。陈三负了轻伤,挎着一只胳膊。他们好像几十年没见过面似的,一下就把郭祥抱了起来。齐堆连声说:

"太好了!太好了!你这一来,我就更有信心了!"

郭祥开玩笑地说:

"我不来,你就没信心啦?"

"那总得添上个'更'字嘛!"

郭祥询问了二号坑道的情况,听说还有五个班,精神更加振奋。接着,召开了党员会议,通过了郭祥、机枪射手许福来为支部委员,和二号坑道的支委齐堆、陈三、疙瘩李一起组成白云岭的坑道支部。由郭祥担任支部书记。当即召开了第一次支委会,经过讨论,决定二号坑道的编制不动;一号坑道组织为五个班:三个战斗班,一个轻伤员组成的守备班,另外,由于重伤员再三要求参加战斗,也将他们编为一个班——后备班。几个委员也做了分工:郭祥负责两个坑道的总指挥;齐堆负责坚守二号坑道;疙瘩李调过来负责坚守一号坑道;陈三负责政治工作和伤员的护理工作;许福来担任战士中的鼓动工作。整个坑道,就像加了钢筋的水泥一般,又构成了坚固的顽强的战垒。

正当支部委员会讨论到第三项议程——当前斗争的对策时,忽然坑道口响起了激烈的爆炸声。原来外面天色已亮,敌人对坑道口的进攻又开始了……

第十二章　在五面包围中（二）

郭祥他们快步走到坑道口。

坑道口弥漫着蓝色的烟雾，几个守卫坑道口的战士正和敌人对掷手榴弹，一时看不清敌人有多少。蓝烟渐渐稀薄，才看见十几个敌人，头戴亮晃晃的钢盔，已经爬到坑道口附近。机枪手许福来立时抱着机枪，伏在矮矮的胸墙上向敌人猛扫起来。

谁知机枪刚打了半梭，就有两颗炮弹落在洞口。它和平常的炮弹很不一样，扑哧一声闷响，冒起两大团黄烟，向洞里涌来。人们顷刻呛得不住地咳嗽，又流鼻涕，又流眼泪。许福来就晕倒在机枪上了。

"毒气！敌人放毒气啦！"

"快戴防毒面具！"

坑道里一片乱喊。郭祥大声说：

"同志们！不要慌！有防毒面具的戴防毒面具，没有的，在手巾上尿点尿也行！"

人们纷纷忙碌着。郭祥吩咐人们尽量把防毒面具让给轻重伤员，一面把衣服脱下来，说：

"同志们！往外扇哪！"

大家学着郭祥的样子，一面堵住嘴，一面往外扇。这坑道有两个坑道口，本来是通风的，加上大家奋力往外扇风，毒气也就渐渐散去。只是机枪射手许福来受毒较重，大家连忙把他抬到另一个坑道口的通风处,进行抢救。

郭祥通过步话机向团指挥所报告,刚说了两句,又听坑道口喊道:

"参谋长!参谋长!"

郭祥知道又发生了紧急情况,急忙摘下耳机递给步话机员小马,向坑道口跑去。

"火焰喷射器!火焰喷射器!"

坑道口的战士们纷纷往回卷。一股炙人的热浪迎面扑来。郭祥分开众人,钻过去一看,火苗子夹着浓烟呼呼地蹿进了洞口。火势越来越大,顷刻间,整个洞口已被烈火包围,洞口的木架也熊熊地燃烧起来。有几个战士的帽子、衣服已经烧着,纷纷脱下来在地上扑打着。

有好几个战士端着枪,急火火地说:

"参谋长!你让我们冲出去吧!"

"我们跟敌人拼啦!"

"我们不能让敌人活活烧死!"

"参谋长!……"

疙瘩李的两个眼珠都憋成了红的。他不等郭祥发话,就从别人手里夺过一支冲锋枪说:

"同志们!我带你们冲!"

"对!往外冲!"

说着,几个人就要从熊熊的烈火里蹿出去。

"不许动!"郭祥拔出驳壳枪一挥,厉声喊道,"你们还听指挥吗?"

几个人只好收起枪,向后倒退了几步。

郭祥望着不断蹿进来的呼呼的烈火,冷静地沉思了片刻,扭过头说：

"给我一个飞雷！"

一个战士把飞雷递过来。郭祥接在手中，掂量了一下，接着，嗖的一声就投到火堆里。随着剧烈的爆炸声，猛烈的气浪和飞溅的泥土竟把火焰震灭了。这真是人们想不到的，坑道里顿时腾起一片欢声。有几个战士乘势飞奔到洞口，一顿手榴弹，把敌人赶跑了。

战士们望着郭祥，带着几分钦佩的神情问：

"参谋长！你是怎么想出这个办法来的？"

"我也就是试巴试巴。"郭祥笑着说。

"这以后有办法了。遇见火焰喷射器我们就炸！"战士们高兴地说。

郭祥想起疙瘩李刚才那种拼命情绪，对坑道的坚守是很不利的，就把他拉到后边批评道：

"疙瘩李！你那麦秸火脾气怎么老改不了哇？"

"我是实在忍不住了。"疙瘩李低下眼睛说。

"干部一急躁，在指挥上没有不出毛病的。"郭祥说，"同志们在坑道里守了这么多天，本来就滋长了拼命主义情绪，你不去制止，怎么倒领着头干起来了？"

"俺们山东人，就是这么个脾气。"疙瘩李嘿嘿一笑。

"哎呀，你这个疙瘩李，"郭祥说，"那诸葛亮还是山东人哪！你打仗是不少，就是不爱多用脑子。你要再不改，我得把你这个小肉瘤儿割了。"

疙瘩李的嘴角上露出一丝抱歉的微笑，没有再说什么。

正在这时，坑道口突然响起巨大沉重的爆炸声。整个坑道都晃动起来。桌子上的蜡烛被震得跳起一尺多高，滚到地上熄灭了。

洞里一片漆黑。郭祥刚从地上摸索着把蜡烛拣起来,用自来火点着,接着又是一声巨响……

"参谋长!敌人扔炸药包了!"通讯员在那边喊。

郭祥还没有走到坑道口,迎面扑来一股强烈辛辣的硝烟。靠近最前面的三个战士,已经牺牲,被人们抬了下来。

浓烟飘散,郭祥看见坑道口被炸得凌乱不堪,下面塌落了一大堆积土。洞口外有十几个敌人,都夹着大炸药包,继续向坑道口匍匐逼近。在他们后边的拐坎下,站着一个军官模样的家伙,一面挥舞着手枪,一面不断地吆喝着。显然,他们已经拿出最毒辣的一手:企图炸塌坑道口,窒息洞里的人们。

郭祥正准备命令机枪手开枪射击,一个战士跑上来,嗖地投出了一个手榴弹,手榴弹刚一爆炸,他就从浓烟里冲出去,一连几个手榴弹,把匍匐前进的敌人打死几个,其余的连滚带爬退回去了。等敌人的机枪开火时,他已经回到坑道里。

"打得好!"郭祥乘机鼓励了一句;又接着说,"决不能让敌人再接近坑道口了。"

当他重新布置火力,严密封锁坑道口时,突然坑道口顶上,轰隆轰隆两声巨响,坑道口的顶部被炸塌了大半边,把坑道口堵塞起来,只剩下桶口那么大的一个小口。紧接着,另一个坑道口发生了更严重的情况,炸塌的积土完全把洞口严严实实地堵塞住了。

由于洞里伤员多,大小便无法及时处理,洞里的空气本来已经很坏,这样一来,情况更加严重。人们开始感到呼吸困难。被强烈爆炸震灭的油灯,虽然勉强点了起来,但摇摇晃晃像快要熄灭的样子。在幽暗的灯光下,尽管看不清战士们的面孔,但他却感到每一双眼睛都在注视着他,期待着他……

显然,情况已经十分严重。

在郭祥的一生中,经历过巨大的政治事变和无数次大大小小的战斗,有许多次都是濒临死亡,而绝路逢生;一次又一次看来是不可逾越的艰险,也总是豁然开朗,柳暗花明。因此,在他心中树立起一个牢固不拔的信念:黑暗孕育着光明,艰险孕育着胜利,不管经过多少曲折,革命总是要前进的。郭祥想道:难道今天遇到的艰险就度不过吗?难道这么多可爱的同志,就不会有好主意吗?难道他们身上强烈的光和热,就刺不破眼前的黑暗吗?不,不,今天这条狭窄、阴暗、令人窒息的坑道,正是中朝人民通向光明与胜利的通道,正是要从这里击碎沉重的闸门,跃上山川明媚的彼岸!

郭祥想到这里,信心倍增,嗓音十分洪亮地喊道:

"同志们!不要慌!我们支委会很快会拿出办法来的。"

郭祥洪钟一般的声音,立刻使大家镇定下来。他从容不迫地走过战士们的面前,和齐堆、陈三、疙瘩李一起来到他小小的指挥所里。

"马上要团指挥所!"他吩咐步话机员小马。

步话机叫通了,郭祥立刻戴上耳机,用平静的语调说:

"井冈山!井冈山!金沙江向你报告,金沙江向你报告!"

"你门口还有野猪吗?"是团长略带嘎哑的声音。

"野猪爬到我们的头顶上去了,正在拱我们的篱笆!正在拱我们的篱笆!"

"篱笆拱翻了吗?"

"拱翻了一点,但不要紧,我们正在准备修复。你们快猛吃猛喝!快猛吃猛喝!"

"好,好。"

时间不大,坑道口的顶部响起炮弹爆炸声,我们的炮火开始射击了。此后,每隔两三分钟,就打一两发。大家知道,这是炮兵同志们正用炮弹给自己"站岗"哩。

但是,究竟怎样排除坑道口的积土,怎样对付明天敌人对坑道的破坏,必须很快拿出有效的对策来。郭祥掏出他那个旧烟草荷包,正准备同支部委员们作一番研究,机枪手许福来跑来了,看上去他的脸色有些焦黄。

"你已经好了吗?"郭祥关切地问。

"好了,就是胸口还有些难受。"他没有多谈这些,接着说,"现在,有些情况不大好。"

"什么情况?"

"我看有些同志的情绪有问题。"许福来说,"特别是个别干部,对群众不宣传,不解释,跑到一边睡大觉去了。"

郭祥马上绷着脸问:

"谁?"

"就是那个有点罗锅腰的副排长,张顺成。"

"马上把他叫来!"郭祥厉声说。

齐堆知道,郭祥一向最不能忍受的,就是那些在战场上右倾怕死的,现在一看他动了火,立刻笑着提醒说:

"别急!别急!听说这个人平时战斗还很不错,可能一时情况紧张,有点发蒙。"

"可以跟他耐心谈谈。"陈三也插上说。

郭祥红了红脸,叹了口气,说:

"一不小心,我这老毛病又犯了。好好,你把他找来。"

张顺成被找来了。他罗锅着个腰站在那里,迷迷糊糊的,看去的确不大振作。郭祥摆摆手让他坐在床边上,竭力用平静的语调说:

"张顺成!你是不是有点不舒服哇?"

"也……没有什么。"他吞吞吐吐地说。

"怎么看着你不大有精神呢?"

张顺成没有言语。郭祥又问:

"你是不是觉着我们的坑道守不住了?"

张顺成红着脸,待了半晌才说:

"也不能说就守不住。不过,咱们的坑道一天就让人炸塌了三公尺,这坑道一共才几十公尺,还能守几天哪!……再说……"

郭祥瞅着他,等待他说下去。

"再说,别的困难都好克服,人没有空气不是要活活地憋死吗?……"

郭祥耐着性子等他说完,把烟灰一弹,竭力放慢语调说:

"老张啊,你怎么就不从积极方面想问题呢?你光看到敌人把坑道口炸塌了;你就没看到,这里面还有这么多革命战士和共产党员!只要把大家发动起来,办法总是会想出来的。你先叫困难吓住了,还能想出什么好主意呢?"

郭祥说到这里,稍停了停,又说:

"张顺成同志,你过去在战斗上是很不错的嘛!听说你还立过功?"

"那都是过去的事儿了。"张顺成有点不好意思。

"今天,我们就要发扬这个光荣嘛!咱们不是一个营的,也不是一个团的,可咱们都是共产党员,所以我就'清水煮豆腐',给你来个爽口的:你今天可是有点害怕困难哪!"

"只要你们能想出办法,我也不含糊。"张顺成分辩着说。

"现在我们开支委会,不是正在想办法吗?"郭祥说,"可是不能光靠我们,还要发动群众都来想办法。我看,你回去马上就召集大家开个会,首先作个自我批评,挽回影响,再发动大家好好地研究一下。有好办法,你就马上报来。你看这样行不?"

张顺成点点头,表示没有异议。积极的思想斗争和恰当的批评,使他的精神立刻振作起来,眼睛里也有了光彩。他向支委们又说了几句保证的话,就转身走了。

不大一会儿,就听见张顺成在坑道里敞着嗓门喊:

"各班班长集合!开会喽!……"

郭祥笑了一笑,对几个支部委员说:

"咱们的第二次支委会也开始吧。首先讨论如何排除积土的问题。"

看来疙瘩李接受了郭祥的批评,早有准备,第一个发言说:

"根据咱们的人力,一锹一锹挖不行。我考虑,是不是把爆破筒埋在积土里,炸它几家伙;等炸得差不多了,再由人去挖。我看一夜工夫,也就清除得差不多了。"

大家立刻表示同意。郭祥也点点头笑着说:

"你瞧,疙瘩李一动脑子,办法不就来了?可是还要考虑一下,如果明天敌人继续扔炸药包,怎么对付?"

大家闷着头想了一会儿,许福来说:

"恐怕要加强坑道口的冷枪射击,上来一个就打一个。我明天就到坑道口去。"

"不过,敌人要从两边接近,照样能爬上坑道口。"疙瘩李皱着眉头,抚摸着他左额角上的那个小肉瘤说。

"爬上坑道口不怕,"陈三说,"有炮弹给咱们站着岗哩!只要跟炮兵取好联系就行。"

"那总是有空子的。"郭祥见齐堆一个劲儿地闷着头抽烟,就说,"齐堆!你这个小诸葛怎么倒成了没嘴儿葫芦了?"

齐堆把烟蒂一丢,用脚踏灭。

"我琢磨了一个办法,不知道行不。"他笑着说,"今天夜里,咱们把积土清除了以后,接着就在坑道口外面挖一个深坑,再顺坑道挖一个陡坡。这样,敌人投的炸药包,就会滚到坑里去,也就炸不着咱们的坑道口了。"

郭祥沉吟了一阵,说:

"行!这办法行!……不过,还有一个基本问题需要解决。"

大家静静地望着郭祥。他把那个大喇叭筒猛抽了两口,喷出一股浓烟来,然后接下去说:

"坑道工事一出现,咱们就研究过:它不是为了单纯防御,更不是为了保命;我们必须把它当做依托,来更有力地打击敌人,消灭敌人。刚才那些办法都好,就是还要想一想:怎么变被动为主动,怎么贯彻积极的战术思想,给敌人更大的威胁!"

他沉了沉,随后又说:

"我的想法是:除了清除积土,挖坑以外,是不是在坑道口两侧修上两个地堡,把斗争的焦点推到坑道口外,使敌人根本无法接近坑道口。下一步,根据情况发展,再派出小组去袭击山顶上的敌人,破坏敌人的野战工事,使敌人白天黑夜都不能安生。这对我们大部队的反击就更有利了。"

大家对郭祥的意见都表示赞成。张顺成也进来了,把战士们讨论的结果作了汇报,又提出不少具体办法。大家立刻动手干了起来。经过一夜紧张的劳动,坑道口打开了,积土清除了,坑挖起来了,两个地堡像两个大牛犄角似的伸到了坑道口外。齐堆、陈三当夜回到二号坑道,也根据统一布置,加强了坑道口的防御工事。

第二天,敌人对两个坑道口各使用了一个连的兵力疯狂进攻。这一天我们的炮兵打得非常出色。因为坑道口的步兵随时给他们指示目标,修正偏差,那些炮弹就像长了眼睛似的专往敌人的人群里钻。有的敌人刚一集结,就被打掉了一半。剩下的敌人,向坑道口逼近时,又遭到地堡里火力的杀伤。这一天,在一号地堡里隐伏着机枪手许福来和几个特等射手,将近有四十名敌人夹着他们的炸药包躺在地堡前长期休息了。偶尔落到坑道口的炸药包,也滚到齐堆设计的深坑里……

夜里,郭祥刚宣布要组织出击小组,大家就抢先报名。张顺成拼命地挤到最前面说:

"参谋长!参谋长!你就让我去吧!"

郭祥很能理解张顺成此刻的心情,望了望大家,笑着说:

"我看,你们就让给老张吧!"

下半夜,乘敌人警戒疏忽之际,张顺成带了两名战士跃出洞口。不到半小时,就胜利归来。除了炸毁山顶上敌人两座地堡外,还带回了两挺机枪和三支步枪。当他把这些战利品交给郭祥时,脸上出现了几分宽慰的笑容……

第十三章　在五面包围中(三)

在坚守坑道的第十五天,也就是郭祥进入坑道的第十天,又发生了新的困难:坑道里的存水用完了。人们把那几个存水的大汽油桶,翻来覆去地磕打,再也倒不出一滴水来。

事实上,前两三天,郭祥已经严格地控制用水,每天每人只能分到一搪瓷碗。团指挥所对此事异常焦急,曾经几次派运输队送水,伤亡很大,送来的水却很有限。由于缺水,大家眼瞅着饼干硬是咽不下去,有时候饼干的碎末被呛得从鼻孔里喷出来。人们渴得实在难忍,就用牙膏解渴。但这只不过能润润嗓子,缓和一下暂时的痛苦而已,究竟能解决多少问题呢?

到了第十八天,牙膏也吃完了。已经发现有人在偷偷地喝尿。战士们脱光了膀子,抱着手榴弹,紧紧贴着潮湿的石壁,来减轻一点焦渴如焚的感觉。人们仿佛第一次认识到:那在生活里最平常的东西,那在地球上最普通的名之曰"水"的东西,是何等可贵的珍品啊!

这时候,在精神上负担最重的,除了郭祥,恐怕就是从二号坑道里调来的卫生员小徐了。这个十六七岁说话还有些童声童气的孩子,虽然同别人一样渴得嗓子冒烟,但他更难受的却不是这个,而是伤员们极力抑制着的低声呻唤。他仿佛觉得伤员们喝不上水,全是他的过错似的。他焦躁地在坑道里走来走去,一遍又一遍地察看着坑道的石壁,看能不能找出一滴水来。终于,他在一个潮湿的角落里,发现了一条细细的石缝,不时地渗出一两个水珠。他非常高兴,就撕了一缕棉花,把水珠蘸起来,拧到小碗里。尽管石缝是那样的吝啬,总算有了一丝希望。经过一个多小时的耐心工作,居然拧了大半碗水。然后,他就把小搪瓷碗架在小油灯上烧起来。

小小一点灯头火,总算把水熏热了。小徐多高兴啊!他立刻把小碗端到几个重伤员跟前,带着十分自豪的神情说:

"同志们!醒醒,喝水啦!"

躺在土炕上的伤员,一听说这个"水"字,都纷纷地睁开了眼睛,显得很高兴。但是,当他们发现就是这么一小碗水,却不免有些迟疑。其中一个伤员说:

"这是哪里来的水呀?"

"这,你们就不用问了。"小徐笑吟吟地说。

"小徐!你端去给参谋长喝吧。"另一个重伤员说,"你看他这几天嗓子都哑得快说不出话了,这样下去怎么指挥呢?反正我们……"

"对!对!快给参谋长端去吧!"大家异口同声说。

小徐见大家执意不肯,转念一想也有道理,就端着小碗来到隔壁的指挥室里。郭祥进坑道虽不过十几天,已经显得又干又瘦,颧骨凸出,两眼深陷,焦干的嘴唇上裂了好几道血纹。小徐把小碗往他面前的桌上一放,说:

"参谋长!你喝点水吧!"

小徐原先是后方医院的小看护员,补到三连的时间不长,又没有什么突出的表现,所以郭祥对他不很注意。今天一看这个十六七岁的孩子,在这样艰难的环境下,竟然想方设法给伤员烧了这么一碗水来,心里很是感动。他望望小徐,非常和蔼地说:

"小徐！你怎么不端给伤员喝呀？"

"他们都不肯喝，说你还要指挥打仗呢！"

"傻孩子！光凭一个人能打仗吗？"郭祥笑着说，"快去端给伤员喝吧！"

小徐没有反驳，但仍旧站在那里不动。郭祥一转眼看见步话机员小马，嘴唇上干裂了好几道血口子，因为整日整夜地呼叫，已经嗄哑得很厉害，几乎不像他本人的声音了。郭祥端起碗递给小马，说：

"小马，你就喝了吧！叫我看这才真正是工作需要呢！"

小马是个又随和又爱打爱逗的青年。人长得很漂亮，一笑一口小白牙。今年虚岁才二十，已经结了婚，平时是大家开玩笑的对象。他执行命令一向很坚决，今天却显出异乎寻常的固执。他接过那一小碗水，立刻又送还给小徐，说：

"不行！我不能喝。"

"你就喝了吧，小马。"小徐也说。

"你真是个小傻子！首长不喝，伤员也不喝，我怎么喝得下去？"

他的态度是那样坚决，丝毫没有商量的余地，小徐只好端了碗，重新回到伤员面前。

伤员们一看，一碗水又原封不动地端回来了，一个接一个地埋怨着。这个说："小徐呀，你这孩子看着挺精明的，怎么这么不懂事呀？我们这些人都是不能动的人了，一天价躺着，战斗又不能参加，我们早一点喝，晚一点喝有什么要紧呢！"这个说完，那个又说："他们不喝，你就不能想个办法？你把碗放到那里就是了，又端回来干什么？"这个说"傻孩子"，"小傻子"，那个又说"不懂事"，真是弄得小徐没有了主意，只好又端着小碗放在郭祥的桌上。

郭祥望望那大半碗水,分毫不少,不由叹了口气:

"咱们的同志一说打仗,劲头那么大,怎么今天连这一小碗水都喝不了啦!"

说着,他把袖子一挽,把小碗高高擎起,说:

"同志们!既然你们一定要我喝,那我就带头喝吧。可是你们也非喝不可!谁要是不喝,那他对我们的胜利就是不关心!"

郭祥说过,拿出在筵席上常见的那种豪迈的架势,装作要一饮而尽的样子,可是实际上只喝了小小的一口,就递给小马。小马也只喝了一小口,又递给小徐。小徐只沾了沾唇边,就端给重伤员们。其他人也都喝了一点,又转到郭祥手里。他一瞅,一小碗水本来就不很满,现在还剩下小半碗呢。郭祥是一向不轻易淌眼泪的,尤其是在艰苦残酷的时候。但今天他却再也抑制不住心头的激动,背转身来,几粒明亮的泪珠,扑哒扑哒地掉到小瓷碗里……人世间,还有什么关系能比"同志"之间,革命战友之间的关系更为纯洁,更为高贵,更为无私,更为深厚啊!……

正在这时,坑道口突然传来一阵极其强烈刺耳的叫声:

"中国士兵们!中国士兵们!现在你们在联合国军的严密包围下,已经十八天了。我们已经封锁了你们的一切道路,断绝了你们的一切联系,你们已经完全陷入绝境了。你们用十九世纪的武器和高度现代化的联合国军作战,不过是无效的抵抗和绝望的挣扎。现在我们马上就要对你们发动总攻击了!可供你们考虑的时间不会太多,还是快快投降吧!快快投降吧!……"

郭祥一听,又是那个坏种谢家骥的声音,立刻激起满腔怒火,把驳壳枪一拎,一溜小跑到了洞口。

疙瘩李正站在胸墙后凝神观察。郭祥问:

"今天这声音怎么这么大,这么近?"

"你瞧,就在那个地堡里。"疙瘩李用手一指,那是敌人对着洞口新修的一个地堡,最多不过一百米远。

正说着,高音喇叭又响起来:

"中国士兵们!你们实在太可怜了。你们被你们的上级骗出来,离开家乡来到千里迢迢的异国,住的是深山土洞,过的是野蛮人的生活。现在你们吃不上饭,喝不上水,痛苦不堪,眼看就要困死、饿死,你们的干部却不闻不问,你们何苦还要为他们卖命呢?……还是到自由世界来吧!汉城、东京的姑娘正等着你们……"

"这帮无耻的家伙!"郭祥狠狠地骂了一句,当即命令疙瘩李,"叫机枪瞄准点,给我打!"

顷刻,响起一阵狂烈愤怒的机枪声。但是那广播只哑默了一会儿,接着又叫起来。郭祥小声地问:

"火箭弹还有吗?"

疙瘩李摇了摇头。

郭祥即刻回到指挥室,对小马说:

"快要团指挥所联系炮兵!"

小马呼叫了一阵,对方的声音十分微小,简直听不清楚,原来电池的电已将用完。

"电池一点也没有了吗?"郭祥着急地问。

"没有了。"小马声音嗄哑,急得快要哭出来。

郭祥点上一支烟,打算仔细考虑一些办法,许福来急匆匆地走进来,气愤地说:

"参谋长!有人乘机说破坏话了!"

"谁?"郭祥的眉毛立刻一竖。

"就是那个又矮又胖的家伙。"许福来说,"刚才敌人广播的时候,他说,敌人说的也不是没有一点道理。如果上级还要我们,干吗叫我们在这儿受这份罪呢?……"

"他叫什么?"

"叫白鹤寿。"

"你过去了解他吗?"

"不了解。听说他是另外一个团九连的战士。"

郭祥立即把烟掐灭,说:

"走!我们去找他谈谈。"

两个人一起来到坑道的中部。战士们多半都脱光膀子,靠着墙壁坐着。虽然一个个都瘦得厉害,但看去仍然十分有神,有的在擦拭枪支,有的在拧手榴弹盖,时刻准备着出击。独有那个叫白鹤寿的,半躺半卧,眯细着眼睛在想什么。看去他有将近四十岁年纪,短胳膊短腿,整个身躯就像一尾鱼去掉头尾后的"中段"。

郭祥在他面前一站,带着几分严厉地问:

"你叫白鹤寿吗?"

"是。"他欠欠身子,并没有站起来。

"你刚才说了些什么?"

"我说什么啦?"他故作惊讶地反问。

郭祥冷笑了一声,用手一指:

"你是不是说,上级不要我们了,嗯?"

"噢,这个——"他淡然一笑,"在这危险的关头,我一个革命战士怎么能说这个?"

"他说过这话吗?"郭祥又问大伙。

"他刚才就是这么说的。"一个战士气愤地说。

"他还说,敌人的广播不是没有道理。"另一个战士也证实说。

白鹤寿有点慌乱,但即刻辩解道:

"我刚才的意思是,我们的上级,我们的军长、师长、团长应该早点反击才对。弄得现在吃没吃的,喝没喝的,快要干死了。就是敌人不来消灭我们,我们也完蛋了……"

"你究竟是什么意思,你自己清楚。"郭祥从鼻子里冷笑了一声,"我可以告诉你,不管什么人,如果他想利用这个机会挑拨离间,瓦解我们的士气,他就是瞎了眼了。因为他没有看到,我们是共产党领导的部队,不但打不烂,拖不垮,就是把他们搞心理战的教师爷都请了来,把他们那一套臭气熏天的脏玩艺儿都搬了来,也攻不破!"

郭祥沉了沉,又指着白鹤寿说:

"你不是说,上级不要我们了吗?上级为了给我们送东西,牺牲了多少好同志!我们吃的,用的,都是同志们的鲜血和生命换来的,难道这些你不知道,你为什么要凭空造谣?"

"对!叫他说说为什么造谣!"几个战士愤怒地插话。

"我,我不是造谣,我是一时失言。"

白鹤寿看见一个个战士全对他怒目而视,手指轻微地战栗着,低下头去。

郭祥盯着他说:

"你造谣也罢,失言也罢,你要很好地进行检讨!"

"好,我检讨!我检讨!"白鹤寿一连声说。

由于坚守坑道多日,总攻尚未开始,郭祥觉得也有必要解释几句,就对大家说:

"至于说反击,上级是肯定要反击的。我们坚守坑道,就是为了不断消灭敌人的有生力量;只有把敌人消耗到一定程度,把敌人拖得筋疲力尽,才能给反击创造条件,我们的反击就会一举成功,最后恢复我们的阵地。"

说到这里,他提高嗓门,不是对白鹤寿,而是用鼓舞的调子对大家说：

"同志们！今天我们在最前沿坚守坑道是非常光荣的。我打了这么多年的仗，只受过敌人四面包围，受敌人五面包围，这还是第一次哪，恐怕你们也是大姑娘坐轿头一回吧！人活一辈子，这样的情况不会遇见很多，这是非常难得的为祖国为人民立功的好机会。虽然我们没有吃的，没有喝的，但是我们不是敌人手心上的可怜虫，我们是钻到牛魔王肚子里的孙悟空。我们应该拽住牛魔王的心肝狠狠地打几个嘀溜！谁那个嘀溜打得好，我就给他记功！"

郭祥不愧是战场鼓动的能手，立刻使整个坑道又活跃起来。有一个战士诙谐地说：

"参谋长！打不打嘀溜，全在你手心里攥着哪，你要不给我任务，我怎么打嘀溜呢？"

"任务有的是，我也不能都贪污了。"郭祥笑着往外一指，"今天晚上就得打掉那个地堡！随后我们就到敌人那里抢水。"

"对！干掉它！"又一个战士说，"蹲在大门口骂人，这个窝囊气我受不了！"

好容易挨到黄昏，郭祥在指挥室正同疙瘩李研究出击小组的人选，听到坑道里乱纷纷地嚷道：

"白鹤寿跑了！白鹤寿跑了！"

郭祥吃了一惊，拎起驳壳枪，一个箭步蹿了出去。在坑道口，望见苍茫的暮色里，白鹤寿正向敌人的地堡跑去，一边跑，一边举着双手喊：

"不要开枪！不要开枪！我是被他们俘虏去的！我是国军的团长！……"

郭祥的驳壳枪几乎同许福来的机枪同时开火，白鹤寿的胖胖的身躯，在距地堡不过三两步远的地方，打了一个趔趄，倒在密集的枪火里……

"狗汉奸完蛋了！"许福来抬起脸望了一望。

郭祥转过脸对疙瘩李说：

"多悬！审查工作太粗糙了，这是一个很严肃的教训！"

晚九时，经过疙瘩李的请求，由他带领两名战士去炸毁坑道前面的地堡。出发以前，他皱着眉头，抚着他那个肉瘤思索了好一阵，然后在坑道的旮旯里搜罗了十几个空罐头盒子，用麻绳穿起来，在手里提溜着。在他们临走出坑道口时，许福来奇怪地问：

"副连长！你提溜着这些玩艺儿干什么？"

"他是害怕我割他那个肉瘤儿。"郭祥冲着许福来一笑。

天色浓黑，坑道口飘着零散的雨点。我方的冷炮紧一阵慢一阵地落到坑道顶上。正是夜袭的好时机。疙瘩李等三人跃出坑道，很快就消失在浓黑的夜色里。

几分钟后，对面的地堡就响起激烈的机枪声。红色的曳光弹像一缕缕红线不绝地向地堡的东侧飞去。正在机关枪狂热射击的时候，突然间地堡上火光闪了两闪，接着是两声飞雷沉重的爆炸声，机枪像被人猛然掐着脖子似的哑巴了……

疙瘩李等三人，提着一挺发热的机枪、几支步枪和一个破烂的喇叭回到坑道里。郭祥看看表，前后共总不过五分钟。

"好干脆呀！"许福来赞赏地望了他们一眼。

"这全靠副连长的那几个破罐头盒子。"一个战士高兴地说，"他钻到东边那个炸弹坑里把罐头盒子一摇，敌人的机枪就冲着他打，我们从西边就上去了。"

"怎么样，许福来？"郭祥高兴地指着疙瘩李说，"咱们饶他一次，这次别割他的小肉瘤儿了。"

郭祥回到指挥室，正准备派第二个小组出发抢水，忽然听见坑道里一片声嚷：

"上级给我们送水来啦！"

"同志们！送水来啦！"

郭祥探出头一看，坑道里乱哄哄的，战士们，轻伤员们全站起来，向坑道口涌去。顷刻间把进来的两个人团团围住，有的抢上去握手，有的抱着他们的膀子，眼里流着涔涔的热泪，卫生员小徐尖着嗓子叫：

"快让他们把东西放下呀！"

郭祥挤到前面，才看清楚为首的是一个膀大腰圆的大个子，正是三连的机枪班长乔大夯。因为他的身躯过于高大，在坑道里不得不稍稍弯下腰来。他身上左一个右一个，横七竖八地挂满了军用水壶，背上还背着一个沉重的麻袋。后面是一个年轻的战士，身上也背着二三十个军用水壶。经小徐提醒，人们纷纷帮着他们把东西卸下来。

郭祥的心头一阵激动，抢过去同他们握手，无限亲切地望着乔大夯说：

"大个儿，是你呀！你怎么跑到这儿来啦？"

"连长——"他仍旧这样称呼郭祥，并且带着深深的歉意说，"俺们送来的东西不多，俺知道你们断水好几天了。"

郭祥见他没听清楚，又说：

"你不是负伤下去了吗？怎么又到运输队了？"

乔大夯仍旧文不对题地说：

"大伙都觉着萝卜这东西又解渴，又解饿，俺就背了点萝卜。"

那位年轻战士摆摆手说：

"参谋长，你别问他了。上次他被炮弹埋到土里就震聋了。他的臂部也受了伤。同志们把他挖出来，往后方送，他半道上醒过来,就跳下了担架,又跑回来了。他找到老模范,哭了一鼻子,老模范就把他留在运输队了……"

郭祥望了望这位长工出身的机枪班长,这位背负着自己走过几十里山路,和自己同生共死的战友,心中真是无限感动。但是在大家的面前,他极力抑制着自己的感情,转了话题,问:

"你们出发的是几个人哪?"

"我们三个人一个小组,半道上牺牲了一个,我把他的水壶也背来了。"那个年轻的战士说,"后边还有两个小组,由老模范亲自带着,恐怕快要到了。"

话还没有落音,就听见坑道口一个人放大嗓门喊道:

"同志们！你们辛苦啦！"

郭祥立刻听出,那是十分熟悉和亲切的老模范的嗓音。他急忙迎上前去,看见老模范佝偻着身子,背着一个大口袋走进来。后边跟着四五个人,一个个都背着口袋,满身灰黑色的泥土,显然都是从焦黑的土地上爬过来的。他急忙帮老模范卸下口袋,抱住老模范说:

"老模范哪！你这么大年纪,怎么还亲自带队呀?"

"我就不喜欢你说这个！"老模范把脖子一梗,"我多大年纪啦,七十八十啦?"他解下袖子上缠着的那块黑浓巴唧的毛巾,一边擦汗一边说:"听说你们断了水,团首长、师首长、军首长都急坏啦！就怨我们组织得不好,送了好几次都没送上来,还伤亡了不少人……"

"今天伤亡了几个?"郭祥忙问。

"今天倒不错。"老模范说,"团长把炮火组织得特别好,天又下了一点小雨,那些王八羔子都钻了乌龟壳了,所以只牺牲了一个,伤了一个,就把东西送上来啦。"

郭祥指指那些大口袋,说:

"这里装的都是些什么呀?"

"你猜猜看!"老模范容光焕发地笑着说,"恐怕你猜不到,这是祖国人民的慰问品哪!"说到这里,又特意提高嗓门说:"同志们!我告诉你们一个最大的好消息:祖国人民第二届赴朝慰问团,已经到前方来啦!"

坑道里顷刻沸腾起来。人们纷纷挤过来问:

"什么?老模范,你说的是真的吗?"

"祖国人民慰问团真的来了?"

老模范嘿嘿一笑,说:

"不光来了,现在已经到了咱们师部!"

坑道里顿时掀起一阵热烈的掌声。接着,老模范又笑呵呵地对郭祥说:"你恐怕更想不到,凤凰堡的杨大妈,还有'志愿军的未婚妻'——来凤也来了,她们都参加了赴朝慰问团……"

"哎呀,老模范!"郭祥兴奋地说,"这些好消息你怎么不早告诉我们哪!"

"怎么告诉你呀?步话机员一个劲儿地呼叫你们,把嗓子都喊哑啦,就是叫不到。祖国的亲人们天天站在无名山上看你们的阵地,烟火腾腾地什么也看不见,直到现在还为你们担着心哪!"

"不是叫不到,是我们的电池一丁点儿也没有了。"小马插进来说。

"电池已经给你们带来啦!"

老模范一面说,一面解开口袋,取出一大包电池交给小马。接着,又取出慰问品,每个人一大包。同志们立刻打开,里面是一张伟大领袖毛主席的最近照片,一枚金光闪闪的"抗美援朝纪念章",一本精装的袖珍日记,一个写着红字的"赠给最可爱的人"的白瓷茶缸,一块印着天安门图案的手帕,一封祖国人民的慰问信。此外,还有一包糖果,几包纸烟,和一个非常精致的烟嘴,上面刻着"祖国——我的母亲"。

此刻,坑道里的气氛由欢欣、热烈、活跃,一下变得严肃、庄重和静穆起来。这些远离家乡为一个神圣的目标战斗在邻国山岭上的人们,这些在弥天的烟火中无比坚强刚毅的战士,竟突然变得像搂在母亲怀中的孩子一样。他们抚摩着那些来自祖国的慰问品,手捧着毛主席像,凝视着他老人家慈祥的面容,一个个的眼里都含满热泪……

接着,郭祥、老模范和卫生员小徐抱着慰问品来到重伤员跟前。这些重伤员听说是来自祖国的慰问品,都挣扎着要坐起来接受。尽管老模范再三劝阻,有几个重伤员还是坐起来了。其中一个伤势很重,挣扎了几下没有坐得起来,他一连声叫着:

"小徐呀!小徐呀!你快把我扶起来呀!"

"你的伤这么重,干吗非要起来呢?"小徐劝解说。

"不行!不行!"他固执地说,"我是一个战士,我这样躺着对祖国是不尊敬的!"

郭祥、老模范和小徐只好把他扶起来。他接过慰问品,用双手捧着毛主席像,充满感情地说:

"祖国呀!祖国呀!……只要我有一口气,我就要永远永远保卫你!……"

他的话没有说完,就低声地啜泣起来。感动得老模范、郭祥和小徐都禁不住洒下了热泪。老模范叹息道:

"郭祥,你看我们的战士对祖国的感情多深啊!究竟有多深,我看谁也量不出来。"

"这就是我们的战士!"郭祥说,"我相信,就是今后比现在还要艰苦残酷一百倍的环境,就是比美帝国主义还要凶恶的敌人,也是不可能征服我们的!"

老模范和郭祥一起回到指挥室里。郭祥低声地问:

"上级有什么指示没有?"

"你们好好准备吧,只剩最后两天了。"老模范附在他的耳朵上悄声地说。

"我们一定要把他们彻底砸烂!"

郭祥仰仰脸,指指头顶上的敌人,他的拳头"砰"的一声砸在那个松木桌上,把步话机员小马吓了一跳……

第十四章　反击

第二天，整个坑道就投入大反击的动员准备工作之中。

晚上，郭祥亲自进入二号坑道，对三连的准备工作进行检查。尽管郭祥不是第一次来，同志们对他们的"老连长"总是特别亲切和热烈。这次慰问团送来的水果糖和香烟，战士们出于对祖国的那种特别纯洁和深厚的感情，是看得极为珍贵的。有人拿出糖来吃上一块，或只咬一小口，就赶快包起来。香烟也不轻易抽。今天郭祥来了，这个掏出一支，那个又掏出一支，一下递过好几支来。郭祥笑着说：

"我一个人有几张嘴呀？"

可是，人们还是硬塞给他，纷纷说：

"你慢慢抽。这是祖国人民送来的烟哪！不简单哪！"

"别老卷你那个大喇叭筒了！"

郭祥一眼看见小杨春在人丛里也抽起烟来，就说：

"杨春！你干吗也抽起来了？"

"我倒不是想抽烟，"杨春说，"我一看这个烟嘴上'祖国——我的母亲'，就想抽一口！"

人们笑起来。

连队的"文艺工作者"小罗，本来是挺能抽烟的，尤其是当他要"搞创作"的时候，简直是一支接一支，可是现在却一口也不抽。郭祥惊奇地问：

"小罗!你怎么不抽呀?"

"我不大想抽。"小罗说。

"不是不想抽,是舍不得抽啊!"小钢炮笑着说,"人家为了这烟,还专门作了一首诗呢!"

"什么诗呀,你念念,我听听!"郭祥笑着说。

小钢炮说:"还是我替他念吧:

> 千里送来光荣烟,
> 祖国的情意重如山。
> 等我立功那一天,
> 把它叼在嘴上边……"

"噢!原来是这么回事。"郭祥说,"对祖国就是应当有这种感情。一个战士对祖国对人民没有感情,那还叫什么战士呀!这次祖国人民来慰问我们,我们就应该把大反击的任务,完成得圆圆满满的,打得干干脆脆的,漂漂亮亮的……小罗,来来来,咱们也别干着,你先抽我一支!"

说着,从口袋里掏出一盒烟来,抽出一支递给小罗。小罗点上烟,喜滋滋地问:

"老连长!听说这次反击,咱们的'大洋鼓'①也要参加,是真的吗?"

"是真的!老模范亲口对我讲的。"

小罗拍手笑着说:

"那可太好了!这一下可要把敌人砸扁啦。"

"叫敌人也尝尝我们大家伙的滋味吧!"人们纷纷地笑着。

"可是我们当步兵的,不能单纯依赖炮火。"郭祥说,"无论多么

---

① 当时对火箭炮的称呼。

厉害的炮火,都很难完全摧毁敌人的工事。我们还得做好一切准备。这次战斗可不同哇,祖国的亲人们就在旁边站着哩,瞅着我们哩!这次是只能打好,不能打坏,打不下来,啃也得啃下来!"

"没有问题!参谋长,你就到时候看吧!"战士们充满信心地说。

连长齐堆和指导员陈三,也插进来说:

"参谋长!你就放心吧!咱们红三连决不能给祖国的脸上抹黑!"

郭祥见大家情绪很高,决心很大,心中很是高兴。他望了望齐堆和杨春,神秘地笑着说:

"有一个想不到的好消息,我本来不打算告诉你们,好保持个突然性。算啦,我现在就告诉你们算啦!……"

"你不说我也知道。"齐堆笑着说,"是不是慰问团带了几个文工团来?祖国的许多著名演员也来了?第一届慰问团就来了不少嘛!"

"不是,不是。"郭祥摇摇头,笑着说,"你根本想不到:杨大妈来啦!还有你那位'志愿军的未婚妻'也来啦!就住在无名山咱们师部那里。"

"哎呀,我的参谋长!"齐堆笑着说,"你大概又是作鼓动工作吧?"

"什么鼓动工作?你是怎么看待鼓动工作的!嗯?"郭祥横了他一眼。

"不会!不会!"齐堆仍旧摇摇头说,"要说大妈,那倒有可能。因为办农业合作社,她是个带头人。至于说她——一个普普通通的农村妇女……"

"噢,瞧你这个脑瓜!"郭祥用手点着他说,"参加革命这么多年,你还轻视妇女呀!嗯?现在全国谁不知道有一个'志愿军的未婚妻'呀!"

齐堆笑眯眯的,不言语了。

"要是俺娘来了……"杨春忖着说,"什么情况该反映,什么情况不该反映,希望首长们掌握着点儿!我自己倒没什么,还有一个集体荣誉的问题。"

"这个事儿可不好掌握。"郭祥说。

人们笑起来。

郭祥发现,在他们谈话的时候,刘大顺老在他旁边转来转去,像有什么话说。郭祥就问:

"大顺!你有什么事儿吗?"

"没有啥事儿。"他说。

可是,在郭祥离开大伙往回返的时候,又发现他跟着自己。郭祥收住脚步笑着说:

"大顺!你到底有什么事儿呀?"

"也……也没有什么大事儿。"他腼腼腆腆地笑着。

郭祥知道他的特点,有什么心事且不容易说出口来,就说:"有什么事儿,你就直出直入地说吧!"

大顺红着脸,磕磕绊绊地说:

"我从祖国回来快半年了,这期间也没摊上什么任务……"

"你不是带着小部队出去好几次吗,怎么说没摊上任务呢?"

"不是这个,我是说没取得什么成绩。"

"那也困难。"郭祥笑着说,"要是每一次都抓六十多个俘虏,那美国兵早叫你抓光了。"

"不,不是这个意思。我是说,我对祖国的贡献太小太少了。"他的声调里充满着难过,"上次回国,祖国人民对我们太热情了,这些事儿我至死也不能忘。现在祖国人民又派了亲人来,我觉着祖国人民的恩情,就是粉身碎骨也报答不完!……"

"对!大顺,你说得对!"郭祥激动地说,"你这个想法,我也有。想起人民给我们的,我们对党,对祖国,对人民的贡献确实太少了。"

刘大顺得到上级的理解,脸上流露出高兴的神采,又接着说:

"我希望,这一回有什么艰巨的任务,你想着我一点儿……"

郭祥紧握着他的手,说:

"还有什么问题吗?"

刘大顺欲言又止,脸憋得像块红布似的,终于没有说出口来,只是说:

"别的……以后再说吧!"

第三天,也就是坚守坑道的第二十五天,大反击的全部准备工作已经完成。在这以前,为了弥补前沿坑道兵力的不足,又有一个连队乘深夜突过敌人的封锁,分别进入两个坑道。这样,第一线的突击力量就更加充实了。黄昏以后,人们就静静地坐在坑道两侧,等候着进攻的号令。郭祥坐在指挥室里,早早地就戴上了耳机,全神贯注地倾听着。整个坑道里静肃无声。只有那只马蹄表在滴答滴答地走着。当它那细长的红秒针刚刚移上十点整时,只听团长高喊了一声:"开炮!"几乎与他的喊声同时,头顶上响起了天崩地裂一般的爆炸声。挂在壁上用弹箱做的碗柜,咣啷一声落在地上,小搪瓷碗丁丁当当到处乱滚。小油灯也被震得从桌子上跳起来,翻了一个跟头摔在地上熄灭了。开始还能听出炮弹的个数,随后就轰隆成一片,越来越急,越来越猛。坐在坑道里的战士们,像坐上一只被狂风大浪摇撼的小船不绝地颠簸着。

为了这一天,人们苦熬了多少个日日夜夜啊!终于这个令人

振奋的时刻到来了,到来了!如果不是在狭窄拥挤的坑道里,人们一定会高兴得跳起来。整个的坑道传过一阵兴奋的低语声:

"你听,这劲头多大!是我们的大家伙发言了吧?"

"嗯,准是'大洋鼓'参加了!"

"我们的炮兵太棒了。我主张首先给他们立头一功!"

"哈哈,叫敌人也尝尝我们炮火的滋味!"

坑道口炮火的闪光就像打闪一般。借着炮火的闪光,郭祥瞥了战士们一眼,一个个的脸上都闪耀着兴奋的红光,有的紧握着冲锋枪,有的攥着揭开盖子的手榴弹,像搭在弦上的利箭,只要一松手就会飞出去。

耳机里传来团长洪亮的嗓音:

"金沙江!金沙江!快要开饭了,筷子准备好了吗?准备好了吗?"

"完全准备好了!"郭祥大声回答。

"不要随便行动!听我统一的号令!统一的号令!你听清了吗?"

"听清了!井冈山!我听清了!"

郭祥知道,团长是再一次提醒自己,按照原定计划严格执行。因为根据事先了解,在山背后一个死角里有敌人一个屯兵洞,只要我们的急袭的炮火一停,敌人就会从那里钻出来,乘我立足未稳进行反扑。前次反击未成,这是重要原因之一。因此,团长再一次地提醒他。

炮火进行了二十分钟的急袭后,开始延伸。这时坑道口就有一些战士纷纷地站起来。郭祥厉声喝道:

"那是谁?不要乱动!"

果然,我们的炮火延伸射击一段之后,又突然调过头来,进行第二轮的猛袭。曲射炮火也不绝地落在山背后的洼地里。

当第二轮炮火刚一延伸,耳机就传过来团长极其兴奋的喊声:

"开——饭!金沙江,开饭哪!"

"同志们!冲——啊!"接着,郭祥也发出几乎用他整个的生命凝成的喊声。

战士们在疙瘩李、许福来的带领下,像小老虎般地跃出坑道,按照预定计划冲上山头。山顶上顷刻响起一片手榴弹的爆炸声。仅仅经过二十分钟的战斗,一号坑道的顶部就宣布占领了。

但是,二号坑道顶部的山头却尚未得手。郭祥立即跑出去,在山腰上的一个弹坑里找到了齐堆和陈三。郭祥严肃地问:

"齐堆,怎么还没有攻上去呀?"

齐堆指了指前面山坡上一个黑糊糊的地堡,说:

"就是叫这个家伙挡住路了。"

郭祥一看,这座地堡离山头不远,正好修在一座悬崖下,因此没有被炮火摧毁。他接着又问:

"组织爆破了吗?"

"已经上去两个爆破组,都伤亡了。"陈三说,"现在我们正在组织第三次爆破。"

这时,背后传过来好几个声音:

"连长!我去!"

"我去!"

郭祥回头一看,杨春、罗小文等好几个战士都要争取这个任务。齐堆刚要发话,从旁边蹿过一个人来,几乎是用乞求的声音说:

"参谋长!参谋长!你不是已经答复我了么?还是叫我去吧!"

郭祥转脸一看,正是刘大顺。他手里提着一支爆破筒,像是早有准备的样子。就是在星光之下,也可以看出他那粗朴的容貌和赤诚的迫不及待的表情。

郭祥望了齐堆、陈三一眼,说:

"我看就让大顺去吧,他的经验比较多些。"

齐堆立刻点头,说:

"好,刘大顺你去。我让机枪来掩护你!"

郭祥上去,紧紧握住刘大顺的手说:

"大顺同志!祖国人民正在后边望着我们哪!祝你一定成功!"

"参谋长!你放心吧,我保证完成任务!"

说过,刘大顺用感激的眼光望了郭祥一眼,就提着爆破筒,扑上去了。

掩护的机枪声,哒哒地响起来。前面地堡的枪眼也喷着长长的火舌,疯狂地射击着。这刘大顺到底是个老兵,他没有直扑地堡,从它的侧翼绕过去了。他时而匍匐前进,时而从这个弹坑,跳到那个弹坑里。在炮弹的闪光里,可以看到他那强壮的身影不断地隐现着。距离地堡五六步远的时候,他突然从一个弹坑里一跃而起,猛虎般扑到地堡跟前,把爆破筒插到侧翼的枪眼里。可是,当他拉了火刚刚滚下来,那根爆破筒,又被敌人推出来了。

"糟了!"不知是谁惊叫了一声。

郭祥的心突然一紧,眼看这次爆破又要落空。就在这一瞬间,只见刘大顺又呼地立起来,拾起快要爆炸的爆破筒,又第二次插到那个枪眼里,用胸脯死死地顶住。只听轰隆一声巨响,地堡立刻消失在一道冲天的火光里……

"同志们!冲啊!"

郭祥高喊了一声。人们潮水般地涌上去，二号坑道的山顶很快就顺利地占领了。

　　这时，从山顶上接连飞起了三颗绿色的信号弹，以它灿烂夺目的光辉，告慰着祖国的亲人。它们在空中慢悠悠地降落着，降落着，仿佛因为战士们付出的巨大的艰辛，不愿即刻就回到地面似的。

　　从这天后半夜，一直到第二天整个白天，敌人组织了多次反扑，都被后续部队击退。经过二十六个昼夜鏖战的白云岭，已经最后地巩固了阵地。敌人付出两万多名伤亡的这次战役，就这样收场了。

　　战斗结束后的这天早晨，陈三手里捧着一个旧挎包来找郭祥。他请示说：

　　"这些东西可怎么办呢？"

　　郭祥接过挎包，仔细一看，是刘大顺烈士的遗物，心里顿时热辣辣的。他把挎包轻轻地放到松木桌上，说：

　　"按照规定，你寄回他家里就是了。"

　　"他没有家呀，参谋长。"陈三为难地说，"别的烈士遗物都寄走了，就是他没有可寄的地方。"

　　郭祥寻思了一阵，说：

　　"我仿佛记得他是四川省遂中县的。你再查查军人登记表，会有他的详细地址。"

　　"地址倒有，就是没有收信人了！"陈三叹了口气，从那个旧挎包里取出一个用蓝布缝成的小口袋，说，"这是我刚才拆开的，你看看就明白了。"

　　郭祥抽出一看，是三封没有信封的书信，其中一封，信纸已经发黄。郭祥就着油灯展开，读道：

大顺夫君尊鉴：

　　日前接到来信，始悉你现在地址。自去年八月中秋你被保丁捆走，母亲日夜啼哭，饮食不进，不久即身染重病，又无钱求医，已于半月后病故。你走时保长曾言明，每户抽丁者给粮食两石，谁知你走后竟一字不提。父亲曾去其家理论，该保长竟云，当前剿共系我全体国民之神圣职责，并诬父亲偷了他家的东西，将其毒打一顿，推出门外，数日后也去世了。为妻到处求亲告友，乞讨借债，始将父亲草草安葬。两起丧事，共借银元一百二十元。为妻现携一子一女，生活无着，债户催讨，实难度日。又不知夫君归期何月何年，思之令人泪下。望夫君接到此信后，火速汇款来家，以济燃眉之急。望夫君多多保重。

　　　　敬祈

　　福安

　　　　　　　　　　　　　妻字
　　　　　　　民国三十五年旧历八月十五日
　　　　　　　邻舍老人李百年代笔

郭祥沉重地叹了口气，又接读第二封。这一封是那个代笔人李百年自己写的：

大顺仁侄英鉴：

　　来信询问你家中情况，并特别提及你妻为何不写回信。此事本当早日奉告，因不知你确切地址，又言之心酸，故迟疑不决，望予鉴谅。

　　自你双亲去世，你妻生活愈益困窘，虽昼夜与人缝补拆洗，亦难维持。加上催税催捐，登门逼债，几无宁日，你妻遂萌短见，于某晨汲水时投井，幸被吾等发觉，及时营救脱险。去岁年关，有几名债主,登门詈骂,口出不逊,你妻实难忍受。为不使孩子看见,到吾家偷哭数次。此时家中已断炊数日,孩子骨瘦如柴,情景至为可怜。于此走投无路,经人说合,你妻遂自卖自身,以银元一百一十元之价,卖与某行商为妾,始将债务勉强偿还。遗下长男已交你舅父抚养,因女子幼小,随其母带走。你妻临行前,曾至我家辞别,并云:他日大顺归来,请代为相告,我对不起大顺,然实出于无奈,望来生相聚等语,言时声泪俱下,昏厥数次。老夫亦为之泣下数行。古语云,苛政猛于虎,信哉斯言,此政不亡,是无天理也。闻你妻今春尚在县城居住,后移居他省,现已不知去向。耑此奉告,望仁侄在外善自保重,是所至盼!即颂

  旅安

   民国三十六年旧历五月廿八日李百年手启

  郭祥看信上,泪痕斑斑,已使多处字迹模糊。想来刘大顺生前是看过多次的。尽管郭祥是条硬汉,看到这样的信,也不免心酸难禁,他的心竟像风中的树叶一样颤栗不已。陈三见他看不下去,叹口气说:

  "看完吧,那一封是他舅父的回信。"

  "我不看了,你说说算了。"

  陈三说:

  "大顺只剩下一个十一岁的男孩儿,当然老惦念着他。可是他去了几封信,都没有得到回信。最后他舅父才回信说:他的儿子也不知去向了。"

  "怎么他儿子也不知去向了呢?"

  "这就是屋漏又碰上连阴雨啊!"陈三叹了口气说,"他舅父也是一户贫农,自己的孩子都卖给别人,怎么去养活他?就把他送去

扛小活。这孩子因为吃不饱,有一次偷吃了一点猪食,竟被地主毒打了一顿。以后就跑出去了……"

"我也是十一二岁跑出去的。"郭祥沉思着说,"不过那时候共产党、八路军很快就来了。这孩子在国民党统治区,他能跑到哪里?还不是冻死、饿死罢了。"

"好端端的一个家庭,就这样完了!"陈三叹息道。

"像这样家破人亡的事还多得很哪!"郭祥也叹口气说,"这都是叫满口仁义道德的国民党害的!可惜,大顺同志的这段历史,我一直不知道。过去在诉苦会上他也没有谈过。二次战役,大家在战场上诉苦,他突然昏倒了,我现在才明白是怎么回事……我过去只嫌他落后,对他简单粗暴,现在回想起来,是很不应该的……"

说着,他深深地低下头去。过了好半晌,才说:

"既然这样,东西就保存在连里吧,这对大家也是个教育。"

陈三从挎包里又取出一个红包包,打开以后,里面装的是这次慰问团送来的毛主席的相片,"抗美援朝纪念章",祖国人民的慰问信,还有他回国时少先队员送他的签满了名字的红领巾,以及其他纪念品等等。陈三从里面抽出一个笔记本,说:

"这里面还有他写给党组织的一封信。可能是没有来得及交给我们。"

郭祥接在手里,翻开一看,信虽短,但写得极其认真:

齐连长
陈指导员并转党支部:

　　大反击就要开始了。我要向党,向祖国人民庄严保证:我有最大决心完成这次的战斗任务。我希望党把最艰巨的任务交给我。并希望你们考虑能不能接受我做一个光荣的中国共产党党员。

这个愿望一直仓(藏)在我心里,没有题(提)出来。因为我觉得自己的条件不够,觉悟不高,也犯过错误。这是我对不起人民的地方。但是我对旧社会恨死了,它害得我家破人亡。我要用我的生命砸烂这个旧社会,为全世界的劳苦人服务,为无产阶级斗争到底!

刘大顺

郭祥看完信,望着齐堆说:

"你们对他生前这个要求,有什么意见?"

"我们同意追认他为共产党员。"陈三说,"他最后的行动,已经作了最好的证明。"

郭祥点点头,并且深有所感地说:

"我觉得,他解放过来,时间不长就出国作战,开始虽然觉悟不高,主要是对这次战争的革命意义还理解不深。但是,革命战争是最能教育人的。没有天生的勇士,也没有天生的懦夫。只要他肯真正为人民大众着想,经过锻炼,他就会成为勇士。可是,像陆希荣那样的人就不好办。因为他想的只有他自己,他自己的幸福,他自己的前途,他自己的地位,他自己的权利!还总想把自己变成一个出人头地的大人物!这种人在战争里,用投机取巧的办法,用别人的鲜血,固然可以蒙骗一时,但是在最残酷的考验下就要现原形了……我觉得,刘大顺同他相比,就是一个鲜明的对照!"

"他现在在哪里?"陈三轻蔑地笑着问。

"已经送回国去了。"郭祥鄙视地说,"听说他住在医院里,还一天到晚吹他的过五关,斩六将呢! ……让他过他的和平生活去吧!"

"这种人是不会有好结果的!"

"你说得完全对！"郭祥点点头说，"烈士们虽然牺牲了，但是他们活在人们的心里，这就是虽死犹生；陆希荣虽然活着，不过是行尸走肉罢了！"

陈三捧着大顺的遗物回去了。郭祥仍然思绪纷纭，一时难以平息。正在这时，电话铃丁玲玲地响起来。

第十五章　亲人

郭祥拿起耳机,是团政委周仆的声音:

"郭祥吗?你赶快到我这里来一下!"周仆异常兴奋地说,"祖国人民慰问团已经到啦!杨大妈和来凤也来啦!是师长陪着他们来的!"

"现在就在团指挥所吗?"郭祥兴奋地问。

"就在这里!"周仆说,"我们的意见,本来想让她们在师部接见你们,但是杨大妈她们坚持要到前沿阵地。你赶快来一下,我们商量商量。你通知齐堆和杨春也随后来见一见面。"

郭祥立即打电话通知了二号坑道的齐堆和杨春,刚放下耳机要走,小马一把拉住他,笑着说:

"参谋长!你就这样去见祖国的亲人哪?"

郭祥把自己全身上下一看,就像刚从烟筒里爬出来的,不由得笑起来。他连忙把黑糊糊的军衣,使劲地扑打了一阵,那军衣早被硝烟、灰尘和汗水胶着在一起,哪里打得下来?小徐赶快递给他一块湿毛巾擦了几把,那毛巾立刻就像块旧抹布似的。郭祥把毛巾一丢,说:"差不多了!"就出了坑道,一溜小跑地向团指挥所奔去。

团指挥所的洞门口,贴着红红绿绿的欢迎标语,还有用松柏的绿枝和火红的枫叶仓促搭起来的彩门。郭祥跨进洞口,看见两边墙壁上点着几十支蜡烛,把狭窄阴湿的坑道照得异常明亮。通讯员、警卫员们正忙着烧茶端水,穿梭般地来来往往,一个个脸上都充满着喜气。

郭祥为避免过于激动,在指挥室的门外停了一下。小小的指挥室坐满了人,师长、团长、政委,还有别的干部,正陪着大妈和一个仿佛见过面的年轻姑娘谈话。大妈穿着一身崭新的蓝布裤褂,神采奕奕,谈笑风生。那个年轻姑娘略显羞怯地依偎着她,那想必就是来凤了。大妈的另一边,坐着一个老者,胸前飘着半尺多长的白胡子,手里拄着一根手杖。再旁边是一个穿着蓝制服、戴着鸭舌帽、身躯高大的工人。郭祥的心怦怦地跳动着,向前跨进了一步,恭恭敬敬地打了一个敬礼。

"这就是我们的营参谋长郭祥。"师长高兴地向大家介绍。

慰问团的同志纷纷站起来,同郭祥握手。师长也一一作了介绍。郭祥才知道,那位白髯老者,是一位历史学教授。那位戴鸭舌帽的工人,是一位有名的火车司机。这位司机一见面就激动地把郭祥紧紧抱住,还一连拍着他的肩膀说:

"英雄啊!英雄啊!祖国人民永远忘不了你们……"

郭祥想说句什么,嗓子热辣辣的像被什么梗塞住了。他走到杨大妈跟前,喊了一声"大妈",大妈拉着他的手,从上到下,从下到上,总望了他好几十秒钟,突然抱着他的膀子,哭了……

"孩子,你为我们受了苦了……"她的泪珠子不绝地跌落在郭祥被硝烟染黑的军衣上。

"大妈,这不算什么,大妈……"郭祥也含着眼泪一连声说。

见到郭祥,大妈自然也想起杨雪,眼泪越发流个不住。

"大妈,"周仆连忙上前劝道,"今天是大喜事,大家都要高兴才对嘛!"

"大妈主要是心疼他们。"师长解释道,"这几天,大妈每天都在阵地上看,一见我们的炮打敌人,她就乐了;一见敌人的炮打我们,就像打到她心上似的。今天一见郭祥瘦成这个样子,她就心疼得受不住了。"说到这里,他转向大妈说,"大妈,最好是将来能有这么一种战争,我们光打敌人,不许敌人打我们,这就比较理想了。是不是呀,大妈?"

人们笑起来。大妈转过脸说:

"你这个老洪,就知道编派我。你要是事先把准备工作再搞得好点儿,把粮食和水都准备得足点儿,怎么会让他们吃这么大苦头呢?"

"好厉害的大妈!"师长笑着说,"你这厉害劲儿,真是不减当年哪!我认为,你的这个批评击中了我的要害。这个战役胜利很大,消灭了敌人两万多人,创造了坑道战的经验,特别是我们的战士表现了人类最大的勇敢,和难以想象的忍受艰难困苦的能力。这是任何资产阶级的军队都做不到的。但是,我们的工作也有缺点,主要是我们估计不足,没有想到,就在这么两个连的阵地上敌人竟投入了六万多人的兵力,动用了大型火炮三百多门,还有将近二百辆坦克和大量的飞机。整个战役又持续了这样长的时间。这就是我们事先没有充分估计到的。这是一个严重的教训。现在我们正准备好好地总结……"

"我们是慰问来啦,可不是要你检讨哇!"大妈笑着打断他。

周仆看大妈激动的情绪有些缓和,就乘机转变话题,说:

"我们还是研究一下,慰问团的同志怎么进行活动吧!"

说着,他对郭祥悄悄使了个眼色,说:

"郭祥,大妈和慰问团的同志们提出来:一定要到你们最前沿的坑道去,你有什么意见,是不是就让他们去吧?"

郭祥立刻会意,马上说:

"这可不行啊!大妈。现在阵地还没有巩固,敌人还在反扑哪!"

大妈撇撇嘴,说:

"你们在那儿坚持了二十多天,我们待上半天就不行啦?"

说着,她也向来凤他们挤了挤眼,说:

"我们慰问团这个小组,不见战士的面,怎么完成祖国人民交给的任务呀?"

"这个俺们回去也不好交代!"来凤笑着说。

"对! 对!"其他几个人都抢着说,"快点去吧,又没有好远。"

郭祥忙说:

"同志们,不是远不远,交通沟都让打平了,还没挖出来。再说,敌人的炮火封锁……"

"小嘎子! 别蒙你大妈了。"大妈立刻打断他,"抗日那时候,我也跟部队活动过,你们会猫着腰跑,我就不会猫着腰跑几步?"

"大妈,那是老皇历了。"郭祥笑着说,"这会儿可跟那时候大不一样。那时候,日本兵有什么? 背着几挺歪把子,后面跟着几门三八野炮就挺神气了,可是现在……"

"你别吓唬你大妈了。"大妈有些生气地说。

郭祥连忙凑到大妈跟前,笑嘻嘻地说:

"大妈,不是我不让你去。我来的时候,开了一个会,征求了全体战士的意见,大家都不同意。你要是硬去了,弄得大家担惊受怕,这个也不大好。大妈,你是拥军模范,是子弟兵的母亲,你总是还得听听战士们的意见嘛!"

周仆见形势成熟,立刻笑着说:

"慰问团的同志,跋山涉水来到朝鲜,也不容易;他们代表毛主席和全国人民来慰问我们,你说不让到前面去,也说不过去;另一方面,不听广大战士们的意见,硬要到第一线去,也不太好。其实,我们这里和白云岭是一个山,来到这儿已经就是到白云岭了。"

大妈撇撇嘴说:

"老周,怪不得你当政委,你瞧你多会说!"

"我总得客观点嘛!"周仆笑着说,"我对你们两方面不偏不向。我折中一下吧:现在已经恢复了一段交通沟,咱们先到外面看看阵地,晚上再把同志们找来开个座谈会,见见面,亲热亲热。根据情况发展,晚几天再到前面去。你们看行不行啊?"

"好!好!这个主意好!"师长立刻笑着说,"大妈和慰问团的同志们在这儿多住几天,等阵地再巩固一下,交通沟都修复了,再去也不晚嘛!"

"行!行!"郭祥几个人连声响应。事情只好这样决定了。

师长立起身来,笑着说:

"咱们到外面看看吧,我当向导!"

大家都站起来,随着师长出了坑道。这里的交通壕修复了一段,人们就顺着交通壕向前走去。外面日丽风清,蓝天如洗,是一个典型的明净的秋日。这时敌我双方的炮火都比较岑寂,只偶尔有一两发炮弹咝咝地叫着落在山顶。师长不时地停下脚步来,谈笑着,向慰问团的同志们介绍着阵地的情况。

师长说,五次战役前,他曾来这里看过地形。那时候,这里树木很多,有松树,枫树,橡子树,还有银杏树,遮天蔽日,风景是很好的。山坡上是朝鲜人的一块墓地。山顶上有一座古庙叫白云寺,建筑形式非常优美。在他看地形的时候,还有几只白鹤惊飞起来。说到这里,师长气愤地说:

"美帝国主义在这里杀了多少朝鲜人,且不去讲;你光看看这土地,叫他们糟蹋成什么样子!"

人们放眼一看,周围的山头光秃秃的,看不到一棵树木和一片绿草。满眼一片荒沙,尽是一尺多深的虚土,和乌黑的石头碎末。师长随手抓起一把土,在手里晃了晃,沙土从指缝里漏下去,剩下了七八块指甲盖大小的弹片。他伸着手对大家说:

"你们看,这是什么?——这就是帝国主义的本性!"他把那把弹片放到白髯老者的手里,继续说道,"他们就是凭着这个,企图把全世界人民变成增殖资本的奴隶!说穿了,难道不就是为了这个吗?可是,我可以断定,他们是做不到的。请看,他们用了四个师的兵力,用了多少万吨的钢铁,用了各种残酷手段,连两个连的阵地都没有占领,这就是一个明显的例子……"

"那是因为时代不一样了。"白髯老者带着感动的神情,把一把弹片装到自己的口袋里,说,"清朝末年,帝国主义派上兵舰来,开上两炮,就可以占领一座城市;日本人进来,国民党的几百万兵望风而逃,几天之内就可以占领几十座县城。只有在共产党、毛主席的领导下,我们的国家才变得这么坚强啊!"

"你说得对!"周仆点点头,接上说,"据我看,这次朝鲜战争,美帝国主义的最大错误,就在于他们没有看到:今天的东方已经不是昨天的东方。东方人民已经觉醒了。毛主席说:'中国人民已经站起来了!'帝国主义反动派的悲剧就在这里,它们没有认识到:中国革命的胜利,在东方,在全世界,引起了什么样的历史变化!"

"所以,他们只能碰得头破血流!"那位工人同志也接上说。

大家向前走了一截,前面一处洼地上孤零零直矗矗地立着一根一人多高的黑柱子,来凤指着问:

"那是什么?"

"认不出来了,是吧?"郭祥笑着说。

人们走到跟前才看出是一棵松树,只剩下一段粗壮的躯干。外面一层烧得焦唏唏的,像是一根乌黑的木炭。从上到下,一层一

层,嵌满了一寸多长的弹皮,总有几百块之多。看到这棵树,慰问团的同志都有些吃惊。来凤抚摩着黑乌乌的树干,一连声说:

"哎呀,怎么会成了这样!怎么会成了这样!"

白髯老者一时望望乌黑的树干,一时望望郭祥,捋着白胡子,不绝地赞叹道:

"真是难以想象!难以想象!……我就不能理解,在敌人这样密集的炮火下,身受敌人五面包围,你们究竟是依靠什么力量,坚持住了?"

"因为我们背后站着伟大的祖国,我们没有权利给她抹黑!"郭祥洪亮地回答。

周仆赞许地点了点头,望着老人补充道:

"这确实是一种伟大而神奇的力量!出国以后,同志们对祖国的感情,确实更深更深了。不管多么艰险的环境,不管多么困难的任务,只要一提伟大的祖国,就能够度过!就能够战胜!她爆发出的能量,有时候,连我自己都觉得不可思议。"由于兴奋,他的脸上泛着红光,又继续说,"就拿我自己说,不管情况多么紧张,别的能丢,我那个收音机绝不能丢。我一打开收音机,一听播音员的声音,简直比最美的音乐还要好听,比最清凉的泉水还要解渴。真像饮了一杯醇酒似的,心里暖烘烘的!"

人们笑起来。周仆又说:

"当然,这并不奇怪。过去我们虽然也生活在同一块土地上,可是人民是被污辱被奴役的。那时候的国家,不是劳动人民的,是帝国主义的,地主的,四大家族的。自从我们夺取了政权,这才有了自己的国家,无产阶级专政的国家。我们怎么能不热爱她呢?怎么能不热爱我们新生的祖国呢?……抗美援朝开始,有些人担心,怕打烂我们的坛坛罐罐,怕我们的建设受到影响;由于毛主席的英明领导,建设不是更慢了,而是更快了,国内的社会主义建设,真是一日千里。我们在这里打仗,就好像听见祖国万马奔腾的脚步声似的,怎么会不越来越有劲儿呢!……"

这时候,从白云岭阵地的山坡上跑下一个青年战士,他身材灵活,动作敏捷,在炮弹坑间跳跃着,就像一只小燕子似的。郭祥笑着说:

"大妈,你瞧,那是谁来了?"

说话间,杨春已经跑到大家跟前,站在交通沟沿上,用一个战士的标准姿势,恭恭敬敬地打了一个敬礼,然后用清亮的童音说:

"祖国人民好!慰问团的同志们好!"

显然这两句话是早就准备好的,但是说过这两句,下面就不知道怎么说了。周仆笑着说:

"杨春!你怎么不问你妈妈好哇?"

"我妈妈也是祖国人民嘛!"杨春红着脸说。

"这调皮鬼!快下来跟你妈妈见见面哪!"

杨春这才跳下交通沟,红着脸跟慰问团的同志们一一握手,然后才腼腼腆腆地走到妈妈身边。

郭祥眨巴着眼说:

"大妈,你瞧大乱是不是有点变了?"

"是长高了!"大妈从上到下打量了儿子一眼,笑着说,"给他套上马笼嘴,他不变也不行啊!"

大家笑起来。郭祥说:

"这小机灵鬼在这儿干得不错。前两个月还创造了个'百名射手'呢!"

"什么'百名射手'?"大妈问。

郭祥做了解释。大妈半信半疑地摇了摇头,说:

"我就不信！这么个臭小子参军才几天哪,他就能打死一百个敌人?"

"俺娘一贯瞧不起我!"杨春有点不高兴,从挎包里掏出一个沉甸甸的慰问袋,往他娘怀里一擩,咕嘟着嘴,说,"你自己瞧去!"

大妈一接沉甸甸的,解开口儿一看,都是些小红石子儿,脸上有些生气地说:

"噢!你到前方来还耍石头子儿呀?"

郭祥立刻笑着说:

"大妈,你别小瞧这些小石子儿。打死一个敌人,才能往里装一个呢!"

大妈撇撇嘴,笑着说:

"这山上石头子儿有的是,谁不会拣哪!你可别让他蒙了你,这小子心眼儿可不少!"

郭祥把来龙去脉一说,大家才明白这是寄给祖国一位小朋友的;因为没有人回国,一直存到今天。大妈捧着沉甸甸的小口袋,轻松地出了口气,感慨地说:

"这都是毛主席教导得好,首长们带得好。说实在的,我还为他担着一份心呢。你们不知道,他从小就调皮,三天不打,上房揭瓦,不是掏鸽子蛋,就是打鸟,有一次叫他看场,他还……"

"你甭说了,人就不能变啦?"杨春红着脸打断他娘的话。

大妈再一次郑重地望了望那个绣着花的慰问袋,喜滋滋地正准备扎起口来,被杨春一把抢了过去,翻翻眼说:

"这是给祖国人民的,不是给你的!"

人们哈哈大笑。周仆说:

"哈哈,现在你妈妈又不是祖国人民啦?"

"交给我啵,我是祖国人民!"那个戴鸭舌帽的工人连忙把口袋接过来。人们又笑了一阵。

忽然,头顶上穿过一阵"嗖嗖嗖"的啸声,有几颗炮弹在武威山的山坡上爆炸了。

师长摆摆手,笑着说:

"我看还是进洞去吧,敌人已经下逐客令了!"

人们进了指挥室坐下。周仆说:

"怎么齐堆还不到哇?还磨蹭什么?"

"我来的时候,他说要研究一个问题,正主持全连开会呢。"郭祥说过,又望着大妈和来凤,顺便解释道,"他现在已经是连长了。"

大妈诧异地问:

"怎么就没听他说过?他给来凤写信说,他在前方当炊事员,要保证在艰苦条件下给战士们改善生活。还提出要跟来凤比赛呢!"

郭祥哈哈大笑,说:

"大妈,他那意思你就没解开。他是暗示来凤:尽管家里条件不好,也要注意给他爹改善改善生活!"

人们哄堂大笑。郭祥接着又说:

"他的鬼名堂可是多得很哪!我算服了他那股钻劲了。去年,敌人秋季攻势正猛的时候,他就创造了坑道;今年夏天,他又大破地雷阵,给敌人来了个'地雷大搬家'。要不大家怎么会叫他'小诸葛'呢!"

来凤脸色绯红,眼里流动着光彩,像是刚饮下满满一杯浓酒似的。她打断了郭祥的话说:

"叫你这一说,他就成了一朵花啦,就没有缺点啦!"

"缺点不能说没有。"郭祥笑着说,"自从报上登出你的事迹,他对那个标题就有意见,有一次找着我偷偷地说:'连长,这个记者是怎么搞的？来凤是我的未婚妻,怎么倒成了《志愿军的未婚妻》啦！'"

在朗朗的笑声中,齐堆已经来到门口。他手里提着一大嘟噜东西,往门外一放,喊了一声"报告",给师团首长打了一个敬礼,接着又给慰问团的人每人打了一个敬礼,唯独把来凤隔过去了。大妈用手一指来凤,笑着说：

"小堆儿！你干吗不给她敬个礼呀？……我给你说,她在家可不容易。又得装男,又得扮女。没过门的媳妇就背着包袱跑到你家,伺候你那个瞎爹,为的什么呀？还不是为了抗美援朝！你可得好好地谢谢她呢！"

"她是慰问团,还没慰问我哪！"齐堆挤着坐下来,笑着说。

"你这小子,跟嘎子是一类货！"大妈说,"人家当初要不送你参军,你有这份光荣吗？你临走还对人不放心哪！"

人们哄地笑起来。

大妈看来凤脸红红的,不大自然,对齐堆说：

"我们还要跟首长们讨论点事儿,你们先到那边屋里说几句体己话吧！"

"那可不行！我的任务还没完成哪！"

齐堆说着,转身回到门口,把绿色的降落伞布包着的一大嘟噜东西提进来,笑着说：

"我刚才来得迟了一点。原因是不知道该给祖国的亲人们送点什么礼物。全连的同志们想来想去,觉着没什么可送的。有个战士在阵地上拣了这么一件东西,大家觉着还有点意思,就让我带来了。"

说着,他把那个大包袱咣当一声放在桌上,解开降落伞布,露出一个奇形怪状的铁玩艺儿。慰问团的同志们围过来,一时竟看不出是什么,经过说明,才看出是两颗炮弹在空中迎头相遇,那颗小炮弹的弹头竟钻到那颗大炮弹的弹头中去了。

"这真是见所未见,闻所未闻!"老教授啧啧地惊叹着,"完全可以说明,当时的战斗是多么激烈,双方炮火的密度是多么惊人了。"

"不错。"师长笑着说,"但是更能说明问题的,是祖国人民对我们的支援。在出国作战初期,是不会出现这种情况的。那时候,我们的炮很少,也很旧,甚至还有抗战时期缴获日本军队的三八野炮,一放起来,敌人感到很新鲜,还以为是'共军'的什么新式武器呢!每门炮,炮弹也很少,打几发就完了。可是自从全国人民捐献飞机大炮以来,我们的装备大大加强了。虽然暂时还赶不上敌人,但是由于我们战术灵活,射手勇敢,常常可以造成局部优势。这次反击,我们就集中了几百门火炮,给敌人开了个盛大的音乐会,我们的'大洋鼓'也参加了合唱。这次抓的俘虏,下来的时候,光会说:'完啦!完啦!'原来他们已经神经错乱,吓傻了!我看到美联社的消息说:'中国军队大炮炮火的猛烈集中已开始在整个战场中占优势',已经'一再使联军的步兵瘫痪',并且说他们是'坐在一座火山口上'。'坐在火山口上'是确实的,至于说我们的炮火在整个战场上'已经占优势',那倒还没有,如果那样,我相信他们已经不存在了。这都是伟大祖国人民的支援,特别是工人阶级的努力,才达到了这一点。"

工人代表异常郑重地把这件珍奇的礼品包起来,同齐堆再一次热烈地握了握手。大妈说:

"齐堆,你的任务完成了,这回可该走了吧!"

齐堆笑着说:

"我们这事儿报上都登了,还有什么怕公开的!"

郭祥不由分说,和大妈等一起把他和来凤推到隔壁的房间里去了。

大妈和师长等人又谈笑了一阵,政治处一个干事进来对周仆说:

"政委,现在饭已经好了,是不是请慰问团的同志们吃饭哪?同志们都等着听大妈他们作报告呢!"

"我就办了一个小社儿,有什么可报告的!"大妈笑着说,"下午,我和来凤准备给大家把衣裳缝补缝补,你看一个个在炮火里都滚成什么样儿了!"

"衣服要补,报告也得作。"周仆笑着说,"你把你办社的事儿,给大家好好说说,别的同志也好好讲讲,这对我们就是最大的鼓舞了。还有什么更有力的政治工作呀!"

师长也接上说:

"你的社虽小,她是代表一个方向。这就是毛主席指引的社会主义道路。同志们在前方牺牲流血,不就是为了这个吗!……"

"要说成社就是不赖,穷困户都有盼头了。"大妈兴高采烈地说,"你就说郭祥他娘,孤苦零丁的,过去一到春天种地就犯愁,现在松心多了,脸上也有了笑模样儿了。"

郭祥坐在一边听着,脸上笑眯眯的。

大家正说话,只听外面有人动情地喊了一声:

"妈!……"

说着,小迷糊闯进来。他满头大汗,脸色红红的,像是刚从外面赶回来的样子。他走到大妈面前,蹲下来,攥住大妈的手,激动得说不出话。

大妈也眼圈一红,抚摩着他的头说:

"小子,你离开咱家六七年了,怎么也不给妈打封信哪?要不是嘎子上次回家,我还不知道你在这儿呢!"

"妈,我一直当勤务员、警卫员了,什么功也没有立……"

"什么功不功的,在外头东挡西杀的,都有功。你给我打封信,我不就放心了?"

周仆乘机解释道:

"大妈,小迷糊对你感情可深了,老念叨你。这次听说你来,好几天就睡不好觉,老是问:'我妈啥时候来呀?'我看比对他亲妈还亲哩!"

"说的也是。"大妈说,"他爹妈都叫日本鬼用刺刀挑了,从十一上就住在我那儿,还非跟我钻一个被窝不行。你不叫醒他,就给你尿一大炕。你瞧这会儿多出息呀!"

大家哄地笑起来。小迷糊有点不好意思,站起身说:

"妈,我给你们端饭去!"

大妈叫住他说:

"小子,我这回来,也没有什么给你带的。我一想,你跟大乱个子差不多,就比着他的脚给你做了一双鞋,等一会儿,你穿穿合适不?"

小迷糊高高兴兴地跑了出去。不一时抱了一大摞碗走进来,小玲子在后面端着菜盆。

菜摆好了,大家刚刚入座,头顶上响起沉重的爆炸声。一个参谋进来报告:有十几架敌机,正在阵地上盘旋轰炸。邓军立刻站起来说:

"你马上告诉高射炮阵地和高射机枪阵地:祖国的亲人们在这里,要他们好好地打!狠狠地打!"

说过,又转身向慰问团的同志微笑着说:

"今天没有鸡鸭鱼肉来招待你们,如果能打下一只'飞鸡'来,也算个招待吧!"

人们哄笑着。

不一时,就从坑道口传来高射机枪激越的哒哒声和高射炮的怒吼声,像是对敌人宣布:祖国人民的一根毫毛都是不容许侵犯的!

东方 第六部

凯歌

第一章 战友

炮火声里,雪花又落遍了朝鲜。

这已经是中国人民志愿军在朝鲜度过的第三个冬天。

朝鲜,这个伸到大海中的半岛,一年四季都是很美丽的。春天一来,漫山遍野开遍了金达莱花,简直就像一片桃花的海。到夏天,又是青山绿水,房前房后落满了栗子树玉棒般的花穗,就是在激烈的炮火里,也不断传来布谷鸟好像被露水湿润过的好听的鸣声。当然,最好看的还是秋天。这时候,枫叶红了,千山万壑,升腾着旺盛的火焰,整个三千里江山就像被一匹无穷无尽的红毯包了起来,使你真像喝了一杯浓酒似的沉醉在她那迷人的秋色里。至于冬天,那是另一种奇丽的景象,千万座山岭都变成银色的山岭。她庄严,肃穆,壮丽,就像这个穿白衣的民族本身一样倔强地屹立在东方。

志愿军入朝作战的第一个冬天,不消说是无心欣赏朝鲜的冬景的。那时候,弥漫的风雪与漫天的火光交织在一起,形势危急,胜负难卜,东方人民的命运,正像万斤重担压在战士们的心头。尤其是出国比较仓促的那些部队,那些来自温暖的江南的儿女,他们戴着大盖军帽,穿着单薄的军衣,就进入到长津湖畔的冰天雪地之中,其艰苦情况可想而知。而现在却完全不同了。战线稳定,粮弹充足,洞外是雪花飞舞,洞里是炉火熊熊。祖国送来的冬装,更使战士们特别满意。那些棉衣不仅布好,棉絮厚,前胸还有御寒护胸棉,袖上还有防寒紧袖扣,每件棉衣的口袋里都装着针线包、救急包、杀虫粉和慰问信。此外还有漂亮的栽绒帽,厚厚的棉大衣与暖和的棉毛靴。这些贫下中农的子弟,许多人从小给地主放牛,放羊,放猪,连鞋都穿不上,哪穿过这样的棉毛靴啊!他们受到祖国这样的抚爱,心里很是感动,有人还写出这样的快板诗来:

　　棉毛靴,模样强,
　　牛皮包头帆布帮,
　　底子好像装甲板,
　　软毛足有三寸长。

　　穿上祖国这双鞋,
　　浑身发热有力量。
　　挺起胸膛跺跺脚,
　　地也震来山也响……

　　在这样的情况下,战士们的求战情绪益发高涨。当前的朝鲜局势是很明显的:现在既不是战争初期能否打退敌人的问题,也不是中期能否守得住的问题,而是如何把战线推向前去争取最后的胜利。我们的主人公郭祥,就是这种求战情绪的代表人物。他的眼睛早就贪馋地盯上白云岭对面的花溪洞,以及隐隐可见的他曾经恶战过的黑云岭了。

　　这里,顺便交代,自白云岭战役之后,本营营长孙亮已调任副团长,由郭祥接任营长,副教导员老模范也当了教导员,这两位共过患难的战友,仍然作为"老搭档"领导着本营的工作。尽管他俩年龄相差很多,但在这方面却完全一致:都想很快把花溪洞山拿下来。为此他们作了一个周密的攻击计划,想挤到全师的计划中去。

谁知计划递上不到两天,就传来完全相反的消息:部队很快就要下阵地了。郭祥深感意外,找到周仆悄悄地问:

"政委,这消息是真的吗?"

周仆点了点头。

"转移到哪里去呀?"

"西海岸。"

郭祥的脑袋耷拉下来了,半晌没有说话。周仆笑着说:

"你恐怕有些不理解吧,这是一个重要的战略部署。"

"战略部署?"

"是的,一个有关全局的大问题。"周仆解释说,"现在朝鲜的战局很清楚:敌人要想从正面突破我军阵地,已经不可能了;他们正酝酿着一个大阴谋……"

"什么阴谋?"

"他们企图用大量海空军和陆战队,从我们后方实行两栖登陆……随着艾森豪威尔上台,这种可能性大大增加了。"

"他大概也就剩下这张王牌了!"郭祥笑着说。

"你说得对!"周仆说,"可是,敌人的这个阴谋,已经被上面识破了。"

"谁?"

"那还有谁?"周仆笑着说,"谁看得这么深刻呀!"

"噢!是毛主席……"郭祥点点头,笑着说,"既是这样,走就走吧,我没有什么意见!"

接着,周仆又告诉他:为了击破敌人的阴谋,整个部署都作了调整,有不少部队要调到东西海岸两侧。到达西海岸以后,还有可能与一支人民军的英雄部队并肩作战。

"那太好了!"郭祥高兴地说。

交接任务的工作,在稳交稳接,增强团结的指导思想下,整整用了一周时间,才进行完毕。然后,郭祥所在的第五军才向北转移。

经过五六天连续行军,他们到达了预定的目的地。郭祥的一营住在几个小山村里。这里有一道蜿蜒的长满松树的小山,村庄就散落在山坡上。下面是一片被白雪封盖着的稻田。再往西不远就是碧蓝的大海了。

郭祥于拂晓时到达,刚安顿完毕,卫兵就进来报告说,面劳动党委员长,带着几个人前来慰问。郭祥和老模范立即迎出门去,看见一个穿蓝制服的中年男子,一个女干部,正同房东老汉讲话,仿佛在吩咐什么。旁边站着五六个年轻的朝鲜妇女,在早晨凉飕飕的海风中,一个个笑微微地顶着竹篮。郭祥和老模范连忙赶过去同他们热烈地握手。那个女干部,穿着厚厚的蓝棉袄,蒙着头巾,束着黑裙,她一见郭祥就快步抢过来,温和地笑着说:

"郭东木!你的不认识啦?"

郭祥仔细一看,原来是朴贞淑,不禁惊讶地问:

"朴东木,你怎么也来了?"

"怎么,你来的行,我来的不行?"她笑着反问。

郭祥握着她的手,笑着说:

"哦,恐怕是你们的部队也来了吧?"

朴贞淑笑着点点头,接着告诉郭祥,她是分配来做群众工作的。郭祥兴奋地挥挥手,用朝鲜同志讲中国话的调子说:

"好好,我们任务的一样!"

说着,把大家让到屋里。郭祥和老模范忙着给客人端水拿烟,对面委员长和群众的慰问一再表示感谢。面委员长也透露,他们早就知道部队要到这里来执行重要任务,现在正发动群众,全力支援。最后,郭祥问起白英子的情况。原来去年夏天,郭祥遇到朴贞淑时,两人谈起往事,朴贞淑仍不免为死去的孩子伤感。郭祥就想起白英子来,自从杨雪牺牲,这孩子一天天大了,也该有个人带着她锻炼锻炼,并且有个寄托才好。于是就向朴贞淑谈了自己的想法。朴贞淑一口答应。不久就把白英子接在自己身边。今天,郭祥一见朴贞淑,就想起这事。朴贞淑见郭祥如此关心白英子,就笑着说:

"她也来了。现在我走到哪里,把她带到哪里。"

"这样说,你是她的上级啰?"

"是她的上级,又是她的妈妈。"

郭祥笑了,又问:

"她怎么没来?"

"她到群众里做工作去了。"朴贞淑笑着说,"要是知道你来,还不赶快飞来吗!"

郭祥和老模范同大家欢叙了一阵。客人起身告辞。临走,朴贞淑告诉他们,她就住在山那边不远的农舍里,有事就不客气地去找她。

部队刚到驻地,就受到朝鲜同志的欢迎和慰问,使郭祥和老模范的心头感到十分温暖。他们对白英子这个失去家庭的孤儿,有了这样的归宿,尤其感到欣慰。老模范把地方同志来探望的事向团政委作了报告,周仆在电话里指示说:

"你们附近,就有人民军一个营,你们应当明天一早就去探望他们,主动取得联系,不要等人家来看望你们了!"

两人商定,明天由老模范到团里汇报行军工作,郭祥一早就到人民军去。

郭祥在老乡的暖炕上,甜甜地睡了一晚。一早醒来,觉得窗纸异常明亮,推门一望,漫天正飞舞着雪花,台阶上已经落了很厚一层。他想到,人民军在军容风纪上是很讲究的,就把自己也从上到下整饬了一番。他匆匆吃了早饭,就披上大衣,带着通讯员小牛向村外走去。

雪花飘落着。他们踏着厚厚的积雪走了半里多路,看见一个身穿绿呢子军大衣的人民军军官迎面走来,后面跟着一个挎转盘枪的战士。两个人的步态都很英武。待走到近处一看,这位人民军的军官,高高的个子,面目清秀,两眼炯炯有神,很像是五次战役消灭敌人伞兵的人民军连长金银铁。不过那时金银铁是人民军的上尉,现在这位军官却佩着大尉军衔。郭祥一时不敢断定,就走上前打了一个敬礼,试探地说:

"你是金银铁同志吧?"

那个军官急忙还礼,两眼一亮,说:

"噢,你是不是郭……"

"对,对,我是郭祥。"

两个人紧紧地握手,互相拍着对方的肩膀,几乎要拥抱起来。小牛也抢过去同人民军的战士亲热地握手。

两个人说话并不困难。郭祥一向喜欢接触群众,也善于接触群众。到朝鲜以后依然是这种作风,在炕上把腿一盘,就同那些阿爸基、阿妈妮们聊起天来,所以他的朝鲜话纵然不是很通,也能说上老半天的。金银铁在学校里就学过汉语,中国话竟说得相当流利。

郭祥首先抱歉说,他本想一早就到大尉的营里前去探望,不料大尉来得更早;金银铁也说,他本想昨天就来,因为忙一件事被耽搁了。郭祥心里很想对自己的这位战友招待一番,就转过身来邀请金银铁一同到自己的营去。

两个人一路说说笑笑,来到营部。郭祥在台阶上帮金银铁拂去身上的雪花,把他让进屋子里;又悄悄吩咐小牛好好招待那个人民军的战士;并且压低声音说:

"你告诉管理员,一定要买两只鸡来!由我个人出钱。"

"这也不是你个人的客人。"小牛说。

"你别管这个。快!鸡一定要买大一点的!"

郭祥回到屋里,拿出他最好的"大前门"香烟,给金银铁亲自点上,亲热地说:

"金银铁同志,自从咱们上次见面,一晃一年半也多了,你这一阵子在哪儿呀?"

"我一直在东线作战。"金银铁笑着说,"自从八五一高地战斗以后,我们休整了一下,就又上阵地了。最近才调到这里……"

"噢,敌人不是把八五一高地叫做'伤心岭'吗!"郭祥用钦佩的眼光看了自己的朋友一眼,兴奋地说,"那个战斗可打得好哇!要是不把敌人打疼,它是不会伤心的。"

"还是志愿军的同志们打得好。"金银铁连忙接过来说,"上甘岭战役,那是全世界都知道的。"

郭祥兴奋地说:

"我们的部队,很敬佩你们。战士们经常说:我们应当把自己坚守的每一座山岭,都变成敌人的'伤心岭'!"

"要是不让敌人伤心,就该我们伤心了。"金银铁微笑着说,"我们还是让敌人伤心的好。"

郭祥哈哈大笑。

"我对人民军印象很深。"他接着说,"你们的部队作战勇敢,纪律性很强,觉悟很高,从来不说一个'苦'字。特别是对敌人有刻骨的仇恨。我遇到不少人民军的战士,他们的家属都被敌人残杀了……"

"这种人在我们部队很多。有的连队占三分之一,有的甚至占一半以上。"

"是啊,美国的雇佣兵怎么能抵挡住这样的军队?就是这仇恨的火也要把敌人烧死!"郭祥说,"上次你们打敌人的伞兵,打得多干脆!这个支援太及时了,我什么时候想起来都要感激你们……"

"不要说这个了,郭祥同志。"金银铁打断他的话说,"你们出国作战的时候,正是我们的民族最严重、最危急的关头,而对你们来说,刚刚经过二十二年的连续战争,不是没有困难的。这一点朝鲜人民是懂得的。他们在内心深处的感激是难以表达的。也是我们永远不会忘记的。我还记得,在我们向北撤退的时候……"

郭祥的眼前,又重现了那个大火熊熊的夜晚,在北撤的人流中,金银铁坐在桥头上,死也不肯后退的动人情景。虽然事情过去了几年,那幅情景仍然历历在目。郭祥不禁感慨地说:

"从那时起我就看出,朝鲜人民、朝鲜人民军是不可战胜的!"

金银铁回忆着说:"那时候,的确,我是一步也不愿再撤退了。当我听到撤退的消息,觉得就像天塌地陷一样,眼也看不见了。我在心里喊着:祖国啊祖国!故乡啊故乡!我们怎么能够离开你!当时如果宣布死守,我相信我们的战士会毫不吝惜地全部战死在这里。眼看前面就是国境线了,我觉得向北再迈出一步,都是莫大的痛苦。世界上有各种各样的痛苦,我觉得没有任何痛苦能和这种痛苦相比……所以,我们才那样珍贵中国同志的国际主义支援!"

听了金银铁的话,郭祥深受感动地说:

"要说支援,首先是朝鲜同志支援了我们。这次抗美斗争,你们不仅捍卫了自己的民族独立,也捍卫了中国的安全,而且对全世界的革命事业,做出了伟大的贡献!我常常想,我们国家的社会主义建设事业能够有现在这样的发展,这同朝鲜人民的流血斗争是分不开的!……金银铁同志,你就别说谁支援谁了,因为全世界的无产阶级本来就是一家嘛!"

金银铁笑着说:

"话当然可以这样说;正因为我们是一家,所以彼此的支援是不可少的!"

郭祥也笑了。

这时,金银铁像忽然想起了什么,感情深沉地说:

"有一件事,我们朝鲜人民是永远也不会忘记的,什么时候提起来,都压不住心头的激动……"

郭祥注视着自己的朋友,等待他说下去。

"我说的是毛岸英同志,他的热血也洒在我们的国土上了……"金银铁接着说,"我们听说,志愿军一出动,他就报名出国,是经过毛泽东同志亲自批准的。令我们特别感动的是,在这次战争里,不仅中国人民派出了他们优秀的儿女,连中国人民的伟大领袖也派出了自己亲生的孩子……"

"是的,这件事中国人民也很感动。"郭祥说,"听人讲,毛岸英同志牺牲以后,为了怕毛主席难过,很长时间没有告诉他。后来,他老人家还是知道了,他说:你们为什么要瞒着我呢,为什么别人的儿子可以牺牲,我的儿子就不能牺牲?……"

听到这里,金银铁深深地慨叹道:

"这次战争,敌人的残酷性达到了一个高峰;我们两党、两国之间的兄弟友谊,也达到了一个光辉的高峰!"

郭祥也激动地添加说:

"要说这是国际无产阶级合作的典范,也不算过分。"

这时候,小牛已经把菜端了上来。按中国人民军队一向的风习,不用盘子,也不用大碗,而是四个大搪瓷盆。一盆是清蒸鸡,一盆是鸡蛋粉,一盆是牛肉罐头,一盆是炒土豆丝。另外还有两瓶中国的"二锅头"烧酒。没有酒杯,就拿了两个小搪瓷碗。郭祥把小炕桌干脆撤去,放在暖炕上,然后说:

"小牛,快找那位战士同志去!"

"叫他在我们那儿吃吧,"小牛说,"我们那儿也有一只大鸡呢!"

郭祥笑着对金银铁说:

"那咱们俩就喝起来吧!"

说着,提起酒瓶,咕嘟咕嘟就给金银铁倒了满满一大瓷碗。金银铁连声叫道:

"哎呀,不行不行!中国酒厉害,这我是知道的!"

郭祥笑着说:

"朝鲜同志英勇善战,这我也是知道的!"

说着,给自己也倒了大半碗,高高地擎起来说:

"今天咱们相见不容易。让我们就为我们两国人民用鲜血凝成的伟大友谊干一杯吧!"

两人心情激动,各饮了一大口,脸色都顿时红润起来。小牛又从灶膛里掏了一大盆炭火,端到两人面前,火盆上还跳动着红艳艳的小火苗儿,不一时屋里暖烘烘的,两个人的大衣都穿不住了。外面仍然是漫天飞舞的雪花……

两个人山南海北地纵谈着,不觉谈到家事上来。郭祥把着酒碗问:

"金同志,你家里还有些什么人哪?"

金银铁轻轻地叹口气说:

"现在已经被反动派快毁坏完了……"

他沉默了半晌,才接着说:

"我的哥哥多年前就跑到中国的东北,参加了金日成将军的部队,在作战中牺牲了。我的姐姐十二岁就当了纺织工人,听说在釜山,一直没有消息。我原来在汉城读书,因为搞学生运动被反动派发现,要追捕我,我就偷越过三八线,参加了人民军,走了我哥哥的道路。战争爆发以后,听说父亲和我的妻子都被敌人枪杀了。现在只剩下我母亲一个人了。……"

郭祥一听,忽然想起被隔断在敌后时救护自己的那位朝鲜老妈妈。两家的经历竟这样相似,就问:

"你家在什么地方?"

"三八线附近,金化郡。"

"什么村子?"

"金谷里。"

"啊?金谷里?"郭祥不禁惊叫了一声,又问,"你妈妈多大年纪了?"

"五十五岁了。"

郭祥记得那位阿妈妮比自己的母亲大一岁,掐指一算,也差不多。又问:

"她是不是为了逃债和你父亲一起迁到那里去的?"

"是啊!是啊!"金银铁惊讶地说,"你怎么知道?"

郭祥笑着说:

"你们村子西北,山上有一个大石洞吗?"

"是啊!是啊!"金银铁一连声说,"那是庄稼人存放柴草和避雨的地方。我小时候到过那里。郭同志!看来你是到过那地方吧?"

郭祥感叹地说：

"不错，那是我到过的地方，也是我永远难忘的地方！"

接着，他把自己的这段经历，详详细细叙说了一遍，最后激动地握着金银铁的手说：

"就在这个村庄，就在这个石洞里，我认识了一位革命的母亲，伟大的母亲！他是你的也是我的母亲！"

两位久经战阵的战友，眼里都含满激动的热泪，在他们碰杯的时候，因为不小心，泪珠子扑哒扑哒地掉到酒碗里去了……

外面，漫天飞舞的雪花，还在不停地飘落着，飘落着……

郭祥由金银铁一家的遭遇，不禁想起朴贞淑一家的遭遇和小英子一家的遭遇，他们的命运是多么相似！这都是些多么优秀的人啊！他忽然想，自己能不能帮助他们成为一家呢？

想到这里，他慢吞吞地点起一支烟，接着刚才的话茬说：

"这次战争，依我看，朝鲜妇女的贡献也是很大的。"

"是的，她们确实表现不错。"金银铁点了点头。

郭祥又接着发挥：

"中国同志经常赞美她们。我们团政委就说过，将来要写这页历史，朝鲜妇女可是重要的一笔！"

"这也是实际情况。"金银铁说，"战争爆发以后，青壮年男子都上了前线，所有的重担都压到她们肩上去了。"

"在前线上我也看到不少。"郭祥说，"我就认识一位女同志，表现得相当出色。她原来是一个普通的农村妇女，后来成了一个人民军的战士。她经常化装，深入敌人的营地，活跃在敌人的后方，完成了许多重大任务。听说她还得过共和国的勋章呢！"

"我也听说，我们人民军有这样的女同志，可是没见过面。"

"你没有见过，你的妈妈倒是见过。"郭祥笑着说，"据我看，你妈妈很喜欢她。"

"我妈妈很喜欢她?"

"是的,很喜欢她。就是她护送我到战线这边来的。据我看,她的性格非常好,对人谦恭有礼,简直可以说,把女性的温柔跟少有的刚强和勇敢糅和在一起了……"

金银铁笑起来,说:

"这位女同志现在在哪儿?"

"她等一会儿就来。"郭祥笑着说,"我们已经约好,她要来谈谈地方的情况。"

金银铁欠起身说:

"哦,原来你今天有事,那我就告辞啦!"

"不,不,"郭祥捺住他说,"实在抱歉,我们的联络员不在家,我正要求你作翻译呢!"

郭祥把金银铁稳住,立刻假托有事,跑到外面找到小牛,说:

"快!快!你快去把朴同志请来!"

"什么事呀?"

"你别管什么事,你就对她说:有要事相商!"

小牛去了。

郭祥又回到屋里,同金银铁扯了一阵。看看二十分钟过去了,小牛也回来了,还不见她来。他有些发急,就又假托有事跑出来,走到柴门以外观望。

这时,漫天的雪花,仍旧像春天的柳絮一般不停地飘舞着。除了卷着浪花的海水以外,整个的山岗,松林,已经成了无限幽静奇美的银白世界。高高低低的松枝,都托着大大的雪团,经海风一吹,又静静地落到地上和别的枝丫上……

郭祥正在观望,从银色的山岗上走下一个人来。正是朴贞淑的身影。待走得近了,郭祥见她披了一身雪花,头巾上也落了厚厚一层,简直像戴着一顶美丽的花冠似的,脸色也显得更加鲜红了。

她咯吱咯吱地走到郭祥身边,笑着问:

"郭东木!什么要紧事的有呀?"

"有一个人民军东木,要找你谈谈情况。"郭祥笑着说。

"什么情况的谈?"

"谈谈……地方的情况。"

"哦,原来是这么回事。"

两个人说着来到屋前,郭祥推开门,说:

"金东木!你不是要了解地方的情况吗?我给你请人来了。"

"我……我……"金银铁慌乱地站起来。

"这就是朴贞淑同志。她对地方的情况是非常熟悉的。"

"哦,哦……那就请进来吧!"

朴贞淑解下头巾,扑打着满身的雪花,随后脱了鞋,走进屋里……

郭祥轻轻地吁了口气,望望天空,欢腾的雪花飞舞得更加美丽了。

第二章 春初

一九五三年春初,山阴的积雪还未消融净尽,炸弹坑边的草已经冒出绿芽,二月兰也抢先开放了。漫山遍野的金达莱,经过严冬的孕育和雪水的充分滋养,已经挂满了坚实的花蕾。它们仿佛整装待发的战士,正准备一鼓上阵,占领春天的阵地。

反登陆作战的准备工作,仍在紧张地进行。山岭间,不时地回荡着开掘坑道工事的爆炸声,像夏季的沉雷一般从这座山谷滚到那座山谷。

初春的早晨,天气还相当寒冷。郭祥披着穿了一冬的旧棉衣,正沿着一条山溪向工地走去。在山溪转弯处,远远望见一个身着军衣的女同志,正在一块大青石上洗衣。她的裤管挽得高高的,两条腿埋在清清的水流里。长长的发辫不时地垂下来。从那熟悉的身影,郭祥看出来那是徐芳。可是又心中纳闷:听说徐芳的演唱组,昨天晚上就回去了,怎么大清早起又在这里洗衣服呢?

待走到近前,郭祥笑着问:

"小徐,你们不是已经回去了吗?"

徐芳抬头一看,笑了,用袖子拭了拭脸上的汗珠,说:

"怎么,在你们这儿多待一会儿也不行啊?"

"谁说不行啦?"郭祥连忙说,"你再待上两个月我们也很欢迎!"

"你听听,也、很、欢、迎!"徐芳笑着说,"谁知道你心里欢迎不欢迎啊?……说实在的,我本来准备昨儿晚上走;因为乔大夯几个人老是把衣服藏着不让我们洗,昨儿晚上才让我发现了。我就让他们先走了,我多留半天。也无非是多吃你们一顿饭吧!"

郭祥带着抱歉的语气解释道:

"昨天晚上,听说你们要走,我本来想送你们,后来因为开会误了……"

"你现在是首长,工作忙嘛!"徐芳打断他。

郭祥一听这话不是滋味,就在徐芳的对面,小溪另一边一块石头上坐下来,说:

"你这个小徐!看起来是对我有意见了。"

"有什么意见哪,要不这么说,你肯坐下来呀?"

徐芳嫣然一笑,把辫子往后一甩,又拾起乔大夯那满是汗污的特大号的军衣,在溪水里投了投,然后立在大青石上,光着两只脚丫踩起来。显然因为在水里过久,两截小腿和一双脚丫已经冻得通红。

郭祥有些怜惜地说:

"小徐,你这种精神,我很赞成;可是也要看时候嘛!比方说,晌午水暖了你再来洗,是不是更好一些?"

"这算什么!"徐芳一面踩衣服,一面满不在乎地说,"跟小杨姐姐比,我还差得远哪!她大冬天敲开冰凌,给战士们洗血衣,一洗就是几十件,你怎么就不说了?"

一提杨雪,郭祥低下头去,不言语了。徐芳也后悔失言。沉了半晌,郭祥才说:

"她已经牺牲快两年了……"

"可不,到今年夏天就两年了。"徐芳也难过地说。

"一个多好的同志啊!"郭祥慨叹了一声,缓慢地说,"她是那么勇敢勤劳,艰苦朴素,既老实又聪明。每年夏天,只要我走到枣树林,闻到枣花的香味儿,我就想起她来……"

"是因为,你们小时候一块砍过柴吗?"

"不。是因为,她朴素得就像那枣花似的……她不像桃花那么艳,更不像海棠那么娇。可是她倒比她们香得多,质地也坚实得多,对穷苦人也有用得多。"

"我没有你想得深。"徐芳思忖了一会儿,说,"我倒觉得她是一枝开放在硝烟中的红花。好像环境越艰苦,战斗越激烈,她就开得越鲜艳。这也不奇怪,因为她的底子厚,经过的锻炼又多,比起来,我就觉得自己像一枝可怜的小草似的。自她牺牲以后,我就想给她编一支歌子,题目就叫《硝烟红花》,可是写了好几次也没写成……"

说到这儿,徐芳羞涩地低下头去。

郭祥接着刚才自己的话说:

"当然,我们的感情也走了一段弯路。这主要是假象蒙蔽了她,使她一时没看清楚。我是能够谅解她的。因为认识一个人很不容易,特别像陆希荣那样的人,他的两面派手段是最能蒙蔽人的,许多同志都受了骗……"

说到这里,两人都沉默无语。过了一会儿,郭祥抬起头来,问:

"她的墓是在松风里吗?"

"在松风里。"

"是村南还是村北?"

"村南的一座小山上。"

"插了牌子吗?"

"有一座小石碑。"

徐芳见他问得这么细,就说:

"你准备去看看她的坟墓吗?"

"那要看机会了。"郭祥叹口气说,"至少在我们胜利回国的时候,我是要去一次的。"

徐芳也慨叹说:

"我觉得在小杨姐姐身上,最可贵的地方,就是她对革命,对同志不掺半点假,完全是真心实意的。就是亲姐妹,在最危险的时候,她也未必肯真正救助你;可是小杨姐姐,为了革命的需要,为了同志的安全,却是肯毫不犹豫献出生命的人。我跟她在一块儿时间不长,她却给我上了最好的一课。她不是用语言,而是用实际行动,使我懂得了在这一生里应该做什么样的人,走什么样的路。我相信,这条路我是会继续走下去的……"

乔大夯那件特大号的军衣已经涮净拧干,徐芳又把另一件混合着汗渍和泥土的衣服投放到溪水里。那条丝带一般的绿水,老像要把她手里的衣服夺去似的,在水里牵得长长的,并且发出充满情意的丁冬的歌唱。

世界上有些话,是最难启口的。就是一些心直口快的英雄好汉也不免如此。何况像徐芳这样刚满二十岁的女孩子呢!从内心里来说,她对郭祥是非常倾慕的。至于这情感的绿芽,究竟是什么时候悄悄钻出地皮来的,不仅春风难知,就是她自己也不知道。郭祥在医院休养的时候,她还完全是一个不懂事的少女,用她自己的话说,那时候"只晓得抢糖豆吃"。对郭祥与杨雪之间的感情,她不仅不懂,还觉得两个人躲在河边说悄悄话,简直非常好笑。杨雪牺牲后,小徐回到前方。当她得知郭祥在玉女峰壮烈跳崖的时候,她感动得哭了。但是这种情感也以对英雄的景仰居多。因为在她看来,郭祥是一个无比高大坚强的英雄,是一个具有某种神秘品质的难以企及的人物。至于其中掺杂了多少个人爱慕的成分,那是直到今天她也难以确定的。也许这些都已水乳交融又无法分辨了。或者说,比较明晰的,是郭祥从敌后归来时。那次也是在海边,她第一次向郭祥告知了杨雪牺牲的消息,当时郭祥痛苦万分,内心如焚,这件事也给了她深深的感动。此外,还有无名山的相遇,自己亲眼看见郭祥悄悄地抚弄那面小圆镜子,以及托她织做镜套、笔套的动人情景,都流露出他对杨雪的感情是多么的深沉和真挚呀!她觉得郭祥这人不仅在政治上,在同敌人作殊死斗争时,是那样的坚定,就是在个人感情上也是纯真高尚的。也许就从这时,落下的一粒种子悄悄地萌发了绿芽……

然而,既已萌芽,它就日益茁壮难以抑制了;以至到了今天,自己难以启口而对方又没有丝毫的暗示。即使自己把题目引到这方面来,郭祥又谈的总是杨雪和对杨雪无尽的怀念。更加使她伤心和懊恼的是,她发现郭祥一直是把她当做小孩看待的,就同在医院相见时没有两样。什么小徐小徐的,他就不知道小徐已经不是几年前的小徐了,她已经长大了,已经成了大人了。徐芳简直觉得自己被深沟高垒挡住了去路。可是,今天不谈,又待何时呢?……

"还是接着刚才的话题为好。"徐芳心中暗暗想道。于是她鼓足了勇气,涨红着脸说:

"你觉得,自从小杨姐姐牺牲以后,你还遇到过像她那样的人吗?"

"没有。"郭祥低着头说。

"在咱们全师、全军,都没有像她那样的人吗?"

"不能说没有,也许没有遇到过。"

徐芳心里一沉,像被冷风噎住似的不言语了。郭祥也沉默着。只有那条丁冬的山溪好像有意弥补他们的沉默似的,轻声地絮语着……

待了好半晌,徐芳才长长地叹了口气,说:

"要是小杨姐姐还活着,那该多好啊!"

这话还未说完,郭祥的眼泪已经像两条小河似的滴落到山溪里……

…………

第二天。郭祥在团部开完会,刚要离开,周仆在一棵松树下叫住他,亲切地微笑着,说:

"郭祥,昨天人家跟你谈话,你怎么哭起来了?"

"谁?"郭祥眨巴眨巴眼。

"小徐呀,小徐不是跟你谈话了吗?"

郭祥一愣:

"政委,你怎么知道的?她向你汇报了?"

"还要等她汇报?"周仆微微一笑,"昨天我一看她的气色就不对,两个眼红红的。是我问了一点二十分钟才问出来的。"

他从容地燃上大烟斗,不慌不忙地笑着说:

"人家早就爱上你了,你还傻瓜似的!"

"什么?她……"郭祥吃了一惊,"她还是个小孩子嘛!"

周仆哈哈大笑,用大烟斗冲他一指:

"你这个郭祥!有些地方嘎得出奇,有些地方又傻得要命。其实,我这个政治委员早就看出来了。那位你所说的'小孩子',一来咱们团,就要打听你,说不了几句话,就要问:郭祥打得怎么样啦,最近表现怎么样啦,等等。我不过不说就是了。这种事自然瓜熟蒂落,也用不着多问。"

"那,怎么今天政委又亲自过问了?"郭祥也笑着说。

"出了故障了嘛,不问还行?"周仆板起脸说,"就比如一挺机枪,哗哗哗一直打得很顺当,忽然不叫了,你不排除故障,还怎么打下去呀?"

郭祥笑起来了。周仆又接着说:

"据我看,小徐还是很不错的。虽然是知识分子家庭出身,总的看还是比较纯洁的。尤其是经过咱们这个大熔炉一炼,进步很快。你看她给伤员洗血衣呀,端屎尿呀,捉虱子呀,还跑到最前沿给战士们演唱呀,缝补衣服呀,都说明思想感情在发生变化,同工农兵群众的结合上已经跨进了一步。当然以后还要继续努力。像这样的同志同你结合,我认为是蛮好的。怎么人家给你谈着,谈着,你倒哭起来了?"

"我……我……"郭祥嘴张了几张,没有说下去。

"你说嘛,有什么不好说的?"

"我……我是想起小杨来了。"

"噢,原来是这个……"周仆叹息了一声,沉默了一会儿,又继续说,"当然,小杨是一个很难得的同志,是值得我们永远怀念的。听说朝鲜政府已经授予她'朝鲜民主主义人民共和国英雄'的称号。可是,有什么办法呢,她毕竟离开了我们……"

"我总觉着她还活着似的。"郭祥低下头去。

周仆长长地叹息了一声,又说:

"从某一方面说,她也确实活着。我就注意到,小徐为战士服务的那种精神,甚至她给战士缝补衣服的姿势,都使我想起杨雪来。这是为什么?这就是小杨的精神和影响在她身上投射的光辉!……而且,据我看来,小杨和小徐所以爱你,是出于一个共同的情感,这就是爱慕一个真正为革命为祖国不惜献身的英雄。她们的这种情感是很纯洁很高尚的。这是我们中国革命的妇女中一种很值得赞美的倾向。资产阶级的妇女,或者有浓厚资产阶级气息的妇女,她们追求的是金钱,地位,安适,庸俗的享乐生活,她们见了我们这些'大兵'掩鼻而过,唯恐汗气冲了她们,怎么会爱我们的英雄,爱我们的战士呢?……郭祥啊,我看小徐对你的这种情感,你还是应当看得珍贵些!"

听到这里,郭祥笑着说:

"政委,你是不是有点儿管得太宽了?"

"宽?我这也是有原则的!"周仆睒了他一眼,"那些专门追求个人幸福的人,我就不会去帮他,因为他自己已经很上劲儿了,你还帮他干什么!嗯?比如像陆希荣那样的人!"

郭祥沉思了一会儿,说:

"这样吧,政委,虽然你是一番好意,可我现在还不想考虑这个问题。是不是以后再说……"

周仆见郭祥思想还不大通,也不好勉强,就说:

"也好,那就以后再考虑吧。这种事,政治委员包办也不行啊!"

郭祥打了一个敬礼,匆匆去了。

团长邓军从那边走过来,问:

"老周,谈得怎么样?"

周仆摇摇头,说:

"不行。恐怕主要是对小杨的感情太深了。"

邓军把那只独臂一挥,笑着说:

"哼,小徐不来请我!要是我来谈,不超过一个钟头就能解决问题!"

"那,这个媒人就由你来当吧!"周仆也笑着说。

第三章　硝烟红花

果然，十多天后，团长邓军已经在履行他"媒人"的职责了。

山岗上，古木参天。志愿军第五军正在这里举行一次盛大的英雄模范会议。邓军率领本团的英雄模范人物也参加了。会议上反映出的英雄事迹，真如百花争妍，千红万紫，比漫山遍野的繁花还要绚丽多彩。最后三天，只剩下军首长的总结讲话和军文工团的晚会了。就在这个空隙里，邓军在临时搭成的礼堂外，同郭祥做了一次严肃的谈话。

"那个问题，你考虑得怎么样啦？"邓军故意沉下脸问。

郭祥一愣：

"团长，你说的是什么问题呀？"

"你这个嘎家伙！政委专门找你谈了半天，你还装什么糊涂噢？"

"噢，这个……"郭祥笑着说，"我还没有考虑呢！"

"看！你这是什么态度？叫你说，小徐入朝以来表现得怎么样？嗯？"

"表现不错。"

"对呀，既然不错，你为啥不跟人家好好谈哪？当然，我也听过人家讲，什么'金花配银花，金葫芦配银瓜'，你是不是觉得人家配不上你这个金葫芦呀？"

"这个，绝对不是。"郭祥涨红着脸说，"主要是因为……"

邓军知道他又要谈起杨雪,立刻把话截住,把那只独臂一挥:

"不要说了!据我看,小徐同志不错。你那样对待人家至少很不礼貌!你自己说,那天有没有缺点?"

郭祥涨红着脸,不知说什么好。小玲子在一边龇着牙笑,并且不断给他使眼色,他只好讷讷地说:

"那,那……缺点总是有的。"

"对嘛!既是缺点,就要很快改正嘛!"邓军极力掩饰着内心的愉快,又用半命令的口吻说,"限你三天之内去找她谈谈!嗯?我给你半天的假。"

邓军说完,不等郭祥表态,就一扭头回会场去了。

"团长好厉害!把指挥打仗的办法也用上了。"

第三天,也是会议的最后一天。早晨,郭祥正要进入会场,忽然小玲子停住脚步,支棱着耳朵说:

"有飞机!"

郭祥仄着耳朵一听,并没有听见什么,就笑着说:

"你这顺风耳恐怕听错了吧?"

话未落音,山尖上就鸣起防空枪声。接着,蓝色的天空里,出现了三架轰炸机和六架喷气式的混合编队。小玲子睁大眼睛,紧紧地盯着它,因为这时敌人的飞机越来越狡猾了,它们有时候装作过路的样子,不动声色地向预定的目标施行水平投弹;有时候则故意飞过预定的目标,陡然返回头来施行突然袭击。因此,小玲子等它们飞过头顶,还死死地盯着,果然,这些家伙刚刚飞过去不久,接着又返回来,盘旋在军部的上空。在山上开会的人们纷纷跳进了防空壕。不一时,山下的几个村庄里就传来沉重的爆炸声。与此同时,我军的高射炮和高射机枪也响起来。天上地下轰鸣声顿时响成一片。

直到一架敌机被炮火击落,这场短促激烈的战斗才宣告结束。人们从防空壕里跳出来,看看山下,军司令部、政治部和文工团所驻的几个村子都旋卷着黑烟。很快司令部的值班室就给山上打来电话:司、政两部略有伤亡,唯独文工团损失最重,因为他们正在为会议赶排节目,没有来得及跑出来。这种事,在朝鲜战场上,本来早就习以为常。但是不知怎的,今天却引起郭祥一种特殊不安的感觉。他老是望着山下村子里冒着几缕黑烟的地方⋯⋯

山上的会议仍然照常进行。中午,军政治委员的总结报告已经讲完。大家预料,当天的晚会不可能再进行了。谁知军政委在结束报告时,用特别响亮的调子通知大家:

"刚才,文工团有一些伤亡,我们的意见,今天晚上的演出不要举行了。但是,文工团的同志们再三要求坚持演出。他们说:文艺工作者为英雄的部队服务,就要学习英雄,英雄们能够前仆后继,负伤不下火线,为什么我们就不能坚持演出呢?因此,我们就批准了他们的要求。现在我愉快地通知大家:今天晚上的晚会,按预定计划,于晚七时半准时开始!"

会场上,顿时响起一阵特别热烈的经久不息的掌声。

晚会开始了。在没有开始以前,这个可容六七百人的山林礼堂就已经挤得满满的。人人面带笑容,坐在一排一排的横木上。电灯光发出特别明亮愉悦的光辉。小小的舞台,经过红绿彩绸的装饰,显得十分美观。礼堂的入口处用防雨布严严实实地遮蔽着,尽管外面不断有敌机的肆扰,有防空哨报警的枪声,但里面的演出并不中断,不时地爆发出一阵阵的掌声、笑声和欢呼声⋯⋯显然,这种大规模的演出,在战争初期是不可能出现的,现在由于战线的稳定,它已经变成人们的日常生活了。

晚会的节目,是由一个名叫《开山曲》的小歌剧开始的。幕一拉开,舞台中心耸立着一块雄伟的大青石,仔细一看,才看出这块大青石是由一个身躯特别高大的演员扮演的。这位"石头老人"的姿态十分傲慢,显出一副凛然不可侵犯的样子歌唱着。歌词的大意说,他已经在这山里居住了几亿万年,只有他才是这里真正的主宰,是任何人动他不得的。听说志愿军的战士来这里修工事,要把山打通,他一笑置之,认为不过是"毛娃子"的妄想罢了。接着,上来了三个志愿军的青年战士,高唱战歌,猛挥镢头,虽然累得臂疼腰酸,仍然没有弄得动他。这位"石头老人"益发狂笑不止。后来这几个青年战士商量了一个办法,终于把石头弄得基础动摇,摇摇晃晃地离开了原来的位置。"石头老人"大为恐慌,一面后退,一面唱道:

> 我,在这里生长了亿万年,
> 哎呀呀,想不到今天碰到英雄汉。
> 小伙子有勇有谋吓破了我的胆,
> 我只好带领大小儿孙滚下山……

人们听了哈哈大笑,响起一阵热烈的掌声。

报幕员还特别解释说:今天演"石头老人"的,是他们行军中挑汽灯和兼管服装道具的一位同志;因为原来担任这个角色的同志今天光荣牺牲了,是由他自告奋勇赶排出来的;歌词比较生疏,请大家特别原谅。会场上又响起一阵热烈的掌声。

接着,开始了一些短小精悍的演唱节目。其中有一个单弦是《郭祥大战白云岭》,那位演员十分诙谐,把郭祥的那股嘎劲表演得唯妙唯肖,使大伙不时迸发出一阵一阵的笑声。这郭祥平时虽然满不在乎,但在大庭广众之前却最怕表扬,尤其这种文艺形式,更使人吃不住劲。他见会场上的人纷纷瞅他,只好红着脸低下头去。

军政委还回过头,笑着问:"怎么样,郭祥?演得像不像啊?"郭祥那种不自然就别提了。幸好这个节目并不太长,等到另一个节目开始,他才吁了一口气,重又抬起头来。

最后一个节目,是徐芳的独唱《硝烟红花》。报幕员还特意介绍说:"《硝烟红花》,是徐芳同志经过长期酝酿最近才完成的一首抒情歌曲。内容是歌颂和悼念本军的模范护士——国际主义战士杨雪同志的。由于徐芳同志今天上午在敌机轰炸时两度抢救伤员左臂负伤,本来团里决定这个节目日后再同大家见面,但是徐芳同志坚决要求按预定计划演出,团里批准了她的请求。现在由徐芳同志开始演唱。"

徐芳在热烈的掌声中,轻快地走到台前。郭祥静静地注视着,见她用白绷带挎着一只胳膊,似乎比平时还要精神,也显得更加美丽。郭祥不禁想起,三年前,她给自己输血的时候,还是一个天真烂漫的女孩子,今天却在不注意中长大成人了。而且在她身上确实隐隐约约生长出某种气质和风度,无论动作、神态都有点儿像是杨雪……郭祥正冥想间,徐芳已经在两把胡琴和一把小提琴的伴奏下,放出了婉转清脆的歌声。这歌声很快就把郭祥带到那深沉的回忆里。歌词的最后几段是:

  想起你啊,我就想起了江声哗哗,
  鸭绿江奔流在你的脚下。
  你多么想追随战士的脚步前进,
  在江边洒下了你一串串泪花。
  啊,只因为你是一枝硝烟中的红花!

  想起你啊,我就想起了风雪漫漫,
  你用温暖的胸膛把冰雪融化。

你对战士的热爱为何这般深厚,
阶级的情义胜过洁白的雪花。
啊,只因为你是一枝硝烟中的红花!

想起你啊,我就想起了洪水滔滔,
滔滔的洪流啊无边无涯。
你穿行在激流中为何一无所惧,
背负着负伤的战友在树上安家。
啊,只因为你是一枝硝烟中的红花!

想起你啊,我又想起了烈火熊熊,
你扑进烈火中没有丝毫惧怕。
为了掩护亲爱的朝鲜姐妹,
你慷慨地把最后一滴热血抛洒。
啊,只因为你是一枝硝烟中的红花!

硝烟中的红花啊硝烟中的红花,
你的美胜过天上灿烂的红霞。
红霞啊也会随着暮色暗淡,
你在我们的心中永远放射光华。
啊,只因为是一枝永不凋谢的红花!……

　　徐芳的歌声,平时就很美妙动人。今天更加深沉有力。一来她唱的是自己亲身的感受,二来对杨雪又怀着无比深厚的感情。因此,很快地就把大家引到对这位女战士的深沉的怀念之中。尤其唱到最后两段,她眼里含满热泪,几乎夺眶而出,等到她结束最后一句时,眼泪已经像明亮的露珠一般滚落下来。

在大家深深的感动中,徐芳谢幕数次。郭祥全没看见,因为他为了掩饰自己的感情,早已深深地低下头去。他的泪水却悄悄地洒到他面前的一小片土地上去了。

邓军用胳膊肘碰碰他,说:

"怎么样啊,郭祥?嗯?"

郭祥含含糊糊地应了一声,声音是嘎哑的。因为徐芳的那首歌曲,仍旧在他耳边飘绕着,就像是一条不绝如缕的丝带一般……

第四章 在朝鲜人民军里

经过中朝人民军队一个冬春的紧张劳动,在朝鲜东西海岸修筑了数百里的坑道工事,正面战线也更加巩固。此外,还改善了交通网,增修了两条铁路、四条公路,大大便利了我军的机动。弹药物资也作了足够的储备。与此同时,又抓紧时间进行了军事训练,准备了两三套干部,增添了装备,新的兵种更加加强,空军也参加了反登陆作战的战备工作。待补兵员二十余万人已集中在祖国东北地区。这时我军的兵力空前雄厚,打大仗、打恶仗的思想准备非常充分,连在国内休养的伤病员,也提前回到了前方,准备与敌决一死战。正是在这种情况下,敌人终于没有敢打出从我侧后登陆这张最后的"王牌"。敌人的这场重大阴谋,就这样在它的酝酿、计划和准备的过程中被粉碎了。这是由于我军统帅毛主席用他的智慧之剑,刺穿了敌人的阴谋诡计;是朝鲜战场上伟大的英雄集体,用他们的汗水汇成的惊涛,冲毁了敌人的迷梦。此事虽然不为国内广大群众所知,但却是朝鲜战争重要的一笔。

板门店谈判,自从一九五二年十月上甘岭战役前就被敌人单方面中止了。这个只有两三户人家几间草房的板门店,显得更加荒冷,几乎门可罗雀了。如果不是那里还搭着两座白帐篷,上空还飘着两个灰白色的气球,也许要把它淡忘了。可是战争的较量自有其本身的规律。自从敌人的主观妄想在现实的岩石上碰得粉碎,不得不在半年以后的一九五三年四月二十六日,重新又回到谈判桌旁。但是一切反动派都是不会甘心失败的。谈判恢复以后,敌人仍然用各种方法为扣留战俘辩护。看来,天际已经出现了和平的曙光,但是,不经过坚决的战斗,不再给敌人几个坚决的打击,和平还是难以实现。这样,一个空前大规模的夏季攻势战役,已经在着手准备了。

五月上旬,郭祥所在的第五军接到命令:立即移防中线,准备参加夏季攻势。

这个消息,对全军上下都是振奋人心的。郭祥的欢乐更不用提。这一来是,自移防西海岸以来,已经半年多,"光跟石头打交道"了;二来是,即使下阵地以前,打的那些仗也并不"过瘾"。用他的话说,一次吃敌人一个班,一个排,或者一个连,简直"不够塞牙缝子","不值跑腿钱"。现在既然时机成熟,确确实实"应该放手大干"了。

各项准备工作都已就绪。在临行的前一天,老模范和郭祥分别到朝鲜的地方干部和人民军进行致谢告别。

早晨,鸟鸣山幽,布谷鸟声声啼唤。郭祥在满是野花的山径上轻快地走着。只过一座山冈,就是他的朋友金银铁的驻地了。

金银铁的营指挥所,也设在山坡上的几座茅屋里,正面对着大海。宅前种了一大片波斯菊,还有几株牡丹开得十分艳丽。由于哨兵通报,金银铁很快迎出来。两个人互致军礼。金银铁笑嘻嘻地握着他的手说:

"郭东木!我本来要到你那里去,不想叫你赶了先了!"

"前几次,不都是你赶了先么?"郭祥也笑着说。

两个人拉着手上了台阶,脱鞋进屋。屋子收拾得分外整洁,屋中央的小炕桌上,放着一个黄铜的炮弹壳,擦得明光锃亮,插满了金红色的野百合花。

金银铁递过一支"牡丹峰"牌的香烟,给郭祥点上,笑着说:

"郭东木!你是来告别的吧?我看谁也不要辞行了,你们明天出发,我们后天启程。"

"你们也要到中线去吗?"

"是的,到中线。我们这一次很有可能是并肩作战。"

"哎呀,那太好啦!"郭祥情不自禁地捋捋袖子,"这一回又可以大干一家伙了。"

两个人哈哈大笑。

郭祥眯细着眼,望着他的朋友,悄声地问:

"现在谈判进行得怎么样了?"

金银铁不由得握紧拳头,愤慨地说:

"还是那样!耍赖!我看不猛干几家伙,和平是没有希望的!"

郭祥连连摇手,笑着说:

"不不,我说的不是这个;我是问,你们俩的谈判进行得怎么样了?"

"哈哈,你说的是这个……"

金银铁微笑着,还没有回答,只听那边厨房间里发出一个女人忍耐不住的哧哧的笑声。金银铁笑着走过去,把厨房门打开,原来是朴贞淑站在灶台跟前正捂着嘴笑呢。

"哈哈,"郭祥笑着说,"朴东木!你来得比我还早啊!嗯?你躲在那里干什么?"

"这不是,给你开水的烧嘛!"

朴贞淑脸色绯红,笑得像是一朵花似的。郭祥两手一拍,说:

"哈哈,想不到你们俩的谈判,进展得倒相当不慢哪!"

金银铁也笑起来。朴贞淑赶忙敛起黑裙,脱了小船鞋,过来同郭祥握手,一面指指郭祥的脑壳说:

"上次,你的叫我给他汇报,你的'这个'坏了坏了的!"

郭祥也笑着说:

"我的这个如果不'坏了坏了'的,你们俩怎么会有今天哪!"

朴贞淑又笑了。

三个人欢叙了一阵。郭祥起身告辞时,被金银铁一把拦住,说:

"这可不行!今天朴东木要亲自做朝鲜饭来招待你。再说,你前两次到这里来,战士们都没看到你,事后老埋怨我。我们俩先到班、排里转转吧,回来正好吃饭。"

朴贞淑也拉着郭祥不放。郭祥知道朝鲜同志热情直爽,违背他们的意思反而不好,也就答应下来。

金银铁和郭祥一起走出门去。太阳刚刚越过东面静静的群山,早潮还没有停息,深蓝色的海水涌着高高的波浪,像一队队前仆后继的兵马似的向海岸冲激着,发出威严的呐喊声,随后就掀起雪堆似的浪花。

两个人下了山坡,沿着海滩边谈边走。前面是延伸到海里的一条山腿,大岩石上站着两个威严的哨兵。金银铁顺手一指,说:

"这里是一个排的阵地。"

哨兵向他们行了持枪礼。两个人就进了坑道。郭祥看见坑道壁上镶着木板,顶部镶着一层铁皮,显得十分整洁。木板铺上的行李,以及枪支、用具都排列得非常整齐。郭祥对这支部队的正规化作风,暗暗赞美。两个人又向前走了一截,看见战士们正坐在小凳上学习。一个年轻的少尉发现了他们,立刻发出口令,人们齐刷刷地站立起来。

金银铁指指郭祥,一面笑着,用朝语介绍说:

"这就是我常讲的郭祥营长,坚守白云岭的战斗英雄。你们现在就好好地看看他吧！"

人民军的战士们纷纷围过来，同郭祥握手，把郭祥的手都握疼了。他们一面握手，还一面说："你的顶好！""你的大大地辛苦！"

郭祥虽然朝语懂得不算太多，听到金银铁的话里有"战斗英雄"几个字，连忙说：

"同志们！敌人把你们的阵地叫做'伤心岭'，这就说明，你们是一支经得起考验的英雄的军队。你们每个人都是我钦佩的战斗英雄。我要向你们很好地学习……"

金银铁把话翻译过去，立刻掀起一阵热烈的掌声。郭祥笑着说：

"同志们，还是坐下来谈吧！"

金银铁招呼大家坐下来，自己和郭祥也坐在铺上。郭祥怕谈话目标再集中到自己身上，就立即争取主动。他一看那位少尉排长，脸孔黑黝黝的，虽然个子不高，长得肩宽背厚，十分结实有力，胸前还戴着国旗勋章的标志，就笑着问：

"少尉东木，今年当辛梅沙里夭①？"

"二十一岁了。"少尉有些腼腆地说。

大家见郭祥还能说几句朝鲜话，顿时活跃起来，不像刚才拘谨了。一个比较活泼的战士说：

"营长东木！你的朝鲜马鹿大大的！"

"不行！我的不行！"郭祥连忙摇手说，"我的中国马鹿大大的，朝鲜马鹿小小的！"

人们哄笑起来。

金银铁告诉郭祥：那个年轻的少尉名叫金龙基，刚提升排长不

---

① 朝语：你多大岁数。

久。他当班长的时候,曾经击毁过敌人三辆坦克,因此得了国旗勋章。郭祥立刻跷起大拇指说:

"金东木!你的顶好!"

说着,再一次伸出手去同金龙基握手。他觉得金龙基手劲很大,又笑着说:

"金东木!你是工人出身吧?"

"你说对了!"金银铁代为回答说,"他的父亲和他们兄弟三个全是平壤纺织厂的工人。战争一爆发,他父亲就把他们弟兄三个全送到前线去了。他的父亲还说:'可惜我的年纪大了,不然我要同你们一起到前线去!'他的哥哥在打过南朝鲜洛东江的时候英勇牺牲了。他的弟弟是高射炮兵,今年才十六岁,曾经击落了一架B29重轰炸机,也得了一枚国旗勋章!"

"真是一位英雄的父亲!"郭祥慨叹道,"他老人家现在在哪儿?还在平壤么?"

"已经牺牲了。"金龙基说。

金银铁一边翻译,金龙基一边说:

"我父亲是一辈子也没有离开过工厂的人。撤退的命令下来,他手里的铁锤还不愿放下。厂里决定把机器包装好,准备埋起来,他就抱着机器哭了。本来十五日撤退,十七日、十八日他们还在埋机器。机器埋好,工人们哭着离开工厂,他还迟迟不愿离开,走一步,回头看一看。敌人是十九日进的平壤。我父亲就牺牲在离工厂不远的地方……"

金龙基停了一停,又接着说:

"我父亲牺牲不久,我母亲和妹妹也在撤退到清川江桥的时候被炸死了……我当时正在前线作战。我就想:美国强盗们!让你们轰炸吧,朝鲜人民是杀不完的!只要还留下一个,就小心你们的狗命！……"

"这样的事真是太多太多了。"金银铁叹了口气,指指一个瘦高个的上士说,"崔昌昊！你家里的人也差不多叫敌人杀完了吧？"

崔昌昊的眼里立刻闪着仇恨的火星,愤恨地说：

"我是汉城附近的人。就因为我母亲给在南朝鲜的游击队做过一顿饭吃,敌人就把我全家十几口人抓去,通通杀了。……我有时看到乡村的老人,就想起我的父亲、母亲。想到我已经是一个没有家的人了,心里自然是很难过的。但是,我又想,祖国就是我的母亲！只要我活一天,我就要为祖国的统一而斗争。我决不能允许我的母亲永远被人分割成两半！……"

其他战士也都纷纷叙说了自己的过去。几乎每一个人都是一部充满着血泪的英勇斗争的历史。郭祥算了算,在这个排的二十多个人中,亲人被残害的,几乎占三分之二以上。这使他的心感到沉重、痛楚和仇恨。也使他想起了自己的过去。在座谈临近结束的时候,他说：

"同志们！天底下的所有反动派,他们的残暴和无耻是一样的。人民的命运也是相同的。我的父亲被敌人害死的时候,连心肝都被掏出来了……这些仇恨,我们是永远也不会忘记的。下一次战役快要开始了。我希望同志们再创造出第二个、第三个'伤心岭'！到那个时候,我再来向同志们祝贺吧！"

郭祥的话虽然不多,但却使两国战士的心紧紧地贴在一起。金银铁和战士们一起鼓起掌来。

直到郭祥和金银铁走出坑道口很远,还听到后面激动的口号声。

他们又转了几个班排,然后回到营部。郭祥一看,一张大炕桌上已经摆得满满的：一大铜碗油炸咸鱼,一大盘裹着鸡蛋的山药蛋片,一碗放着大量辣椒的朝鲜酸菜……炕桌旁边,还放着小水桶般的一大坛酒。

在艰苦的战争环境下,主人竟准备了这么多东西,真使郭祥过意不去。但这种心境又必须严密地掩饰起来,不能让豪爽热情的主人看出。这时候,金银铁早已拿起勺子,揭开酒坛子,给郭祥盛了溜边溜沿满满一大碗。

郭祥"啊呀"了一声,说:

"金东木!哪有喝酒用这么大碗的?"

金银铁笑着说:

"志愿军吃菜用大盆,我们喝酒用大碗,这是风俗不同嘛!"

说着,金银铁就要端起大碗敬酒,郭祥用手一拦,说:

"朴东木还没来呢!"

"你们先喝吧!"朴贞淑在厨房间说,"我的任务还没完成哪!"

郭祥回头一看,朴贞淑高高地卷着袖子,正在那边忙碌着,挂着汗珠的脸上,露出幸福的微笑。金银铁端起酒碗,说:

"郭东木!我们很快就要到前线去啦。这一次,很可能是朝鲜战场上最大的战役。我相信,你一定会为我们的共同事业立下更大的功勋!我就敬你一杯胜利酒吧!"

一提起战斗,郭祥特别长劲,端起碗来就猛喝了一口。

两个人一面开怀畅饮,一面山南海北地谈起来。在谈到朝鲜统一的问题时,深深牵动了金银铁的感情。他的神色十分激动,语调缓慢地说:

"郭东木!今天那位家在南朝鲜战士的话你听到了。那不是他一个人的感情,那是全体朝鲜人民的感情。我可以说,就是在做梦的时候,我们也没有忘记我们祖国的统一。我老实说,今天我们的生活是困难的,战士们每月的津贴费,只够买一盒火柴,党员只能拿它来交交党费。但是,没有人叫一声困难。你假若问他们有什么困难,他们就会说,'我们了解自己国家的情况。'郭东木!他们为的是什么?就是为了我们祖国的统一,为了南朝鲜的解放!……"

他停了停,又略略偏着头,沉思着说:

"我经常在想,我们的祖国,是一个多么可爱的国家!她三面环海,山青水秀。北朝鲜是工业区,有很丰富的矿藏,自古以来就是一个产金的地方。我们的南朝鲜是农业区,有很发达的农业。所有的海岸线,都是产量丰富的渔场。像这样一个国家,人民的生活本来应该是很富裕的,很美好的,可是一百年来,自从变成日本帝国主义的殖民地以后,她的血就渐渐被榨干了。它们不仅拿走了我们的黄金,拿走了我们的煤铁,拿走了我们的粮食,还残酷地屠杀我们,污辱我们,搞什么'处女供出','虱子供出','头发供出',连我们身上的头发,甚至虱子都不放过。因为我们的头发,可以变成它们的财富,虱子可以供它们作细菌试验,再来残害东方的人民……"

说到这里,金银铁握紧拳头,愤恨地击在土炕上,震得碗盘丁当乱响。一霎时,他的眼珠子都变成红的。停了半晌,才继续说:

"解放了,我们的生活刚好了一些,美国侵略者又来了。战争以来的情况你都是亲眼看到的。我们南北朝鲜本来是一个国家,一个民族,如果统一了,朝鲜北部的工业可以支援南部的农业,南部的农业可以支援北部的工业,在革命的道路上是会进展得很快的。可是由于美帝国主义和南朝鲜反动派的破坏,一直到今天,仍然被分割成两半。想到这一点,我的心,就像被插上一把尖刀似的流着血滴。如果看不到祖国的统一,我就是死了也不会瞑目……"

郭祥对他的朋友的这种极其深厚的爱国主义情感,深为感动。他忽然想起了什么,抬起头问:

"金东木！你取'金银铁'这个名字,是什么意思?"

"没什么。"金银铁随口回答说,"是我参加人民军的时候随便取的。"

"不,我想一定有含义。"郭祥说,"我来猜一猜,你看对不？它是说,一个人民的战士,对革命事业,要像金子一样忠贞,对人民要像银子一样柔软,对敌人要像钢铁一样坚定！"

"只能说,我希望是这样。"金银铁一笑。

"金东木！"郭祥身向前倾,望着他的朋友说,"我入朝快三年了。在我同朝鲜同志、朝鲜人民接触中间,我就从你们身上,看到了这三种好品质。你们对敌人是那么勇敢坚定,对朋友又是这么多情多义。我相信,一个国家有这样的人民,这样的战士,朝鲜的统一和解放是一定会实现的！"

郭祥说着,把碗里斟满了酒,高高地擎起来,响亮地说：

"现在让我们为朝鲜的彻底解放和统一来喝干这一杯吧！我们中国人民不管在任何艰险的情况下,都会支持你们的革命事业！"

金银铁由于心情激动,端着酒碗的手不住地哆嗦着,他深情地望了朋友一眼,两手捧着大碗,把整整一大碗酒一气饮尽。然后站起身来,抱着郭祥,亲着他的脸。两个人的眼泪都夺眶而出,像小雨点儿般地涔涔落下……

朴贞淑把一盆朝鲜冷面端了上来。郭祥正要欠身给她斟酒,被朴贞淑抢先给他斟满,双手捧起,躬着身子端到郭祥胸前。她说了一长段话,话没说完,就有几滴泪掉到酒碗里。因为她说的是朝语,金银铁只好给她做了一次翻译：

"她说,战争开始,她还是一个不识多少字的乡村妇女。尤其是感情激动的时候,她的感情是难以表达的。但是她知道,在朝鲜的山岭上,几乎每一寸土地都洒满了志愿军的鲜血和汗水,不仅是她,就是朝鲜的后代也不会忘记。至于你对她个人的关怀,也使她感念不忘。她还说,在这次战争里,敌人的残暴,虽然使她遭受了很多苦难,但是她也认识了像你这样的好人。她说,你的骨头是用金刚石做的,你的心是用水晶做的,认识你是她一生的幸运。今后不管走到什么地方,希望你也不要忘记她……"

郭祥被她的话深深打动,就双手接过酒来,把这碗酒一气喝尽。

朴贞淑又亲手把冷面给郭祥盛到铜碗里。吃饭中间,郭祥看到他们两人相亲相爱,猜想事情已经八九不离十了,就笑着问:

"朴东木!我什么时候喝你们的喜酒啊?"

朴贞淑笑而不答。金银铁说:

"喜酒你肯定是喝得上的。不过要在战争胜利以后了。到那天,我一定会请你参加我们的婚礼。而且,不是由我,而是由我们两个陪着你,去游历我们的金刚山……"

"不,还有小英子呢!"朴贞淑笑着说。

"对对,再加上小英子,还有我的母亲,由我们全家人陪着你。郭东木!你大概没有到过我们的金刚山吧,那可是一个好地方!就是在全世界来说,恐怕也是最美的风景之一。到那时候,我想就不会请你吃炸咸鱼了……"

"这一天,一定会来到!"郭祥笑着说。

朴贞淑没有说话,悲苦的回忆与幸福的憧憬交织在一起,真是苦辣酸甜一齐兜上心头。她那红润的脸庞上再一次浮现出含着泪花的微笑……

第五章　我看到了新世界

郭祥所在的第五军开上中部战线时,夏季攻势的第一阶段已经结束。战役计划从一开始就是紧紧围绕着谈判的斗争进行的。当时美国侵略者,仍然千方百计地坚持要强迫扣留战俘,艾森豪威尔甚至"打肿脸充胖子",说什么"对于真理的考验很简单,只有行动才有说服力"。于是,在战役开始,就决定以打击美军为主。此举果然有效,"行动"产生了"说服力",美国的态度有了缓和,谈判也取得了进展。但这时,那个南朝鲜的反动势力的代表李承晚,像所有的卖国贼一样,总想借助外国人的势力,来完成他的"北进"大业。如果战争停下来,他的这种梦想就越发渺茫了。因此,在这个关键时刻,他就极力阻止停战的实现,大肆叫嚷"不受停战谈判的约束",要"单独干"。于是,我方的战役计划,在第二阶段中,就适时地把打击的重点移到李伪军的头上,以便敲碎这个恶棍"北进"的迷梦。

对郭祥来说,当然打美军最好;退而求其次,打伪军也无不可。问题是,第二阶段的任务,第五军仍然是次要方向,这就难免使他感到有点"那个"了。好在这时兵团政治部给了第五军一个严肃的政治任务,要他们向当面的美军开展一个大规模的政治攻势,来配合这次战役。很快,阵地上就热闹起来。郭祥这个营的前沿,设了一个对敌广播站,设置了好几个高音喇叭。广播站按照周密的计划,每天早晚和深夜向敌军广播着我军的胜利消息,板门店和谈动态,以及针对敌军思想的问题解答,向我军投诚办法,此外还有歌曲唱片等等。这些也像炮弹一样地抛向敌人的阵地,配合着其他部队的进攻。

为了加强对政治攻势的领导,团政治委员周仆亲自兼任了对敌军工作委员会的主任。这天早晨,他正在审查广播节目,师政治部打来了电话,说战俘营有一批俘虏,主动要求到前线喊话,其中有两名美军士兵和一名英军士兵将分配到他们团里。周仆一听,这无疑是一支重要力量,心中甚为高兴,就连忙派新提升的敌工干事李风到师部去接。

不到一小时工夫,一辆小吉普飞驰而来,停在山坡底下,李风先跳下车,接着从车里跳出三个人,一律穿着整洁的蓝制服,中国布鞋。他们神态自若,脚步轻快,一面说笑着向山坡上走来。

周仆觉得,他们能够主动到前线喊话,已经是以"和平战士"的身份参加前线上的斗争,就走到洞口外那一小块平地上表示迎接。走在最前面的那个美国人,是一个细长个子,态度活泼,神情愉快,胡子刮得精光,有二十八九岁的样子。周仆觉得很面熟,却想不起在哪里见过。正寻思间,这位年轻活泼的美国人,已经以轻快的步子上了塄坎,不等李风介绍,就抢先同周仆握手,并且彬彬有礼地鞠着躬说:

"亲爱的军官先生!我十分有幸能再次见到您。同时,我相信,您也不会忘记我,因为我们俩有过一次愉快的和印象深刻的谈话。在我的内心里,您是我的一位难忘的朋友……"

李风翻译了他的话,并且补充说:

"政委,他就是同你第一次谈话的琼斯嘛!"

周仆忽然想起,这就是本团在朝鲜战场上抓到的第一个俘虏,是他钻在工事里用绳子打机枪的时候被俘获的。当花正芳把他送

到团部时,他满脸胡茬子,像有四十多岁的样子,想不到现在竟满面红光,这样年轻,就紧握着他的手,笑着说:

"噢!是你呀,琼斯,我看你比那时候可年轻多啦!"

琼斯见政委提到他的名字,更为高兴,紧接着说:

"我在俘虏营里接到过我未婚妻的来信,她也说,我比以前年轻了。这同俘虏营生活的愉快不是毫无联系的!"

周仆又过去同第二个人握手。这是一位中等身材的英国人。他比较严肃,老练持重而又略带矜持。李风介绍说:

"这位是英军的下士莱特。他遗落了一本笔记,政委,当时你看过吧!"

周仆忽然想起他那本长长的笔记,微笑着说:

"看过,看过。那是一本对帝国主义的控诉书。如果还能找到,就还给这位朋友吧!"

"我想不必了。"莱特摇摇头,认真地说,"让它留给你们做一个纪念好了。那本东西虽然写得潦草,但是我可以向你们毫不夸张地说,这是一个英国士兵完全真实的记录!"

周仆忽然想起,他当时在战场上左臂是负了伤的,就微笑着问:

"莱特先生,您的伤早就好了吧?"

"对此,我十分感激您的部队,政委先生。"莱特伸了伸他的左臂,极为满意地笑了一笑。

第三个是一位美国黑人。他高大而强壮,像铁塔一般地矗立在那儿,眼睛里流露出朴实和热诚的光辉。李风介绍说:

"这位是霍尔先生。他是在二次战役中,和整个的黑人连一起集体放下武器的。在俘虏营中,他也是最早在反战宣言上签名的和平战士之一。"

周仆上前同他热烈地握手。霍尔把周仆的手捧在胸前,热诚地说:

"我非常高兴见到您,政委先生。我为我自己能够有机会在前线上贡献一点微薄的力量,是感到十分愉快的。"

周仆望着他那双粗大有力的手掌,深情地说:

"您入伍以前是一位工人吧?"

"是的,是一位失业工人,政委先生。"他带着苦味笑了一下。

由于天气炎热,周仆请他们脱去外衣,就坐在树阴下的矮凳上。警卫员忙着沏茶拿烟招待他们。敌我双方的炮弹不时地从头顶上咝咝穿过,落到比较远的地方。气氛甚至可以说是很平静的。几位外国朋友,抽着烟,喝着茶,因为有李风作翻译,纷纷叙说着自己的感想和经历,显得十分轻松愉快。尤其是年轻活泼的琼斯,总是抢先说话,几乎大部分时间,都被他占去了。

"我必须告诉您,军官先生。"琼斯兴奋愉快地抽着烟说,"自从我被贵军俘虏以后,我的这一大段经历都是新鲜而有趣的。因为这些都是我从来没有想到也不可能想到的。我将来回到我的国家以后,我要同我的未婚妻和我的朋友详详细细地来描绘这些细节。我甚至可以这样说,我简直是在另外一个星球上作了一次愉快的旅行……"

周仆微笑地望着他,他说得越发来劲了。

"而且,我还必须坦率地说,我对于您,军官先生,您的部队,以及我遇到的中国人,都觉得是另外一个星球上的人类……例如,在我离开您,到俘虏营去的路上,我遇到一次美国飞机可怕的轰炸。当时路边有一个很狭小的防空洞,中国人就把我和其他的俘虏推到洞里,由于洞子太小,他们就蹲在外面。像这样不顾自己的性命来掩护一个俘虏,这是任何军队所不可能做到的,也是我感到不可理解的。不久甚至发生了一件更加奇怪的事。我的脚在夜间行动时不小心被石头碰伤了,走不了路,我要求他们把我结果了事。中国人就笑我说话太傻了,后来由两个志愿军的战士轮流背着我走,而且还背着他们并不轻松的装备。这一来,我简直不知道想什么好了。因为,我从来没有见过任何人把俘虏驮在背上。难道杀了他不比背上他走省事么?道理是很明显的:少一个人只能减少对一个人的照顾。如果是一个中国兵受伤,美国兵会背着他走么?我会这样做么?显然是不会的。而他们为什么要这样做?这是我无法理解的……"

"我也遇到过类似的事。"莱特插嘴说,"有一次要过一道寒冷的溪水,他们认为我是负伤的人,就扶着我在石头上走,而自己却走在水里。我也感到奇怪。当时我曾经想过:他们都是不相信上帝的人,为什么相信上帝的人做不到或根本不愿做的事,他们却做到了?当时我是无法解答这种疑问的。"

周仆含着烟斗笑了。他正要插话,黑人霍尔闪着明亮的眼睛,说:

"对志愿军来说,这都是一些平常的事。而我所经历的一个场面,却是令人惊心动魄的。"

接着,霍尔说了这件事的简单经过:那是他所在的黑人连在危险情况下决定投降时发生的。当时,他们举起了白旗,志愿军就向前移动,准备接受武器。不料这时,一个美国兵由于过度的恐惧竟开了一枪,把一个志愿军打死了。所有的黑人都立刻意识到,有全体被毁灭的危险。但是,出人意外,其他的志愿军战士不仅没有开枪,反而想法稳定他们的情绪,上去同他们握手,向他们解释政策。顺利地完成了受降。一个惊心动魄的场面,竟因为中国人高度的冷静和理智,严明的纪律而挽救了。当时感动得整个黑人连的弟兄有的发狂叫喊,有的哭泣,有的跪下来拼命祈祷……

霍尔说到这里,感情深沉地说:

"我当时就是哭泣的一个。也就是从这时起,我第一次认识了中国人民。以后经过种种事情,使我越来越明确地认识到,中国人民是了不起的人民,伟大的人民!难怪你们的革命取得胜利,因为,在我看来,你们的确是不寻常的!"

周仆从嘴里取下他那小拳头般的烟斗,和蔼地说:

"我非常感谢你们对我国人民和军队的赞美。但是,应该说,所有国家的劳动人民都是伟大的人民,他们都是推动历史前进的动力。当然,我们也看到,由于一定的历史的原因,每个民族也不可避免地有她的长处和短处。而且,据我看,每个民族几乎无例外地都需要清除私有制度以及它在观念上遗留下来的垃圾。"

"当然,这是公正的说法。"霍尔同意说。

周仆忽然想起同琼斯的第一次谈话,微笑地望着他说:

"我仿佛记得你说过,你对共产主义从来没有兴趣,而且今后也不准备对它发生兴趣。你是这样说的吗,琼斯?"

"是的,我的确这样说过,军官先生。"琼斯笑着说,"当时,我的确认为,在反战这一点上我同你们可以有共同的语言,但是对我们的国家制度,我们的生活方式,以及我作为一个美国人的特质,我是从来也不打算改变的。坦率地说,我当时十分害怕你们的'洗脑';在我看,如果经过你们的'洗脑',我琼斯也变成一个'共产主义者',那是相当可怕的事。"

说到这里,他自己格格地笑了一阵,又接着说:

"因此,在俘虏营里,什么上大课呀,讨论会呀,我显然没有多大兴趣,并且觉得枯燥、乏味。但是,他们并不强迫我接受他们的观点,而使我特别满意的,是让我参加了四部合唱歌咏队。应该说,我的男低音有相当的水平,因为我在学校里就有这方面的天才。我们的这个合唱队,经常去给伤病俘虏演唱,俘虏管理处的志愿军热烈地款待我们,有一次我足足吃了一只整鸡……

"俘虏营为我们组织的盛大的秋季运动会,也使我毕生难忘。那个运动会,整整持续了十二天。有各种球类比赛,田径赛,团体操,技巧运动,还有拳击、摔跤等等。十六个国家的战俘全参加了。那简直是一个'奥林匹克'!在这次运动会上,我不仅参加了足球比赛,而且还是一个项目的组织者和负责人。运动会结束那天,中国人还给我们发了异常精致的奖品。那些没有当上选手的家伙,对我羡慕极了,竟把我的运动衣借去穿上过瘾。可以说,我们已经忘记自己是一个俘虏了。在发奖回来的路上,我们情不自禁地唱起了《东方红》和《金日成将军之歌》……"

琼斯兴奋得脸上发出红光,像是又回到当时的情景。他点上一支烟,又继续说:

"但是,更加触动我的是'圣诞节晚会'。当我们正为圣诞节的来临心情苦闷的时候,一踏进会场,看到了苍翠的圣诞树,银色的钟,耀眼的红烛,以及从中国运来的香烟、糖果等等,真好像回到家里一样。中国人对我们说:他们是不相信宗教的,但是为了照顾我们的习惯,举行了这次晚会。当时我们真为这种意料之外的宽大的照顾感动极了。特别是我,它使我立刻想起我在德国俘虏营所受的苦难。德国人是信奉天主教、基督教的,他们不但不给我们过圣诞节,还百般虐待我们;中国人不信宗教,却为我们筹备了这么隆重的圣诞节。真没想到,你们的俘虏营就像座学校一样。这使我深深感到,中华人民共和国是世界上最文明的国家!……也是从这时候起,我觉得我应该适当地学一点你们的理论。"

"你学了些什么理论呢?"周仆微笑着问。

"当然,开始我根本学不进去。"琼斯说,"旧东西的积垢太深了,就像用了几十年的水管子,完全被一层一层的水锈堵塞住了。例如你们所说的'剥削',我就觉得不可理解。我们的报纸常说,上帝给我们每个人的机会是均等的,只要努力,每个人都有发财致富的机会。我自己也同样希望有一天成为百万富翁。至于你们所说的'一个人不要自私自利','不要为了个人',那更是我不可理解的。一个人生下来,为什么要为别人而存在呢?这真是天大的荒唐!……后来,还是由于事实的教育对我有了启发。那是一个暴风雨的深夜。我忽然肚子疼得要命,在铺上滚来滚去。我就叫醒同屋的两个伙伴说:'请你们赶快帮帮我的忙,把我背到医务所去,如果迟了的话,我也许会送命的!'其中一个说:'琼斯,对你突如其来的遭遇,我充满同情。但是,你想必知道,距离医务所将近一公里远,还要过一座小山。而且你知道,我的身体也非常不好,如果我因为送你而得了病,后果也是很不幸的。'我看不行,就又哀求另一个伙伴。另一个说:'琼斯,我认为送你到医务所去是完全必要的,但是不知道你给我几块美金的代价?'我说我实在没有钱了,他就又说,'那没有关系,看看你是否还有其他可作为抵押的东西?'说着,他就盯着我那块老弗兰克的手表。我这时已经疼得说不出话。幸亏查夜的志愿军战士来了,他毫不犹豫地就脱下雨衣披在我的身上,把我背到了医务所。……从这件事,我就想:为什么我的两个伙伴竟因为我手头没有美金而不肯救助我?而一个素不相识的中国人却甘愿冒那样的风雨?于是,我开始思索当前世界上的两种制度,你们的制度和我们的制度……"

"这个考虑很有意义!"周仆说。

琼斯还要滔滔不绝地说下去,被英国下士莱特打断了。他有礼貌地欠欠身子,说:

"政委先生,如果您并不厌倦,我也想说一点我得到的某些结论。因为从一开始我就比较着重地研究了某些问题。"

周仆点点头,笑着说:

"那就请琼斯喝点水,您来讲吧。"

"一开始,我就集中研究了在我当时看来是一个重要的问题,就是所谓'共产主义的威胁'。"莱特稳重而老练地说,"政委先生,您既然看过我的笔记,您当然知道我是带着厌烦的情绪参加了这场战争。那时支持我的唯一的东西,就是上面告诉我的'共产主义的威胁'。因此,我必须搞清楚:这种威胁究竟表现在什么地方?它产生了什么后果?它与我个人有什么关系?因为我已经是一个有了家庭的中年人,我不允许由别人的脑筋来替我思考。"

他从白瓷茶缸里呷了一口水,又掏出干净的手帕擦了擦嘴,不慌不忙地说道:

"政委先生,您从我的笔记中可以看到,我的怀疑是从这样一件事情上开始的。那时候我刚越过三八线不久,我在废墟上看见一个朝鲜少女,她的眼光一碰上我,就像突然发现一条吐着舌头的毒蛇一样惊叫了一声,手里端着的锅也掉在地上摔碎了,接着就像野马般地逃去。以后,我遇到的其他情况也是这样,任何女人都会认为我要强奸她。这就不能不引起我的思考:明明我是来拯救她,使她免除'共产主义的威胁',为什么她们竟然不能领会呢?这种情况,直到我当了俘虏才有了改变。有一天,志愿军押送我们到了宿营地,很快就有一个女孩子提来了一桶开水。我注意到,那些朝鲜女孩子,对志愿军很亲热很尊敬,她们在志愿军之间泰然自若地走来走去。这就不能不使我产生疑问:为什么在三八线南边少女总是很缺少、很惊慌的样子,而在这里却随处可见,自由自在,神态这样愉快呢?为什么她们反而不怕'共产主义的威胁'呢?……其实,我们遇到的男人、老人、孩子都是这样。他们看见我们,都像是遇见了吃人的魔鬼。从他们流露出来的眼光里可以看出,不是恐惧,就是仇恨,再不然就是极端的冷漠,令人感到比冰水还冷,真使你不寒而栗。可是我看到他们与志愿军的关系就完全不同。有一件事,我从头至尾进行了异常认真的观察。志愿军押送我们来到一个村庄。有一个志愿军的战士去买烟叶,一位朝鲜老人总是微笑地推让着不肯收钱,我看看表,足足有十分钟的样子,他才勉强把钱收下来。在我们临走的时候,朝鲜人民又来为志愿军送行。这时候,我又仔细研究了每一个朝鲜人的面孔,我看出男男女女,人人都面含微笑,人人都恋恋不舍,与看我们的眼光简直有天壤之别。这就不能不使我再一次认真地考虑:为什么他们对'威胁'他们的人如此喜欢?为什么他们对'拯救'他们的人却这么仇恨?我当时的想法是:这些人肯定有一个和我们完全不同的构成'威胁'的概念!……"

莱特稍停了停,继续严肃认真地说:

"在俘虏营里,我反反复复思考着这些事。尤其是我们'联合国军'在平壤撤退中所做的那些肮脏勾当,更是一幕一幕重新出现在我的眼前。我们占领平壤后,曾经抢走了那里的一切珍贵之物作为'纪念'。我所看到的每一个地方都发生强奸和抢劫。我们离开时,又纵火焚烧了这座古城。凡是经过的地方,我们就命令老百姓离开房子,否则就把他们和房子一起烧掉。我曾亲自看到几千名北朝鲜士兵和平民被杀死在田野里。我们在撤退汉城时,又烧毁了所有的东西,使得全城都在燃烧之中……问题是简单明白的:所谓'共产主义的威胁',纯粹是一些坏家伙坐在后方安乐椅上胡编出来的,是虚构的,并不存在的;而真正威胁人类生存的,却是那些想攫取利润的帝国主义!——这就是我的结论。"

"您的结论非常正确,莱特先生。"周仆说,"世界上的帝国主义和一切反动派都大喊大叫反对'共产主义的威胁',我不知道住在北朝鲜深山茅屋里的庄稼汉,怎么会'威胁'到大洋彼岸美国人的生存。而且我想补充一点:那些企图称霸世界的帝国主义分子,他们不但威胁着别的民族的生存,而且同样威胁着他本国人民的生存。因为他本国的人民就是首当其冲的反革命战争的受害者。"

"是的,我完全能够体会到这一点。"莱特说,"如果不是他们进行的这场侵略战争,我为什么会在这样的地方吃这样的苦头,并且同我的丽萨分别呢?"

"所以,我们才真正是一条战线上的朋友;而想称霸世界的帝国主义才是我们共同的敌人。"周仆说。

大家欣然点头。周仆见霍尔一直在沉思什么,就笑着说:

"霍尔先生,您也谈谈吧。我想处在您的地位,一定会有许多更深的感受。"

霍尔挺挺他那强壮的身躯,充满热诚地说:

"现在您称我先生,这无关紧要,但是我相信总有一天,您会称呼我霍尔同志!因为在我内心里,不仅把你们看做热情的朋友,而且看做战斗的同志。我觉得,在当今世界上,只有你们才是最理解我们黑人痛苦的人。也正是在你们这里,我有生以来第一次被作为人来看待,被作为同志来看待,而不是作为一个动物来看待!……"

他显然激动起来,手指轻轻地颤抖着,愤恨地说:

"我的一生都充满着屈辱和痛苦。我认为,我最大的罪过就是生为美国的黑人。我的肤色就是我一切不幸的根源……当我还是一个不懂事的小孩子的时候,走在街上,母亲就紧紧地拉住我,不准我离开一步,唯恐我冲撞了白人,招来灾祸。由于家庭穷困,父母不得不把我放在孤儿院里。有一次,母亲给我送来一件新上衣。

她刚一离开,白人的孩子就命令我把上衣脱掉,换上破的。当时我哭了。哥哥也用小手臂搂着我滚出了眼泪。别人把他拉开,围上去,揍他的耳光,打得他后来成了聋子。这就是我童年的遭遇。后来长大了,我当了一名工人,情况也没有改变多少。为了进饭馆和咖啡店,我受到不少的污辱和打骂。渐渐我学乖了,如果半小时之内没有端上食物,我就得起身离开。有一次乘公共汽车,我和一个白人坐在一起。他命令我离开,我就向旁边让开身子。那个白人竟愤怒地说:'我已经说过,我们之中必须有一个人离开!'我忍耐着又向旁边让了让。这时那个白人就站起来,一脚把我从椅子上踢下来。其他的白人哈哈大笑。污辱像无数条鞭子抽击着我的心,我的头像要裂开似的,我的整个身子也像要立刻爆炸。我就把那个白人拖倒在通道上,这是我第一次敢于反抗一个白人。我被辞退了。后来又去做一个农业工人。在这里我跟白人干同样的活,但是却不让我和别人一起在屋子里吃饭,对待我完全像对待一个动物。不久,我又失业了。我在外流浪了一年,在一个游艺场和廉价体育馆搞拳击,实际上不过是用挨打来换得别人的笑声。有一次我和一个白人比赛,比赛之前,一个人塞给我一百元,叫我输给那个白人,否则要杀死我。这是我有生以来挨的最重的一次痛打,使我卧床半月之久。我结了婚,但是我无法养活我的妻儿。我勉强能够起床,就又去参加拳击,以便挣些零钱。钱是那样少,我把东西给老婆孩子吃了,自己和饥饿做斗争,有时一天一餐,有时数日一餐。这一切,我都是瞒着他们干的。就是在这种情况下,我才参加了军队……这就是我作为一个黑人的生活。它使我饱尝了屈辱、悲伤、失望和痛苦。它使我不止一次地向自己发问:为什么人类要如此受苦?为什么有些人如此穷困而另一些人又如此富有?为什么人的肤色是一种耻辱?世界上究竟还有没有不歧视黑人的地方？……我没有得到答案。我想，人类也许从来就是如此，不歧视黑人的地方是根本不存在的。"

霍尔的眼睛湿润了。但是，周仆在他的眼瞳里看见有两朵亮晶晶的火焰愤怒地燃烧着。周仆抽出一支烟递给他，并且亲自给他点上。霍尔一连猛抽了几口，又接着说：

"但是，我终于找到了这些问题的答案，我找到了真理。世界上究竟有没有不歧视黑人的地方呢？是有的。这就是在你们这里。也唯有在你们这里，我看到了一个我从来没有见到过的新的世界！……当然，我应该坦白地说，在我被俘之后，我首先注意观察的，就是看你们中国人是不是也歧视黑人。从你们的行动、言谈甚至你们的眼神，我都进行了精细的观察。确实，你们对我们黑人是真诚的，同情的，并且是热爱的。像我们国家里那种可咒诅的现象是根本不存在的。而且每当白人对我们不礼貌的时候，每当他们拒绝和我们一起游戏，拒绝和我们在一个火盆边烤火的时候，你们总是耐心地、善意地用你们的思想来教育他们，说服他们。也就从这个时候起，我们之间的万丈高墙，才逐渐拆除；我们之间的友谊，就像一粒健康的种子，通过你们的手，很快地发芽成长起来。也许这些在你们看都不过是一些小事，但它对我们来说却是无限珍贵的。因为在我的一生中，在我的不幸的黑人兄弟的一生中，都是第一次过上了人的生活……"

霍尔单纯而真诚地笑着，感情奔放地说：

"我还想谈一件令我十分感动的事。去年夏天，一个黑人伙伴到河里游泳发生了危险。这时候，俘虏营里有一位身体很弱的教员，立刻跳到河里，不顾自己生命的危险，游到激流中去救他。终于把他打捞上来。当时我们看到这位教员那样单薄的身子，所有在场的黑人都流下了眼泪。要知道，在美国是谁也不会在乎一个黑人死掉的。而在这里却把一个黑人看得比自己的生命还要贵重。所以,我说中国人民是了不起的人民,是高尚的人民。我认为你们为之奋斗的理想,是完全有根据的,是真正能够消灭剥削,消灭压迫,改变黑人不幸的命运的。在俘虏营里,我还认真阅读了一些马列主义和毛泽东的书籍,我认为只有这些才是取得黑人彻底解放的武器。我并且认为,毛泽东是一位十分卓越和伟大的人物。在他的领导下,你们是会取得彻底胜利的。我今生的志愿,就是同你们并肩战斗,做你们的一个忠实的同志,为无产阶级和黑人的彻底解放而斗争!"

周仆被他的话深深感动,上前紧紧握着他的手,激动地说:

"霍尔同志!我不是等待将来,而是现在就要称你为亲爱的同志。你讲得实在太好了。从你的话里,也从其他两位的话里,我都感到美国人民的解放事业,英国人民的解放事业,都是大有希望的。我只想补充一点,霍尔同志,你过去的一切不幸,黑人兄弟的一切不幸,并不是由于白人的过错,而是由于存在着阶级,存在着阶级压迫所造成的。资产阶级的罪恶统治才是这一切不幸的根源。白人的工人,农民,同样是处在这种压迫剥削下的阶级兄弟。资产阶级煽动民族歧视,使我们彼此仇恨,只是更便于他们的统治。所以今后我们要亲密地团结起来。全世界的无产阶级和一切被压迫的人民,被压迫的民族,都要亲密地团结起来,共同战斗,我们的胜利才是有希望的……"

说着,周仆把三个人的手都拉在一起,用双手紧握着,响亮地说:

"当我们紧紧团结起来的时候,帝国主义和一切反动派的宫殿就要最后倒塌了……这一天是一定会到来的!"

这时候,警卫员过来报告,饭已经端上来了。周仆磕磕烟灰站

起来,亲热地招呼说:

"好,让我们进去喝一杯吧!今天晚上你们就在这里休息,明天再到阵地上去。"

"不,不,"霍尔摇摇手说,"今天晚上我们就要赶到广播站去!"

周仆笑着说:

"中国人有句谚语:'客听主便'。你们还是按照这句谚语行事吧!"

几个人迈着轻快的脚步,向一个很大的石洞口走去。琼斯轻松地哼着一支什么歌曲。这时有几发炮弹呼啸着落在附近,冒着几缕灰烟,可是它已经迟到,人们已经到洞里去了。

第六章　和平之声播音站

第二天一早，团政治委员周仆就同三位和平战士赶到前线阵地。郭祥和老模范在营的主峰迎接了他们。除黑人霍尔以外，琼斯和莱特都认识郭祥，大家见面非常亲热。周仆问起近两天的情况，郭祥兴致勃勃地说：

"情况很好！我们广播的时候，敌人打枪越来越少了。前天晚上，我们把一个受伤的俘虏进行了包扎，抬到缓冲区，从广播上通知敌人去领。敌人已经抬走。从昨天起，几乎没有怎么打枪，一广播，他们就静静地听着。"

"那个俘虏讲了些什么？"周仆问。

"他讲，只要让他离开朝鲜，任何光荣的协定对他来说都是要得的。他们对停战已经迫不及待了。他还说，他们对我们的广播很感兴趣，可以知道许多不知道的消息。"

"那太好了！"周仆说，"今天正好是六月二十五日，是朝鲜战争爆发三周年。又有三位和平战士参加，咱们应该大干一下。如果能争取火线联欢那就更好……"

"火线联欢？跟美军火线联欢？"

"你是怀疑做不到吧？"周仆笑着说，"十月革命前，列宁就很重视这项工作。咱们中国红军长征到达陕北以后，就同张学良的东北军进行过火线联欢。虽然咱们同美军还没有这项经验，也不是绝对做不到的。我们在主峰进行广播，你同李风在前沿喊话，注意观察情况,掌握火候。"

周仆又在细节上作了一些布置,郭祥和李风就到前沿阵地上去了。

这里敌我之间,仅隔着二百多公尺宽的一道小沟。早雾消散,对面山上密密麻麻的地堡群看得十分清楚。郭祥在交通壕里观察了一会儿,敌人的阵地十分安静,连一个人影也看不见。显然由于我军迫击炮百发百中的射击,敌人在白天的活动已经很少了。

时针刚刚指上九点,那个设在山坡上隐蔽处的高音喇叭,已经开始了广播。首先播送了一个音乐唱片,接着就听见一个女播音员清亮的声音,她用流利的英语说:

"美陆战一师〇八八阵地的官兵们!你们早晨好!和平之声播音站现在开始广播。今天是六月二十五日,是朝鲜战争爆发三周年。本台为了争取朝鲜停战谈判早日达成协议,实现和平,使你们能够早日回国,与亲人团聚,特约请你方被俘人员原英军二十九旅下士莱特先生,原美军二十五师中士琼斯先生,原黑人工兵连上等兵霍尔先生,亲自对你们进行广播讲话,希望你们注意收听!……"

女播音员广播完毕,接着男播音员以庄严的语调宣读了前线司令部的一项命令。命令说,为了使〇八八高地的美军官兵能够清晰地听到播音,能够呼吸到新鲜空气,特决定停止炮击一天。如果他们愿意走出洞子收听,将不会受到枪炮的威胁。

这项命令,怕敌人听不清楚,少顷又广播了一遍。接着是一阵轻松的音乐。音乐结束,就听到莱特老练持重的声音。他首先介绍了自己的身份、被俘经过和所受到的良好待遇,接着就宣读了由十六国俘虏签名的《和平宣言》。宣言号召所有"联合国"军的官兵向自己国内的家属和亲友写信,积极参与和平运动,迫使政府迅速结束这场干涉朝鲜独立的"肮脏可耻的战争"。

在整个讲话中,敌人静静地听着,没有打枪。显然,气氛是良好的。

接着,活泼的琼斯"哈罗""哈罗"地打了几声招呼,已经讲开了。

"伙伴们！亲爱的伙伴们！请允许我——美军第二十五师的中士琼斯向你们讲几句话。"他用比平时稍为严肃的调子说,"战争开始不久,我想,你们和我都听到过这样的话:在当年十二月我们就可以回到家里过'圣诞节'。这是我们的统帅——一位大名鼎鼎的将军,一位愚蠢而骄傲的将军麦克阿瑟对我们说的。那时候,我们是多么高兴,简直把他当做穿着军服的圣诞老人。可是,伙伴们,现在怎么样了？现在距我们到朝鲜执行所谓'警察行动'已经三个整年了,我们回到家里了吗？没有,而是仍然停留在我们发动战争的地方,仍然住在朝鲜的山地,尝够了炮火的滋味。倒是那位穿军服的'圣诞老人',他自己代表我们大家回到国内过圣诞节去了……"

琼斯锋利而又风趣的谈话,立刻引起热烈的反应。敌人的地堡里传出一片"哈罗""OK"的欢呼声。还有人从地堡口里探出身子,挥着手喊:

"哈罗！讲下去！讲下去！"

"琼斯,讲下去！"

郭祥立刻把这些情况用电话报告给政委。琼斯的兴致更高,继续说:

"在这个漫长的令人厌倦的战争里,我这个一向不喜欢思考的人,也不能不考虑这场名为'反对共产主义'的战争,究竟对谁是有利的。对我们士兵是有利的吗？对美国人民是有利的吗？不,我们得到的是千千万万人的死亡,千千万万人的残废,更不要说这场不名誉的战争,带给朝鲜人民的灾难了。不错,我们还得到了一种'恩惠',这就是我们的家庭,我国人民赋税的加重。他们只要从这些税款里拿出一小笔钱,就可以廉价地买到我们的生命、鲜血和终生残废!而大批的钱却通过政府的加工定货流到了大资本家的荷包里去。自然,对那些在南朝鲜开办工厂和有巨大投资的人更加有利。他们正需要通过铺着我们鲜血的道路扩大剥削的地盘。你们想必知道,我前面提到的那位将军,他本人在南朝鲜就有大量投资。可是,当我们忍受着与亲人分别的痛苦,在迫击炮弹下度着漫长岁月的时候,这些真正得到战争利益的人,却在远离战场五千英里的海洋那边,坐在美国的高楼上饮酒作乐。伙伴们!应当想一想:我们这些可怜虫究竟是为了什么?我们为什么要傻瓜似的去为他们卖命?既然战争是他们喜欢的,对他们是有利的,那就让他们的儿子来打仗吧!让他们来尝尝炮火的滋味吧!……可是,遗憾得很,在我们的战壕里,你永远也找不到一个资本家的儿子。因为这样的地方他们是不会来的!……假若我琼斯的话是对的,我希望你们能够有所表示!"

郭祥密切注视着敌人的动静。琼斯的话刚一落音,对面地堡里就传出一片嘈杂的喊声:"O——K!""O——K!"接着从枪眼里伸出一支红白两色的小旗,左右摇摆着。郭祥见此情况,也立即命令通讯员摆动小旗作为回应。对方的情绪显然更加热烈了,好几个地堡里都伸出了红白两色小旗,摇摆不已。

郭祥立即向主峰报告。政委在电话里兴奋地说:

"我已经看到啦!下面你要见机而作,不要丧失时机!"

广播机适时地播送了一支轻松愉快的曲子,被清凉的晨风飘散到远处。阵地上弥漫着一种特别愉快的气氛。

黑人霍尔用他庄严有力的声调讲话了。他是由读一封信开始的。这是美国古柏夫人写给美国总统杜鲁门的一封信。信是庄严而沉痛的。霍尔用重浊的嗓音读道：

杜鲁门总统先生：

今天，我把我的第一个孩子埋葬了。对于你来说，他不过是一个默默无闻的人，一个微不足道的一等兵小保尔·古柏……

我现在把政府给我死去的这个儿子的紫心奖章和奖状退还给你。我把它退还时怀着这样的想法：在我看来，他是不必要的屠杀中牺牲的十万零九千人的一个代表人物。这个所谓的警察行动的不必要的屠杀，对于爱自己的祖国和她的立国理想的美国人，未曾给予令人满意的解释，而且也永远不可能给予令人满意的解释。我们没有一个人会欣赏我们所必须忍受的由于这个打着幌子进行的战争所带来的贬降和嘲笑……

杜鲁门先生！假若为了保全自己的祖国而有从事武装冲突的必要，我应当骄傲地把我的儿子贡献出来，并珍视这一奖章。但是由于我儿子一生中从未有过名不符实的东西，我不能因为一个奖章和千篇一律的文字而损害了对他的怀念。这种奖章和文字毫无意义，不能为人们带来美好的明天……

霍尔读完这封沉痛而充满愤恨的信件，立即尖锐地提问道：

"你们知道，像古柏夫人这样做的并不是她一个。他们为什么不接受这种奖章？他们为什么要把它退还给政府？原因很简单，这是因为：我们所进行的战争，并不是光荣的战争，而是肮脏的战争，可耻的战争，它使一切有正义感的美国人深深感到羞耻。从古柏夫人的信件，我们完全可以看到，美国人民是不支持这个战争的，是痛恨这个战争的，是反对这个战争的。因为这场战争仅仅对极少数发战争财的人有利，而却使大多数人蒙受死亡、痛苦和不幸。你们一定知道，我国人民的反战运动是很高涨的。我们的母亲,我们的亲人,以及许许多多美国人都参加了'母亲十字军运动','和平十字军运动'。我们的一个家属,接到我们的《和平宣言》,在三个星期之内,就征集到一百万人的签名。英国也是这样。战俘的母亲和妻子已经在伦敦集会,她们向下院请愿,吓得丘吉尔只好从后门溜走。伙伴们!对待这场不义的战争,我们要积极地制止,不能只是消极地反抗。我们不能任凭别人套着我们的脖子牵来牵去,应当自己主宰自己的命运。我们也不能等遥远的将来,而是现在就要行动起来!假若你们同意的话,现在在阵地上就可以停火!……"

霍尔的话刚完,地堡里已经掀起一片欢叫声,还夹杂着几声美国兵特有的表现欢乐情绪的口哨。红白两色小旗从地堡里伸出的更多了。

郭祥见时机成熟,笑着对李风说:

"大李,我们出去吧,是时候了!"

说着,就同李风从容地走出了交通壕,站立在山坡上。他打了个手势,接着喊道:

"今天是六月二十五日。为了庆祝和平谈判取得新的成就,我们建议双方临时停火,你们同意吗?"

李风作了翻译,对面地堡里一片声嚷:

"O——K!"

"O——K!"

"停火,很好!很好!"

说着,从地堡口探出几个头来,见没有事,就从地堡里陆陆续续钻出五六个人,站在地堡顶上,向郭祥和李风招手。郭祥见第一步已经实现,又接着喊:

"战俘遣返问题已经达成协议了,军事分界线已经划定了,你们知道了吗?"

"知道了,方才听你们的广播已经知道了。"

"对这个消息,你们感到高兴吗?"

"好消息!好消息!"地堡上有两个人跳起脚喊。

这时,从地堡里又陆陆续续钻出来二十多个,伸着懒腰,大口呼吸着新鲜空气。有的站在交通沟里,有的坐在地堡上。

"但是,也有不好的消息。"郭祥接着说,"停战协定正要签字的时候,李承晚破坏谈判,扣留我方战俘,还叫嚣要'单独干',你们知道吗?"

"知道,知道。"一个声音说,"让这个老家伙'单独干'吧!"

还有两个粗大的嗓门,激愤地说:

"应当枪毙他!"

"应当把这个老狗吊死!"

这时,广播机又开始播送唱片。从地堡里钻出来的人越来越多。看去总有四五十名。有的人干脆坐在地堡上,自由自在地悠打着双腿,为乐曲打着拍子。

郭祥等唱片放完,继续喊道:

"为了在停战前夕留个纪念,我们想送给你们一面锦旗,还有一些好的礼物,你们喜欢吗?"

美国兵交头接耳喊喳了一阵,纷纷问:

"什么礼物?真的想送给我们吗?"

"好,好,谢谢你们!"

郭祥从交通壕里取出一面深绿色的绣有白色和平鸽的旗子,高高地举起来在空中挥动。李凤也举起礼物袋摇晃着,说:

"你们过来取吧!"

敌人似乎犹豫了一下,一个人说:

"还是你们送过来吧,我们不打你。"

李风望望郭祥,郭祥笑着说:

"他们是不敢过来的。还是按预定方案,你和小罗到缓冲区去。我们注意掩护。"

接着,李风解下枪来,在空中晃了一晃,放在地上,用英语喊道:

"好!我们都不带枪。你们下来取吧,我们到缓冲区见面。"

说过,李风同小罗拿着锦旗,背着礼物袋往山下走。敌方也有两个人高高兴兴地下了山顶。双方边走边喊,互相招手。这时,敌我双方阵地都鼓起掌来。在敌人阵地上,美国兵有的跳跃欢叫,有的挥手挥帽。正在播送的音乐也越发来劲了。

双方都在观察着下去的人。他们下了山坡,愈走愈近,终于在缓冲区的一片荒废的稻田里相见了。当他们四个人彼此握手时,双方阵地又响起了一阵热烈的掌声。郭祥远远看到,李风打着手势谈了一阵什么,那两个美国兵就恭恭敬敬地接过旗子和礼物,再一次同李风和小罗握手。然后就一面招着手往回走。可是走出有十多步远,其中一个美国兵又转回来,蹲下身子在膝盖上写了些什么,又在口袋里乱摸了一阵,掏出一个什么东西一起交给李风。随后就匆匆地往回跑去。

李风和小罗回到阵地。李风一面擦脸上的汗水,一面兴奋地说:

"情况很好!两个美国兵说了许多感激的话。临走感到很抱歉,就从身上摸出一个打火机,还给我们写了一个条子。"

说着,把打火机和那张条子掏出来。郭祥接过条子,看了看,是临时从日记本上撕下来的,写了几行工工整整的外国字,就问:

"上面写的什么?"

李风念道：

"向伟大的人民中国致敬,美国人民永远是你们的朋友。美陆战一师上等兵詹姆、菲特。1953.6.25.难忘的一天。"

郭祥笑了笑,又问：

"那句最重要的话,你说了没有？"

"说了。他们答应明天上午第二次在这里见面。"

郭祥嘱咐李风亲自到主峰向政委汇报。接着继续观察敌方的情况。这时,那两个名叫詹姆和菲特的上等兵,已经回到阵地,地堡上的人乱哄哄地围了上去。拿到礼物的人,纷纷举着礼物袋向我们兴奋地摇晃着,一面跳着脚高喊："感谢！感谢！"那面深绿色的绣有和平鸽的旗帜,也被人插到地堡上,在微风里轻轻地飘荡。

可是,正在这时,从山背后走过一个人来,沿着交通壕急匆匆地走着,后面还跟着几个随从。

正在跳跃、欢叫的美国兵,像老鼠见了猫一般,慌慌乱乱地钻进了地堡。随后,那面深绿色的旗子,也被这个家伙拔掉,撕碎,扔在了一旁。郭祥气愤地立即命令机枪射击,那个家伙已经溜进地堡去了。广播员当即向这个破坏阵地联欢的美国军官提出警告。但是上午的阵地联欢也只好到此结束。

下午三时许,又进行了广播和喊话。但敌人的阵地表现十分沉闷。既没有人答话,也没有摆动小旗。

第二天,第三天,也是这样。

"真烦人！打政治仗,就是不如打军事仗干脆,痛快！"郭祥懊恼地想。但因为自己已经是营级干部,又不好公开表示出来。

晚上,郭祥回到主峰,同政委一起,再次对政治攻势的细节进行了研究。凌晨两点钟,郭祥被电话员喊醒。他抓起耳机,只听李风在电话里兴奋地说：

"报告营长,有三个美国兵带着枪投过来啦!"

"现在在哪儿?"

"就在我们这里。"

"好,马上把他们送来!"

郭祥立即喊醒政委作了报告。周仆笑着说:

"我早说过,干这种事不要着急嘛!只要付出辛苦,总有收获!"

不大工夫,李风已经把三个投诚的美国兵带来。三个人身穿深绿色的美式军服,脚穿高腰儿皮靴,见了周仆"咔"地行了一个正规的军礼。周仆和郭祥上前同他们亲热地握手,随后又拿出烟来招待。

三个人中有两个瘦高个子,看去都很年轻,另一个矮胖的人显得相当苍老。李风指着那两个年轻的美国兵说:

"这两位就是我们白天在缓冲区见面的。这一位是上等兵詹姆,那一位是上等兵菲特。"

周仆笑着说:

"噢,你们已经是老熟人了!"

李风把话翻译过去,两个人都望望李风,满意地一笑。

李风又指着那位矮胖的美国兵说:

"这位是中士里奇先生。"

周仆见他长得相当苍老,总有四十岁的样子,就问:

"里奇先生,您有多大年纪了?"

"二十八岁。"

里奇见周仆的眼光里有些惊异,就笑着说:

"这是你们的迫击炮把我变老了!"

人们大笑。但里奇不笑,又说:

"这是确实的话:在朝鲜只要待上三十秒钟,我都觉着时间太长。"

周仆接着问:

"你们今天的行动是怎样决定的?"

"阵地上的情形你们都看到了。"詹姆抢着说,"我们把礼物拿回去,伙伴们,包括我们的排长都很高兴。但这时候出现了意外情况,我们的团长和随军牧师都来了。他们没收了我们的礼物,并且对排长要进行军法审判。听说把我们三个也要当做'叛国罪'抓起来。幸亏里奇中士得到了消息,我们才跑出来。"

周仆愤愤地说:

"什么叛国罪?正是他们——美国的当权者,败坏了美国的声誉,破坏了美国人民与中国人民之间的友谊,破坏了美国人民与全世界人民之间的友谊。他们的这种罪行才是不能饶恕的。"

郭祥也笑着插嘴说:

"不要紧,詹姆,那是他们的说法。等到美国无产阶级掌权的时候,你们不仅不是罪犯,而且是人民的功臣了!这一天一定会到来的!"

詹姆、菲特和里奇都宽慰地笑了。

不一时,琼斯、霍尔和莱特都请来了。他们互相握手、拥抱,共同的心情使他们的话像打开闸门的洪水一般。坑道里充满着一种特有的热烈的气氛。周仆笑着说:

"这才是真理的力量!"

第七章 红旗飞舞(一)

我军规模宏大的夏季攻势,第二阶段从五月二十七日开始,到七月上旬宣告结束。在开始的头两天,我军首先向北汉江以东的方形山地区、金城附近的栗洞南山地区等九处敌军阵地发起了攻击,给予守敌以歼灭性的打击。接着,我军在东起东海岸高城以南地区,西至临津江右岸高浪浦里地区的漫长战线上,发起了进攻。在北汉江两岸,我军突破整营整团的阵地,一直攻入敌人师的防御纵深,敌人吹嘘为"首都高地"和"京畿山"的座首洞南山,和边沿洞附近的"八八三·七"高地一带,都被我军攻占,将战线向南推进了六公里。在这期间,全线各地几乎每天都有战斗,每处都在反击。真是战斗连着战斗,胜利接着胜利。在六月份的一个月中,就歼敌七万余名,扩展阵地约六十平方公里,使敌人遭受了惨重的损失。

六月八日,关于战俘遣返问题,本来已经达成了协议,这样停战谈判的各项协议都达成了,但是正当筹划签字之际,却发生了李承晚集团破坏停战谈判的严重事件。在十八日至二十二日的四天内,以"就地释放"战俘为名,扣留我方战俘二万七千余人。看起来,不再给李承晚这个老卖国贼以严厉的惩罚,停战是仍然不能实现的。这样,规模空前宏大的夏季攻势第三阶段,就要开始了。

第三阶段的作战目标,是集中打击李伪军的第三师、第六师、第八师和首都师。作战地区是北汉江以西、金化以东和金城以南的弓形战线上。由于郭祥所在的第五军,对这里的地形比较熟悉,也被调到这个地区来,准备对黑云岭的敌人展开进攻。

凡是郭祥战斗过的地方,他一般是不会忘记的,更何况黑云岭呢。回想两年多之前,五次战役第二阶段向回撤退的时候,他们就在这里进行了一场艰苦的阻击。当时团指挥所就设在黑云岭的主峰,主峰以南不远,就是狮子峰和玉女峰,也就是郭祥和乔大夯、小牛等英雄战士跳崖的地方。郭祥还清楚记得那场恶战的情景。那时真是肚里无食,枪里无弹,最后不得不跟敌人拼起石头来。尤其是那个地主的儿子谢家骥,竟然拿着大喇叭冲到面前,狂妄地高喊着叫他们"缴枪投降",郭祥至今想起来还觉得心头火辣辣地不能忍受。而今天,情况却大不相同了,我们的力量已经足以压倒敌人,是应该好好惩罚一下那些反动家伙的时候了。

当然,郭祥更加不能忘怀的,是那位还住在敌人后方的慈祥的朝鲜母亲。郭祥清楚记得,他和乔大夯临走时,这位阿妈妮送了他们很远,并且拉着他的手,流着眼泪说:"阿德儿,什么时候,我们才能见面呢?"他当时是这样回答的:"阿妈妮!我们一定会打回来的!"现在是实践这诺言的时候了。这诺言究竟能否实现,就要看能不能消灭黑云岭的敌人,能不能突破敌军的防线了。

自部队移防金城前线,郭祥最满意的一件事,就是在前两天团的作战会议上,已经明确确定他们营为进攻黑云岭的突击营,二营为二梯队,三营和侦察连由副团长孙亮率领进行穿插迂回。郭祥没费多大事就把这个任务抢到手,使他感到格外的愉快。但是,在对黑云岭的具体打法上,却发生了一番争论。这黑云岭是海拔八百多公尺的一座巍峨的山岭。它沿着黑压压的主峰绵延而下,向东向西各伸出一条山腿。东面的山腿有两个山头,西面的山腿有三个山头。上面都修满了密密麻麻的工事。当时在突破点的选择上,大部分同志都主张以东边的山腿为佯攻方向,主要攻击西边的山腿,然后夺取主峰。理由是,这条山腿距我最近,而且容易攀登,攻击容易奏效。而郭祥却提出了一个相当大胆的意见,主张直取主峰,而以其它两点,特别是西边的山腿作为佯攻方向。理由是,如果我们从西边的山腿攻起,不会有出敌不意的效果;同时,攻下一点,再攻一点,容易形成逐点争夺,反而延长了时间,增大了伤亡。而直取主峰却可以避免这两方面的缺点。这两种意见争论了相当长的时间,虽然最后团长和政委同意了郭祥的方案,勉勉强强通过了,但是事实上有许多同志仍然不很赞成。这件事在郭祥愉快的情绪中又增添了一点不安的东西。他觉得自己是第一次作为营的指挥员指挥这次进攻战,必须更加兢兢业业才行。

在团的作战会议上,周仆和邓军都一再强调,虽然我们的进攻力量比过去大大加强,但是敌人的防御也比过去强固得多了。我们不但要看到自己变化的一面,还要看到敌人变化的一面。自从去年以来,由于我军火炮的大量增加,炮兵射击技术的显著提高,给了敌人很大的威胁,使敌人也不得不学我们的样子,修起了坑道工事。据前几天抓到的一个俘虏供称:在黑云岭上,除了地雷、铁丝网以及密密麻麻的地堡以外,光大小坑道就有二十多条。尤其主峰上的坑道,分上下三层,总长度有二百多公尺,里面还有节节抗击的设置。如何消灭据守坑道的敌人,就成为这次进攻战中一个新的课题。政委还在会议结束时郑重嘱咐他说:"郭祥同志,上次在白云岭坚守坑道,在军事民主方面,你搞得不错;这次打敌人的坑道,我希望你搞得更好。这样复杂的战争,只靠少数人动脑筋,不管你想得多么周全,都是搞不好的!"

团作战会议结束以后,为了加强战前的准备工作,郭祥的这个突击营就被调到一个与黑云岭类似的山坡上日夜进行演练。郭祥和战士们在一起摸爬滚打,在那样的盛夏季节,脱下衬衣一拧,常常能拧出小半盆汗水来。

郭祥虽然当了营长,还是那套老作风,他到哪里,哪里就活跃起来。这天上午小休息时,他为了进一步开展军事民主,听取战士们对打坑道的意见,就来到三连所在的一个小松林里。战士们顷刻就在他的身边围了一圈儿。他刚坐下把烟荷包往外一掏,就有好几只手伸过来卷烟,郭祥笑着说:

"行,行,我这一套作风都叫你们学到手了!"

大家叽叽嘎嘎笑了一阵。郭祥说:

"我今天主要是听你们的意见。你们看,打坑道到底存在什么困难?"

小钢炮把头一摆,信心十足地说:

"没有问题!大炮一轰,我保证能冲上去!不是说,还有一个火箭炮营来配合吗?"

"炮火很重要,可是我们步兵不能有依赖思想。"郭祥说,"任何厉害的炮火都很难摧毁地面上的一切工事,何况还有坑道呢!"

郭祥看大家都不习惯在上级面前提出困难,就笑着说:

"你们不要以为,谁一提困难,就是右倾。不!只有提出困难,才能找出解决的办法。政委说,这个才是辩证法呢!"

大家沉思了一会儿,小罗说:

"有人说,咱们在白云岭退守坑道,敌人打了二十来天都没有解决,咱们要打敌人的坑道,恐怕也不容易。"

"这就不能比了。"郭祥说,"守坑道的人不一样嘛!坑道在我们手里,敌人就拿不去;在敌人手里,我们就能拿过来。关键是你敢不敢进到坑道里去。"

小钢炮又把头一摆,说:

"只要有口儿,我就能钻进去。就是怕找不到坑道口,黑灯瞎火的,又不准打手电。"

"对,这就是困难嘛!"郭祥说,"你找不到口儿怎么钻进去呀?大家可以研究研究。"

杨春在郭祥身后,两只猫眼忽闪了几下子,说:

"呃,我发表个意见行不?"

郭祥扭头一看,见是杨春,笑着说:

"你这个捣蛋鬼!说就说吧,总要挂点零碎儿!"

"我考虑——"杨春眨了眨眼,学着干部发言的神态说,"第一,敌人的坑道口,它必定在背我们的方向;第二,凡是坑道口,必定堆着一些挖出来的土堆石块;第三,坑道口也必定会有敌人的电话线;第四,凡是坑道口,又一定会有比较明显的小路,连着交通壕什么的……你们说是不?"

大家赞许地望了杨春一眼,郭祥也点点头说:

"对嘛,就是要开动脑筋嘛!"

"找坑道口还不算难。"又一个战士说,"在坑道里怎么打手榴弹哪?要是扔不好,碰回来把自己也炸伤了。"

大家又继续闷着头寻思着。那个小鬼班的郑小蔫只抿着嘴笑。他是一年也很难得说几句话的。郭祥故意逗他说:

"瞧,小蔫要发言了,你们听着!"

这一下把郑小蔫闹得很不好意思,只得红着脸说:

"可以搞水平投弹。"

他的声音那么小,像个小姑娘似的。有人问:

"怎么叫水平投弹?"

郑小蔫站起来,不慌不忙地从腰里抽出一个手榴弹。他先将右臂垂直,向前猛投时,又用左臂一拦,手榴弹竟成水平方向飞出十多米远。大家一齐鼓起掌来,小蔫的脸更加红艳了。

"这个办法行,就是还要多练。"郭祥说。

接着,各人又提了许多战术技术方面的问题,在大家热烈的讨论下都解决了。最后,小罗又以他敌工小组组长的身份说:

"我还有一个建议,就是加强我们的喊话工作。只要我们一打进坑道,敌人就乱了营了。如果我们能多学几句口号,准能多抓俘虏!"

大家正在热烈地议论,山坡上传过来一片笑语声。郭祥一看,现在已经是排长的乔大夯领着一伙战士,有的手里拿着爆破筒,有的夹着炸药包,一面擦着汗,一面说笑着走了上来。

郭祥见他们全身都被汗水湿透,滚得像泥猴似的,就笑着说:

"大个儿,你到底把爆破任务抓到手了,是不?……可是也要休息一会儿嘛!"

乔大夯憨厚地笑了一笑,说:

"我们排新战士多。"

他把一个很大的炸药包放下来,擦了擦汗,试探地问:

"咱们是要打过去吗?"

"当然要打过去!"郭祥把右臂有力地一挥。

乔大夯满脸是笑,又问:

"打到哪儿? 能打到金谷里吗?"

郭祥心里蓦地一动,知道他同自己一样想起了那位朝鲜母亲。就说:

"你是惦记着金妈妈吧?"

乔大夯眼里放出热情的光辉,充满怀念地说:

"这两年,不知道她老人家怎么样了? 昨天晚上我还梦见她,叫敌人抓到监狱里了……我们俩仿佛还在那个山洞里住着。"

郭祥心里一阵酸辣辣的,因为在战士面前,他立刻克制住自己

的情感,斩钉截铁地说:

"我们一定能打过去!"

部队经过一周的紧张演练,七月十二日上午,师政治部派人来授予担任突击任务的三连一面红旗,要他们把它插上黑云岭的主峰。三连的战斗情绪顿时达到沸腾状态,全连都在红旗上签上了自己的名字。黄昏时分,突击营向前开进。邓军和周仆站在交通沟旁边,与出击的战士们一一握手。军文工团和师文工队的男女队员敲锣打鼓,喊着口号,说着快板。徐芳也夹杂在队伍里,挥动膀臂,激动地喊着口号。当她看到郭祥过来时,想上前说句话,当着大家又不好意思。郭祥深情地望了她一眼,微笑着点了点头就过去了。松树杈挂着的大喇叭一遍又一遍地播送着《中国人民志愿军战歌》与《歌唱祖国》的歌曲。小钢炮在前面高高地举着红旗,战士们一个个挺着胸脯,步伐越发显得威武雄壮了。

敌我阵地之间,横隔着一道宽阔的金城川。为了在攻击时避免敌人炮火的拦阻射击,同时为了迅速而突然地攻上敌人阵地,指挥员们费了许多的心思,才想出一个新奇的办法,就是事先在敌人的山脚下秘密地挖一些屯兵洞,使部队在攻击之前偷偷地潜伏在这里。当然这种办法一旦被敌人发觉是极其危险的,是过去从来不曾听说过的。但它却是指挥员们依据当时当地具体条件的大胆独创。郭祥的突击营于当晚午夜时分偷渡过那道宽阔的大川,在敌人山脚下的林莽之中潜伏下来。

自然,这种战斗方式,使各级指挥员在精神上都处于高度的紧张状态。他们唯恐敌人有一丝一毫的察觉,也唯恐哪一位战士在敌人盲目的射击下负伤而忍受不住。郭祥和老模范蹲在一个小小的洞子里,真是觉得百爪挠心,实在难挨。幸好后半夜下起雨来,使他们才宁静了一些。可是接着白天来临了,这是更危险的时刻。

熬过这个白天,真比一年的时间还长。

终于天又黑下来。总攻时间一秒钟一秒钟地迫近了。通讯员小牛两只眼眨也不眨地望着我方阵地。当秒针刚刚踏上晚上九点钟时,只听他尖声尖气地欢叫了一声:

"看,信号弹飞起来啦!"

话音未落,人们就觉得身子猛地一震,炮火的风暴遮天盖地地轰鸣起来。郭祥和老模范等人立即出了洞口,向我方阵地一望,只见三颗红色的信号弹,还飘坠在空中。数百门大炮出口的闪光,像连续不停的闪电,把半面天空照得通红。尤其是成批的火箭炮弹,拖着长长的火尾巴从顶空穿过,像赤红的钢板一样,倾泻到敌人的阵地,使整个的大地都为之震动。眼前顿时火光熊熊,硝烟漫漫,成了一片火海。土木砂石不断地从空中落下来。郭祥和老模范等人在外面待不住,只好回到屯兵洞去。

这场炮火急袭,整整进行了二十分钟。霍地又腾起三颗绿色的信号弹,炮火延伸射击了。郭祥立即跃出洞口,举起驳壳枪高喊了一声:"同志们!冲啊!"部队在激越的冲锋号声中,向着黑云岭的主峰冲去。在火光与硝烟中,可以看到三连突击排的前面,有一面鲜艳的红旗,火团似的在向前滚动。

冲在最前面的是乔大夯率领的爆破组。他们拿着爆破筒,夹着炸药包,向前飞快地跑着。山坡上共有七道铁丝网,已被炮火摧毁了五道,第六道也被他们迅速炸开,只剩下最后一道了。一个战士接着扑上去爆破。烟尘还没有散,乔大夯就领着爆破组的同志冲了上去。哪知冲到跟前,才发现这道足有两公尺宽的屋脊形铁丝网,只炸开了一道小口,仍然不能通过。乔大夯立刻塞进一根爆破筒准备拉火,后面一片冲杀声。回头一看,火光里闪着一面红旗,突击排已经冲了上来,只有几步远近,爆破已经来不及了。地堡里的敌人已经清醒过来,重机枪正哗哗地射击着。如果让红旗退回去,同志们就会遭到更大的伤亡。乔大夯心里一急,登时出了一身大汗。他立刻对爆破组大声喊道:

"同志们!爆破来不及啦!我们不能让红旗老等在这里。祖国需要我们的时候到啦!"

说着,他把手里的爆破筒往旁边一扔,就趴到了铁丝网上。爆破组的其他四个同志,也纷纷丢掉了炸药包和爆破筒,挨着他那长大魁伟的身躯,在铁丝网上趴成了一排。乔大夯还一个劲儿地挥动着他的手臂,大声地喊:

"同志们!快过去呀!快过去呀!"

其他几个组员也跟着喊:

"不要犹豫了!"

"为了胜利,快过去吧!"

突击排的同志停下来了。他们怎么忍心从自己同志的身上踩过去呢!连长齐堆心里热辣辣的,一时不知怎样处理才好。带领突击排的副连长疙瘩李更急得什么似的,摆着手说:

"不行!不行!快下来组织爆破!"

这时,郭祥和他的通讯员小牛已经赶了上来。他见到这种情景,真是看在眼里痛在心上。乔大夯听见郭祥的声音,又几乎用哀求的声调说:

"营长!你就快下命令吧!为了胜利,你就让大家快踩过去吧!"

郭祥回头一看,红旗已经停止前进,后面还拥挤着数百名战士,队伍里正在不断地增加着伤亡,就把心一横,牙一咬,把驳壳枪果断地一挥,说:

"同志们!踩过去!"

这一声号令,响彻云霄,震人心魂。在中国大地上,这一支战胜千难万险、冲过雪山草地的铁军,今天不得不踏着自己同志的肉身前进了。当他们踩上自己心爱的战友的身体时,从内心里惊呼起来:"轻点儿,轻点儿!"身上顿时像着了火似的,贯注了千百倍的力量,一刹那间变成了生着羽翼的天兵飞上了主峰。那面在主峰上飘扬的红旗,在硝烟与火光中也显得更加鲜红了。

第八章　红旗飞舞（二）

突击排迅速地越过山腰攀上主峰。

在敌人主要的工事集中地区，遇到三个火力点的顽抗。部队不得不在炮弹坑里隐伏下来。疙瘩李当即派出郑小蔫带领一个小组去消灭右侧第一个火力点。第一个火力点很顺利地被他们用飞雷消灭了。

杨春求战心切，马上要求去爆破中间那个火力点。得到批准后，他就带着两个战士向那个火力点接近。在接近到十几公尺处，那两个战士被打倒了。这时，杨春伏在一个炮弹坑里，睁着他那双猫眼，观察了一下地形。那个有掩盖的火力点周围平展展的，几乎没有可以利用的地物，如果贸然冲过去，仍然不可能成功。他的眼向右侧一扫，看见右侧那个刚才被炸毁的火力点，忽然灵机一动，心中想道："据战前抓到的俘虏说，敌人的火力点都有盖沟通着，我何不来个废物利用，从这个废火力点里钻进去呢？"想到这里，他就乘我方重机枪发射火力的时机，猛然跃出弹坑，像燕子掠过水面那样，飞快地跃到那个废火力点跟前。疙瘩李见他不搞中间那个火力点，反而向旁边跑去，以为他搞错了方向，正要制止他，齐堆拉了疙瘩李一把，悄声地说："瞧，这小子可能有点鬼名堂！"说话之间，杨春已经从那个废火力点里吱溜钻了进去。

杨春跳进去，左侧果然通着一条盖沟。里面李伪军吵吵嚷嚷的，显得很混乱。杨春心中大喜，心想："里面这么黑，正好浑水摸鱼!"他就顺着盖沟向前摸,很快就混进李伪军的人群里。正打主意,忽然后边一个李伪军在他的肩膀上拍了两下。他吃了一惊,立即又镇定下来,心中想道:"这么黑,他们哪里是发现了我,多半是规定的什么暗号。"也就朝旁边另一个家伙的肩膀上拍了两下。这时,盖沟里的敌人老是乱喊乱叫,显得很恐慌。杨春心想:"我先把你搅成一锅粥再说!"这么想着,他就掏出两颗手榴弹,冲前面扔了一个,又冲后面扔了一个。自己却贴着一边悄悄地趴下来。只听轰轰两声巨响,敌人可就乱了营了。前面的打后面的,后面的打前面的,叫嚷得更凶了。等敌人镇定下来,像是在追查责任的时候,他早溜到中间那个火力点的附近。

借着枪火的闪光,他清楚看到,有五个敌人正撅着屁股,围着一挺重机枪,向外面疯狂扫射。杨春得意地想道:"这些蠢家伙,哪里会想到我小杨春就蹲在他们的身边呢。"他这么一想,乐了,把仅有的一颗手榴弹掂了掂,准准地打在五个敌人中间。顷刻火光一闪,硝烟弥漫,重机枪马上成了哑巴,五个人全被炸死。他自己也被硝烟呛得一连打了好几个喷嚏。

接着,外面传来同志们激越的冲杀声。但是,很快冲杀声又中断了。杨春踏着敌人的尸体,从射口里探出头一望,看见左侧第三个火力点仍然伸着长长的火舌,向冲锋部队疯狂地扫射着。杨春心想:"我何不顺着盖沟,把第三个火力点也炸掉呢!"但是,一摸身上一颗手榴弹也没有了。急得他抓耳挠腮地在盖沟里乱转。忽然想起,敌人这么多死尸,怎么会没有手榴弹呢! 掏出电棒一照,小甜瓜手榴弹不少,心里真是高兴,就把手榴弹兜都装满了。这时,从盖沟里过来一伙敌人,杨春抓起手榴弹就劈头打去,敌人吱哇乱叫,回头就跑,杨春紧紧追赶着,很快就追到第三个火力点。现在他有了充足的弹药,就把四个手榴弹连结在一起,一下掷到正在射击的敌人中间,敌人的第三个火力点也完蛋了。

等到同志们冲上来的时候,杨春已经从工事里钻出去,用他尖声尖气的童音喊道:

"同志们!阵地已经占领了!"

这时,郭祥随着突击连冲了上来。他迅速观察了一下阵地的情况,发现好几个火力点,重机枪架得好好的,子弹也压得好好的,就是没有人影。他就对连长齐堆说:

"现在,只能说占领了敌人的表面阵地。我看大部分敌人都跑进坑道里了。你们赶快找坑道口,准备消灭坑道里的敌人!"

齐堆立即指挥部队向两侧搜索,很快就向郭祥报告:在正南方向和东西两侧共发现了三个坑道口。郭祥略一寻思,说:

"你先把南面那个坑道口炸坍封死,叫敌人不能逃跑,增加它的恐慌;然后在火力支援下,从东西两个坑道口同时向里发展。"

齐堆刚要走,郭祥又叫住他说:

"坑道战不在人多,多了反而增加伤亡。你只派两个坚强的小组先进去就行。要结合喊话,不要打哑巴仗!"

这时,一、二连和机炮连已陆续到达主峰。郭祥命令他们在已经占领的工事里隐蔽起来。尽管敌人的炮兵受到我炮火的严重打击,直到现在还没有还击,但是仍然不能放松警惕。

郭祥布置妥当,亲自赶到西侧的坑道口来。此时,坑道口的火力点已被摧毁,敌人全被压入坑道。战士们分布在坑道口的两侧,正准备进攻。只见小钢炮这个虎劲十足的班长,向洞子里扔了两个手榴弹,接着就要往里钻,郭祥止住他说:

"不要慌!"

话音未落,里面的机枪就嗒嗒地响起来,接着又呼呼地喷出赤红色的火焰,火龙似的蹿出好几丈远。小钢炮气愤地骂道:

"好狗日的,又搞火焰喷射器了!"

郭祥立刻命令调火箭筒来。火箭筒手瞄准洞口,连续打了三发,立刻从里面冒出滚滚的硝烟。小钢炮向事前指定的两位伙伴摆了摆手,乘着硝烟,端着冲锋枪就冲了进去。接着,小罗和李茂也跟着钻进了坑道。里面黑洞洞的什么也看不见。小钢炮在前面一面打冲锋枪,一面前进。正要换梭子,从对面一梭子弹猛扫过来。他连忙把小罗和李茂拉了一把,三个人就贴着墙蹲下。由于敌人的自动枪不住点儿地射击,使得他们无法移动。这时,小罗情急智生,把那个歪把儿电棒向旁边晃了一晃,果然,敌人的自动枪便向另一侧射击起来,碎石末溅了他们一脸。小钢炮乘势来了个水平投弹,轰隆一声,敌人的自动枪停止了。

三个人继续向前摸了一截,坑道已是转弯处。这里躺着几个死尸,还有两个伤员,不断地呻吟。这就是刚才被打中的敌人。

小罗用手电照了照,这里已开始进入马蹄形坑道。不远处挤了一大堆敌人,乱吵乱叫,极为恐慌。小罗见时机已到,他这个敌工组长该发挥点威力了,就嗖地投过一个手榴弹去。随着爆炸声,就乘势喊起朝语口号来:

"快快投降吧!你们已经被包围啦!"

其他几个战士也接着喊:

"缴枪不杀!"

"志愿军宽待俘虏!"

敌人顿时停止了吵嚷声,似乎在静静地听着。

停了片刻,小钢炮见敌方没有回应,又哗——地打了半梭子弹。小罗和李茂又乘势喊:

"快快投降吧!不要犹豫了!"

"如果不缴枪,我们就要继续进攻!"

"……"

静寂了片刻。接着,有一个哆哆嗦嗦的声音说:

"你们说话是真的吗?"

"是真的!只要缴枪,就保证你们的生命安全!"小罗接上说。

"好,我们投降!"

说过,便把枪乒嗒乒嗒地丢在地上,一个个举着双手走了过来。小罗用电棒一照,数了数共有八名。这些俘虏一个个衣服破烂,脸色蜡黄,浑身上下滚得像泥蛋似的。

小罗为了减少他们的恐惧,语气和缓地问:

"里面还有人吗?"

"有,有,大大的有!"

"小队长呢?小队长在哪里?"

有个俘虏悄悄地往旁边住室里一指。

小钢炮叫李茂把俘虏押下去,交给后面的人。接着猛跨了几步,向那个住室示威性地打了几枪,就喊起口号来。里面既不还击,也没有人应声。小罗影住身子,用歪把电棒往里一照,屋子空荡荡的,一张大毯子从床上直拖到地。丢在地上的一个烟头还在冒烟。小罗一个箭步就跨到屋里,把毯子猛地一揭,只听床下惊叫了一声,接着扔出一支手枪,慢慢地爬出一个人来,一个劲儿地筛糠。小罗见他怕成这样,连忙解释我军的俘虏政策,他才慢慢地抬起头来,哆哆嗦嗦地从里衣的口袋里摸出一个四四方方的纸片,交给小罗。小罗一看,原来是我军在政治攻势中散放的"通行证",外面还被他精心地包了一层玻璃纸呢。小罗微微一笑,用半通不通的朝语问:

"你既然知道我们宽待俘虏,干吗还不出来投降?"

"你们士兵的宽待,我的知道;军官的宽待,我的不知道。"他用生硬的中国话说,原来他是伪军的小队长。

小罗把他扶起来。为了消除他的疑惧,掏出一支烟递给他,他脸上显出深为感动的样子。接着,小罗就问:

"里面的人还多不多?"

"里面,大大的有!"

"你能给他们喊话吗?"

伪军小队长迟疑了一下,答应了。

小罗让他在前面带路,继续向前摸去。

大约走了十几公尺,伪军小队长停住了,回过头悄声地说:

"前面,大大的有!"

话没说完,前面就响起了枪声和混乱的惊叫声。几个人都闪在旁边的住室里。小罗拍拍伪军小队长的肩膀说:

"你就喊吧!巴利巴利!"

他立刻面向前方,又开脚步,开始了喊话。他以小队长的身份,训斥说:

"不要打啦!志愿军已经占领了坑道,你们还打什么!他们的俘虏政策,你们不是不知道,像我这样的人都不要紧,你们还怕什么!……"

枪声停止了。接着是一片窃窃私语声。不大工夫,就一个跟着一个地举起双手走了过来。小罗用电棒照着,数了数,一共是三十七名。李茂送俘虏刚刚返回,小钢炮又派他向后转送。这个四川战士嘟囔着说:

"我倒成了运输员了!"

"运输员也很重要嘛!"

小钢炮说过,又继续向前发展。一路打,一路喊,投降者立即俘虏过来,坚决抵抗者立即予以消灭。由于这位伪军小队长地形熟悉,发展相当顺利。

正在前进中,只听对面响起冲锋枪声,接着大声喊道:

"站住!缴枪不杀!"

小钢炮一听,是郑小蔫的声音,急忙喊道:

"郑小蔫!我们会师啦!"

两个战斗小组立刻合兵一处。郑小蔫告诉小钢炮,后续部队已经进来,正在肃清残敌。小钢炮高兴地说:

"快!咱们到二层楼去!"

小罗叫过那个"小队长"问:

"你们营长住在哪里?"

伪军小队长悄悄往上一指。小罗又拍了拍他的肩膀,说:

"好,你还当我们的向导!"

两个小组,一前一后,由这位不花钱的向导带着,很快就找到通二层坑道的楼梯。可是刚踏上台阶,上面就打下枪来。伪军小队长回过头为难地说:"上面的,不好去!"小罗说:"你快喊:自己人,不要误会!"他只得仰起脖子叫道:

"营长在上面吗?"

"在。徐队长,你要干什么?"

"我要报告情况。"

上面停止了射击。伪军小队长慢腾腾地往上走,小钢炮怕他犹豫误事,抢在前面,嗖嗖几步就扑了上去,把楼梯口的两挺机枪踢在了一边,接着,就威逼五六个敌人放下了武器。

二层"楼"也是环形坑道。伪军小队长领着大伙向前走了不远,就停住脚步,胆怯地向旁边一指。小罗动员他喊话,他把两只手一摊,为难地说:

"我的恐怕不行。"

"你试试看。"

小钢炮先打了半梭冲锋枪,用火力威胁,然后伪军小队长喊:

"营长!营长!你在里面吗?"

"你是谁?"里面粗暴地叫。

"我是徐成吉,你听不出来了吗?"

"你不在下面守坑道,跑到这里干什么?"

"下面守不住了,共军已经打进来了!……"

伪军小队长刚说到这里,那个粗暴的声音吼叫起来:

"爬比桶①!我早就看出你不是个好东西!"

这粗野的叫骂,显然刺伤了伪军小队长,他立刻抗声地说:

"这样坚固的阵地,不到五分钟就被共军突破。到现在你还躲在这里!你才是一个十足的饭桶!一个光知道喝兵血的混蛋!再不投降,你的末日马上就要到了!"

对方大声怒骂道:

"你这个叛徒!……"

伪军小队长也提高声音回骂:

"只有你们这些靠美国人升官发财的家伙,才是可耻的叛徒!你应该算算,你喝了多少兵血!连志愿军圣诞节送给我们的礼物,都叫你没收了。你们还说共军的酒里有毒,可是你们倒拿去偷偷地喝……"

对方显然已经怒不可遏,大声斥骂着旁边的人:

"你们这些没用的东西,快给我打!不打我毙了你们!"

说着,里面传出乓乓两声枪响。接着,几个士兵呼噜呼噜地跑了出来,把枪往地下一扔,投降了。

---

① 朝语:饭桶。

小钢炮早就不耐烦了。他急火火地取出一颗手榴弹,嗖的一声就投到那个住室里去。等硝烟散去,大家在这个颇为讲究的洞子里,看到一个又肥又胖的家伙躺在血泊里。小罗用电棒照了照他的全身,他的胸前挂着好几个奖章,一只肥手里还紧握着一支粗大的皮鞭。住室里除了一幅阵地火力配系图之外,散落着许多淫秽不堪的照片,床下堆满了喝空的酒瓶……

"这里真是座人间地狱!"小罗恶心地吐了一口唾沫。

当小钢炮他们押着大队俘虏走出坑道时,郭祥和老模范的脸上堆满笑容。他们同小钢炮、杨春、小罗、郑小茑等一一握手,郭祥深为满意地对老模范说:

"看起来,当年小鬼班的这几个小家伙,表现都是满不错的!"

老模范笑着说:

"你不也是这个班的小鬼吗?"

"我?"郭祥说,"叫我看,他们比我可强!论愣劲儿,有的比我还愣;论猛劲儿,有的比我还猛;论脑子活,有的比我还活……"

"这就叫一代传一代,一代胜过一代嘛!"

"对!你说得对!"

郭祥微笑着,抬头望望山顶,在火光照耀的黑云岭上,那面红旗正像红色的大鸟一般,在疾风里旋卷飞舞,仿佛要飞翔起来似的……

第九章 挺进

郭祥正同老模范谈笑,邓军和周仆已登上了黑云岭主峰。周仆告诉他们:在北汉江以西,金化以东,金城以南二十二公里的战线上,已在多处突破敌人的阵地,现在各支部队正向敌后猛插。要他们很快把部队整顿一下,立即沿着孙亮的穿插路线,随后跟进。

从昨晚起,天色一直阴沉,此时又飘下零散的雨点。等郭祥这个营越过黑云岭,踏上宽大的公路,已经是大雨滂沱了。

由副团长孙亮率领的那个营,这时已经在三十里以外。他们预定的目标,是直插敌人的师部——梨香洞。沿途虽然打了三几个小仗,只是为了排除障碍,并不恋战,因此进展相当迅速。到凌晨两点钟,距梨香洞只剩下十几里路。

雨时大时小,时断时续。人们头上顶着大雨,身上冒着热汗,从头到脚,早已湿透。但是人们依然精神抖擞地行进在雷鸣电闪之中,跌倒了又爬起来,紧紧跟上队伍,唯恐掉下一步。在这个大风雨的夜晚,人们为了胜利已经忘记了一切。

走在穿插营最前面的,是花正芳率领的侦察排。尽管距目的地已经不远,但是花正芳心里仍然急火火的。因为朝鲜天亮得很早,差不多三点多钟天就亮了,如果再遇上什么麻烦,或者走错了路,任务就难以完成。他正想取出地图核对一下地形,忽然前面闪动着汽车的灯光,从公路上飞驰而来。他刚刚命令侦察排离开公路,一辆卡车,一辆吉普车已经开到面前。花正芳见路旁没有别的地形可以隐蔽,就当机立断,喊了一声"打掉它!"说着端起冲锋枪向着汽车猛扫了一梭,汽车立刻停住。接着大家就冲上去,一顿猛打,车上的敌人顿时一片混乱,也不知是打死后摔下来的,还是跳下来的,扑通扑通就像饺子下锅一般。还有人高声嚷道:

"噢包!不要打呀!不要发生误会呀!"

"误会不了!"花正芳心里暗笑,指挥全排冲到车底下,不一会儿就抓了五六个李伪军俘虏。他把联络员小韩叫过来,给他们简单解释了一下我军的俘虏政策,接着就问:

"你们是哪一部分?"

"我们是师部的。"一个俘虏战战兢兢地答道。

"你们要到哪里去?"

"我们是跟着副师长到前面去督战的。"

花正芳一听还有"副师长",不由一阵高兴,就对大家说:

"同志们快搜!我们本来要打狐狸,倒套住狼了。"

大家在附近的草丛里搜索了一阵,忽听一个侦察员在二百米外的地方高兴地叫道:

"在这里哪!看,快钻到泥里去了!"

说着,就把一个家伙从泥水里拽出来,带到公路上。花正芳用电棒一照,见是一个大胖子,鼓着个大肚子,光着个秃脑瓜子,军衣也不知什么时候扔掉了,只穿了件衬衣,从头到脚都是泥汤子。

这时,大队已经赶到,孙亮听说抓到一个"副师长",正要了解一下情况,就急匆匆地赶上来,问:

"你是什么人?担任什么职务?"

"我……我是一个排长。"

周围的人哄然大笑起来。他狼狈地环顾了大家一眼,无可奈何地说:

"既然你们已经知道,也就不用问了。"

孙亮盯住他说:

"你要到前边干什么?"

"前面情况紧急,师长要我带部队增援,防止……贵军突破我军的阵地。"

"那你就用不着去了。"孙亮笑着说,"你们的增援部队呢?"

"就在后面。"

"多大兵力?"

"两个营。"

"你们的师部在哪里?"

"梨香洞。"

"你们的师长在那里吗?"

"在。顾问也在那里。"

"保护师部的有多大兵力?"

"一个排。"

"你可以把师部的位置、配备画个草图吗?"

伪副师长迟疑了一会儿,说:

"可以。"

孙亮立刻叫人取来纸笔,叫他垫在图囊上画图。一个人用雨衣遮住雨点,一个人打着电棒。这位"副师长"画图很熟练,不一会儿就画出来了。孙亮接过一看,和原来了解的情况基本相符,就把图交给了花正芳。孙亮又挑出两个精壮的俘虏作为向导,其余的向后押送。伪副师长一看慌了,以为是要杀他,就带着哭腔哀求说:

"你们留下我的命吧!我家里还有八十老母,还有……"

孙亮说保证他的生命安全,他才规规矩矩鞠了一个躬向后去了。

孙亮看看表,已经两点半了,立即命令部队准备伏击增援的敌人;并嘱咐花正芳:应尽量避开敌人的大队,迅速插到敌人的师部。

花正芳率领侦察排飞快地行进着。约摸走了半个小时左右,前面山谷里又出现了一长串闪闪的汽车灯光,隆隆的摩托声也愈来愈近。花正芳马上让部队隐伏在路旁的深草丛里。顷刻间,长长的车队从他们的身边飞驰而过,车上满载着敌人的步兵,总有四五十辆。等汽车过去,花正芳一挥手又让他的排上了公路。这时已经风停雨住。他们愈发加快了步伐,后来简直是一溜小跑了。

前面是个岔路口,向西有一条小公路弯到一条山沟里。那位充当"向导"的俘虏停住脚步,冲着山沟指了一指,对联络员小韩说:

"再往里去就是师部。"

"还有多远?"

"也就是两里路的样子。"

花正芳让大家隐伏在沟口的草丛里,迅速给几个班长区分了任务,接着就率领全排向沟里插去。那位"向导"真可谓称职得力,带领他们绕过敌人的岗哨,很顺利地接近了梨香洞——敌人的师部。

这梨香洞共有两簇房子,一簇靠外,住着敌人的警卫排,一簇靠里,住着敌人的师部。花正芳留下两个班攻击警卫排的敌人,并切断他们与师部的联系;自带一个班沿着山径小路,向敌人的师部接近。

看看离师部不远,花正芳在一个坡坎下停住脚步,凝神观察。只见小平地有一座坐北向南的大房子,里面点着一盏五百烛光的大泡子,照耀得十分明亮。玻璃窗敞开着,从窗子里可以看到里面有一个人正在着急地打电话,桌子旁边围着四五个人,都凝视着打电话的人,好像在等待着他询问的情况。一个上年纪的美国人坐在那里静静地抽烟,好像在寻思什么。旁边还有一个秃脑瓜的朝鲜人,神情不安地在屋子里踱来踱去。门口停着一辆卡车,两辆吉普,有几个人在进进出出地忙着往车上搬东西。一个哨兵在旁边来回走动。

花正芳观察清楚以后,立即决定:由侦察班长马海龙——一个异常剽悍的大个子,带领两个战士消灭敌人的哨兵,由门里打进去;自己带领一个组堵住两个窗口;留下一个组在外面作预备队,处置意外情况。

一切布置妥当,马海龙就带着两个战士悄悄向哨兵接近。在离哨兵还有几步远的时候,那个家伙就歇斯底里地嚷叫起来,马海龙立即猛扑上去,用匕首结果了他。这一来,房子里的敌人被惊动了。他们正要抢出房子逃跑,那两个战士的手榴弹已经飞到屋里,轰轰两声巨响,屋子里发出一片惨叫声,灯光也顿时熄灭。

这时,花正芳已经到了窗子跟前,从窗子里猛地跳出一个人来,被他哒哒两声冲锋枪也打死了。接着,花正芳就蹿到屋里,用电棒一照,屋里的几个人都完蛋了,那个上年纪的美国顾问和戴着少将军衔的李伪军师长也倒在血泊里。花正芳很后悔没有抓到活的。一怨那两个战士莽撞,二也怨自己布置不周。他用电棒照着,仔细搜索了一遍,忽然看到一个大衣柜,柜门上的铜环还在微微地摆动。他立刻把身子往旁边一闪,把衣柜猛然拉开,果然里面藏着一个敌人,尖嘴猴腮,戴着一副黑框眼镜,浑身颤抖不已。花正芳大喝一声:"你就出来吧!"那个家伙才浑身筛糠似的走出来。花正芳让侦察员把敌人的枪支和机密文件搜罗带走,接着出了房子。

这时,消灭警卫排的战斗已经结束。东方隐隐发白。花正芳又把周围搜索了一遍,才带着俘虏向沟外走去。

他们来到大公路上,公路两侧坐满了休息的队伍,远远近近,一片嘈杂的笑语声,同志们有的在抽烟,有的在吃干粮。旁边堆放着缴获的枪支。郭祥和孙亮也站在路边谈笑着。原来两个营在天亮以前就合兵一处,共同消灭了增援的敌人。

郭祥见花正芳斜背着冲锋枪,押着俘虏,英姿勃勃地走过来,上前攥住他的手,亲热地说:

"小花子!敌人的师部全消灭了吗?"

"全消灭了。"

"你们这次打得蛮不错嘛!"

花正芳红着脸,又是一副姑娘样子,带着歉意腼腆地说:

"伪师长和美国顾问,本来可以抓活的,我没有布置好,都打死了……"

郭祥笑着说:

"打死就打死吧。听说这个伪师长叫嚷'北进'叫得最凶,这一下省得他再叫唤了!"

孙亮也带着安慰的意味说:

"没什么!我打了这么多仗,事后想起来,没有一个仗是没有缺点的。"

俘虏一个个从他们面前走过。郭祥发现,有一个俘虏和他的眼光刚一相遇,就急忙惊慌地掉过头去。郭祥心中疑惑,立刻把他叫出来,仔细一看,只见他留着大分头,尖嘴猴腮,戴着黑边眼镜,正是地主谢清斋的儿子谢家骥。立刻圆睁着眼问:

"你叫什么名字?"

那人的脸色,顿时变得煞白,舌头像打了结似的,好半晌,才吞吞吐吐地说:

"我我……我是朝鲜人,我叫朴……"

郭祥冷笑了一声,说:

"算了吧,姓谢的!你就是把皮剥了,我也认出是你!"

谢家骥索索地颤抖着。众人一听捉住了谢家骥,都围过来观看。孙亮高兴地望了花正芳一眼,笑着说:

"你是怎么抓住他的?"

"这家伙倒机灵,钻到衣柜里头去了。"花正芳笑着说。

郭祥直直地瞪着谢家骥,十六年前因为一枚柳笛引起的风波,父亲披麻戴孝为死鹰送葬,自己跪在台阶下,向他的哥哥——那个戴着瓜皮帽的小子叩头……一幕一幕,都呈现在眼前。郭祥冷笑了一声:

"谢家骥!你想不到有今天吧?"

谢家骥深深地低下头去,沉默不语。郭祥望了望他那身美式军服,肩头戴着少尉军衔的牌子,不知什么时候已经扯去了一个,又问:

"你这些年都干了些什么?"

谢家骥显然镇定了一些,低声说:

"我不过是美军心理作战部的一个雇员,并没有干什么坏事。再说我也不是真心投敌,是我吃不了苦,一时糊涂……"

"哼,糊涂?叫我看你一点也不糊涂!"郭祥指着他说,"你就是为了你的老子,为了你那个被打倒了的阶级!你们这些人,就是做梦,也没有忘记作威作福的生活。为了重新骑在中国人民头上,你们不惜当卖国贼,不惜给外国反动派当干儿子,这是你们一贯的做法!从你们的老祖宗到你们都是这样干的!……但是,我告诉你们:你们的目的永远也不能得逞!"

孙亮挥挥手说:

"别跟他啰嗦了,叫他滚吧!"

花正芳喝了一声,让他回到俘虏队伍里。

这时,不知谁喊了一句:

"你们看,那是谁来啦?"

人们向北一望,在那条宽大的黄土公路上,有十匹马飞驰而来。为首那人骑着一匹乌亮的黑马,就像沾在马背上似的,一只空袖管在身后高高地飘起。后面那人骑着一匹红马,姿态英挺,身子略向后仰,眼望前方。他们像旋风一般由远而近,随着晨风,传过来急雨般的马蹄声。

人们纷纷高兴地叫道:

"嗬,你看团长、政委来了!"

说话间,邓军、周仆和骑兵通讯班已经来到跟前,纷纷下马。孙亮和郭祥迎上前去,看见团长、政委满脸笑容,显然他们为战役的顺利发展感到满意。郭祥打了一个敬礼,笑嘻嘻地说:

"团长,政委,我看你们这些马子情绪也不一样了!"

"怎么不一样了?"邓军问。

"我瞧着,五次战役往北撤那时候,它们一个个扭着脖子,老是咴咴地叫,可不满意了;今天一往南去,一个个跑得多欢实呀!"

"你这个嘎家伙!"邓军笑着说,"什么话叫你一说就神了!"

周仆也笑着说:

"郭祥,恐怕你说的不是马,是你自己吧!"

人们哈哈大笑。

周仆看看战士们滚得满身都是泥巴,就说:

"昨儿晚上同志们够辛苦了,没有少摔跤吧?"

"嗐,简直成了摔跤表演赛了!"郭祥笑着说,"前面来个屁股蹲儿,后头就来个趴拉虎儿,辛苦倒不觉得,就是怕赶不到哇!"

孙亮把昨天夜里穿插五六十里,连续打了几仗,还消灭了敌人师部的情况,简要作了汇报。邓军满意地点了点头,说:

"这个作风要得!我们抢渡大渡河就是这么干的!"

说过,邓军让小玲子取出一张军用地图铺在地上,指着地图上的一座高山说:

"这就是白岩山!是前面这一带的制高点。根据师长的指示,要我们赶快占领它。你们很快吃完饭就出发吧!"

周仆接着说:

"师部准备把梨香洞作为指挥所。还要在这里开个会,研究下一步的问题。洪师长,还有人民军的一位师长马上就到。那里的房子没有打坏吗?"

"没有打坏。"花正芳走近来说,"就是美国顾问和伪师长都死在那里了,恐怕得打扫一下。"

"好好,"邓军说,"马上派人去打扫打扫!"

这时,从北边公路上出现了四辆小吉普,飞箭一般地向南奔驰。待开到跟前时,车门打开,洪师长和一个戴着人民军少将军衔的中年人跳下车来,接着又下来了几个中朝两军的参谋人员。郭祥一看,那位朝鲜将军,身材魁伟,红脸膛,非常面善。霍地想起,在平壤以南第一次和朝鲜人民军会师时的崔师长就是他。这时邓军和周仆已经迎上前去,并且把孙亮和郭祥介绍给那位朝鲜将军。周仆还特意指着郭祥说:

"这就是坚守白云岭的那位营长。"

将军几乎把他拥抱起来,拍着他的肩膀亲热地说:

"小伙子!打得好哇!"

"还是人民军的同志打得好!"郭祥红着脸,连忙接上去说。

"别客气喽!"将军指指洪川、邓军和周仆说,"我们都是老战友呢！咱们俩虽然见面不多,我们那个金银铁对我常谈到你。"

"他来了吗?"郭祥兴奋地问。

"来了,来了,他是从东边那条路上插过来的。"

"太好了!"郭祥说,"痛痛快快地干一场吧!李承晚这条老狗实在太可恶了!"

"他跟蒋介石一样,是一个极端残忍的家伙!"将军的神色有些激动,"他勾结美国人把我们全朝鲜都淹在血海里,而这个刽子手却在大门口挂着四个大字:'敬天爱人';每天上床以前还要念一段圣经!"

这时,梨香洞来人报告,房子已经打扫好了。师长立刻招呼将军说:

"老崔!咱们去开会吧!"

说过,两位师长和参谋们上了汽车,邓军和周仆一行人翻身上马,向几个小时之前还是敌人师部的梨香洞去了。

郭祥回到一营,掏出干粮刚啃了两口,只见花正芳带着几个人急火火地跑过来。郭祥问:

"你们干什么?"

"谢家骥跑了!"

"哎呀,我的天!"郭祥吃惊地说,"你们怎么搞的?"

花正芳说:

"刚才他说要解手,看管的人就让他去了,左等右等也不回来,后来一看,才知道他跑了。"

"时间不大吗?"

"不大。"

"顺着哪条路跑的?"

"就是这条山沟。"

花正芳冲着一条窄山沟里一指。

郭祥把手一挥,斩钉截铁地说:

"追!无论如何不能让他跑掉!"

他看见杨春站在旁边,就说:

"你也跟我来!"

说着,就同杨春、花正芳等几个人,一同向那条窄山沟跑去。刚刚追出一里多路,就听杨春兴奋地叫:

"瞧,那不是,正往山坡上爬呢!"

大家顺着他的手指一看,果然谢家骥正佝偻着腰拼命地往上爬,眼看就要爬到山的鞍部。郭祥咬着牙说:

"给我打!"

杨春立刻叉开两腿,用熟练的立射姿势,略微瞄了一瞄,"呼"地一枪,谢家骥身子晃了一下,就仰面朝天,一个跟头栽下来,顺着山坡向下咕噜咕噜地滚动着,一直滚到了山脚。这条帝国主义的走狗,就这样带着他复辟的梦想完蛋了。

大队继续向前开进。在他们的后尾,第二梯队师也陆续地赶了上来。公路上、山谷里到处是进军的洪流,人喊马嘶,一片欢腾。在公路中央走着的是汽车、坦克和炮兵,两侧是步兵长长的行列。每当坦克、炮兵,特别是多管火箭炮开过的时候,步兵们就欢呼起来,坦克手、炮手在车上也纷纷招手,报以微笑。这种大白天进军的场面,是叫人多么高兴啊!回想我军入朝的初期和中期,那时一切都在夜里进行,可是现在不同了,沿途都有高射炮伸着长长的脖子警戒着天空。在祖国人民全力的支援下,这一切发生了多么巨大的变化!

与这种情景成鲜明对照的,是敌人被打翻的车辆,狼藉的尸体和遗弃的枪支、弹药、军衣、军毯、水壶等到处皆是。迎面走来的是一群一群的俘虏,他们在公路两侧的稻田里跋涉着,一个个满身泥巴,低垂着头,有的撕掉了肩章,有的破破烂烂,还有的只穿着一只靴子,一拐一拐地走着。李承晚的叫嚣不虚:他们确确实实是在"北进"了。

第十章　金谷里

夏季攻势第三阶段,自七月十三日夜发起后,经过二十四小时的激烈战斗和穿插作战,即将李伪军的第三师、第六师、第八师及其精锐首都师一举歼灭。至十六日,我军已扩展阵地面积一百七十平方公里。这一胜利,大大震撼了敌人。

这时,邓军和周仆的团队,已经按照师长的指示,乘胜攻占了制高点白岩山。

郭祥和老模范站在白岩山上,放眼一望,山势迤逦而南,眼前的群山,有如大海的波涛拥在脚下。在绿色的山丛中,公路像一条黄色的带子自南延伸过来,从白岩山的左翼穿过直通北方。白岩山正好卡住这条公路。郭祥沉思了一会儿,说:

"恐怕还会有一场恶战。"

老模范偏过头望望郭祥,说:

"你是说,敌人还会要抢夺这座山吗?"

"是的。"郭祥点点头说,"李承晚这条老狗即使被迫签字,也会要来抢夺这个要点。"

"我们决不能叫他夺去!"老模范梗梗脖子,语气坚定地说。接着,他环顾了一下白岩山,"山很险要,就是太不好修工事了。"

郭祥再一次认真地看了看白岩山,山上全是白花花的岩石,树木极少,只在山缝里有几株年代久远的古松。整个山峰就像一座石灰岩雕成的屏风。他说:

"不好挖,也要挖。先抠些散兵坑,等以后把山打通,就成了铁堡垒了。"

郭祥转过身来,向后一看,左后方也有一座郁郁苍苍的高山,山形颇为熟悉,很像金谷里后面那座高峰。他不禁心中一跳,急忙取出地图对照,果然在向东一条幽僻的山沟里,望见那条明亮的银蛇般的溪水,在溪水之旁找到金谷里那个小村。他又取出望远镜,想找找当年和乔大夯藏身的石洞,在高峰下的一处山腰里,那几株永远留在记忆中的、像老朋友一样熟稔亲切的古松,也隐约可辨。这时,郭祥的心情是多么激动啊!两年来,就是在睡梦里,他也没有忘记金谷里,没有忘记金妈妈。这次战役之前,他对金妈妈的思念是更加殷切了,他唯恐打不到这里,唯恐见不到金妈妈。现在金谷里就在面前,他心头是何等高兴!但是,在这两年间,在敌人的魔掌里,金妈妈的遭遇究竟怎样,又不免使他焦灼不安……

老模范见他一个劲儿地看那座山峰,就说:

"嘎子,你怎么老往后看哪?"

郭祥收起望远镜,指指那座小村说:

"那就是金谷里。不知道金妈妈怎么样了!"

老模范也心情激动地说:

"应该去看望看望这位老人。"

郭祥布置了工作,发动全营在白岩山上挖掘工事。下午,团里考虑到他们过于疲劳,将他们撤到二线——一座较低的山上休息,阵地由三营接替。郭祥由于一心惦记着金妈妈,在小松林里胡乱吃了午饭,告诉了老模范一声,就带着小牛向着金谷里走去。

越过公路,向东的山沟里,有一条弯弯的溪水。他们沿着溪水旁边的小径走出二里多路,郭祥就看见阳坡上金妈妈的三间草房。门前是一条小路通到河边,郭祥还记得这是金妈妈每天牵着黄牛饮水的去处。他顺着小路走到门前，不由暗暗吃了一惊。园门的篱笆东倒西歪，柴门已经倾倒在地。再往院里一看，满院青草，足有一人多深。郭祥心想，是不是时间长了，记不真了？就又往房后瞅了一瞅。他记得她房后的山坡上，有她丈夫和她儿媳的两座新坟。仔细一看，两座坟墓还在，只是坟上已经长满了青草。郭祥的心越发沉重。他拨开草丛，上了台阶，门窗上结满了蛛网，不像有人住的样子。他轻轻将门推开，果然里面空无一人，炕也塌了，锅碗的碎片扔了一地。郭祥心里七上八下，不知发生了什么变故。

小牛见郭祥神情痴呆，半晌无语，就说：

"恐怕人不在了，问问邻舍去吧！"

郭祥只好将门关上。两人下了台阶，走出院子。他们向东走了几十步远，看见邻家院子里，有个束着黑裙的十四五岁的少女，正在举斧劈柴。郭祥在门外喊了一声"噢包哮"，那个少女抬头一望，忽然惊喜地叫了一声"郭叔叔"，就蹦跳着跑过来，一下把郭祥的两只手都攥住了。郭祥一看，原来是白英子，惊奇地问：

"你怎么到这儿来了？"

"是妈妈带我来的！"她笑着说。

郭祥知道她说的是朴贞淑。又问：

"她怎么来啦？"

"不光她来啦，阿爸基也来啦！"

白英子说过，就尖着嗓子冲屋里喊：

"阿妈妮！阿爸基！郭叔叔来啦！"

只见房门推开，朴贞淑和金银铁都走出来，鞋子还没蹬好就跳下台阶，和郭祥、小牛握手。金银铁笑嘻嘻地说：

"郭东木！真想不到你也来啦！"

"这是你的家，也是我的家呀！"郭祥笑着说，"我是来看望阿妈妮的！"

金银铁和朴贞淑都笑起来。郭祥问：

"你们是一起来的吧？"

"不不，我是天亮以前随着部队到的。"金银铁说，"她和小英子刚到不久。"

"阿妈妮呢？阿妈妮在哪里？"郭祥着急地问。

"快进去吧！在屋里呢。"

说到这儿，只听屋里传出一声亲切而微弱的呼唤：

"阿德儿！阿德儿！快来！"

郭祥一听阿妈妮还在，才像一块石头落了地，急忙在台阶上脱了鞋子，迈到屋里。只见阿妈妮由几个邻居围着坐在炕上，身子已经瘦弱不堪，脸色蜡黄，头发全花白了。她的白衣白裙，破破烂烂，有好几处染着紫黑色的血迹。虽然只不过两年时间，却不知怎的折磨成这般模样。郭祥蹲下身子，喊了一声"阿妈妮"，阿妈妮望了郭祥一眼，就一把搂着他哭起来。郭祥心中一热，也止不住流下了眼泪。

郭祥掏出手帕，一面给阿妈妮拭泪，一面说：

"阿妈妮！你怎么成了这样子啦？"

阿妈妮哭得说不出话。朴贞淑长长叹了口气，告诉郭祥：自从他们离开这里，阿妈妮就被敌人抓进了监狱。直到昨天夜里，那些反动家伙准备逃跑，游击队才砸开监狱，把她救出来。

"是不是敌人发觉了我在这里养伤的事？"郭祥心情沉重地问。

"不，不，"朴贞淑摇了摇头，又告诉郭祥：因为阿妈妮天天出去送饭，就引起坏人的怀疑，特务就报告说，她在人民军的儿子回来了，不知道藏在什么地方。一进监狱，敌人天天打她，逼她，威吓她，要她交出自己的儿子。阿妈妮就说："我的儿子在人民军，你们要有本事,就到人民军里去抓!"敌人什么刑法都用上了,阿妈妮还是这两句话。

郭祥听了,又是感激,又是钦佩,同时更为阿妈妮受到的酷刑难过。他充满怜惜地说:

"阿妈妮!你身上没有留下什么残疾吧?"

金银铁替阿妈妮作翻译,把郭祥的话翻了过去。

"不要紧!"阿妈妮摇摇头,止住泪说,"不管他们多凶,我也不能向他们低头!我总是想:我的儿子是会打回来的!我的中国孩子是会打回来的!孩子,我记得你临走,还对我说过这话。现在,你们到底打回来了……"

说到这儿,阿妈妮枯瘦的脸上露出了笑容。金银铁乘机解劝说:

"妈妈,你瞧,你已经哭了三次了:我来,你哭了一次;贞淑和小英子来,你哭了一次;现在郭东木来,你又哭了一次。"

"这是在亲人面前哪!"阿妈妮带着泪花笑了,"这两年,在监狱里,在敌人面前,我一滴眼泪也没有掉!"

郭祥笑着说:

"阿妈妮,你真是一位好妈妈,英雄的妈妈。叫我说,你今天更应当高兴。你恐怕没想到,又添了一个儿媳妇吧!还有小英子,多好的一家呀!"

说着,他望了朴贞淑一眼,朴贞淑头一低,笑着说:

"瞧,你又打岔啦!"

金银铁把郭祥的话翻过去,阿妈妮也笑了。她望着朴贞淑笑眯眯地说:

"这倒是实话。我就是做梦,也想不到我儿子找了这样的好媳妇呢!"

"妈妈,你不知道,这还是郭东木的功劳哪!"金银铁说。

接着,他把郭祥如何撮合的事说了一遍。邻居们都哈哈大笑,阿妈妮更是笑得合不拢嘴,望着郭祥说:

"这可该怎么感谢你这个媒人呢!"

"叫我说,这不是我的功劳。"郭祥笑着说,"真正的媒人是这场伟大的斗争。"

阿妈妮看见小牛,忽然想起了什么,望着郭祥问:

"那个姓乔的大个儿呢,他怎么没有来?"

郭祥把这次战役,乔大夯如何趴铁丝网,使突击队从身上通过的事说了一遍。阿妈妮的眼眶里立刻涌满热泪,急切地问:

"这么说,大个儿是牺牲了?"

"不,他没有牺牲。"郭祥摇摇头说,"趴铁丝网的其他四个同志是牺牲了。因为乔大夯身体好,只受了重伤,已经送到后方医院去了。"

"大个儿可是个好人哪!"阿妈妮怜惜地说,"他见我生活困难,饭总不肯多吃。我知道他饭量大,他在我家恐怕没有吃几次饱饭。"

"确实是一个难得的同志。"郭祥也感叹地说,"这次战役开始以前,他就老是打问我:这一次究竟打到哪里?能不能打到金谷里?能不能见到阿妈妮?他还说,他做了一个梦,金妈妈被敌人抓到监狱里了,说这话的时候非常难过。想不到这一次没有能来……"

大家听了乔大夯的事都非常感动。阿妈妮拾起裙角拭拭眼泪,正要说什么,只听外面喊:

"小牛!小牛!营长在这里吗?"

接着,白英子也叫道:

"郭叔叔!有人找你哪!"

郭祥立刻站起来，推开门，营部的通讯员已经来到台阶下，向郭祥乓地打了一个敬礼，报告说：

"教导员请你赶快回去，有重要情况。"

"什么情况？"

"说敌人要进行反扑！"

金银铁也站起来，握着拳头说：

"刚消灭了它四个师，就又来了；看样子还是不甘心哪！"

"来得好！"郭祥说，"现在咱们东路，西路，中路三个集团军已经会合在一起，正可以大干一场！"

郭祥说着，伏下身子来，抚着阿妈妮的肩膀说：

"阿妈妮！你放心吧！我们解放了的土地，是一寸也不能再丢失的！"

接着，他又同金银铁、朴贞淑以及几个邻人一一握手，说：

"我回去了！等打退敌人，我们再见。"

金银铁看看表，说：

"我也要马上回去！"

郭祥说：

"阿妈妮谁照看呢？"

"你放心吧！"朴贞淑说，"我和小英子分配在这一带做战勤工作，一时还不会走。"

阿妈妮见郭祥要走，挣起身子一定要送。郭祥拦她不住，只好由朴贞淑和小英子扶着，跨出门限，站在台阶上。郭祥再一次同她拥抱告别，由金银铁等人送出门外。

郭祥走出很远，很远，回过头来，还看见他们一家站在那里，不断地向他深情地招手。郭祥想起他们的过去和现在，真是感慨万端。这是由三个被敌人拆散和摧毁的家庭所组成的一个家庭。然而它已经不是一个普通的家庭,而是一个战斗的家庭,英雄的家庭！这个家庭的每一个成员,都有一段苦难的过去,也有一段足以自豪的历史。他们每个人都对这场伟大的斗争做出了自己的贡献！郭祥想到这一点,不但感到激动,而且感到快慰。帝国主义和一切反动派们,他们总是不惜用一切手段来拆散人们的家庭,毁坏人们的生活。然而人民的意志是不可征服的,革命的奔流是不可阻挡的,历史将再一次证实:任何野蛮的侵略战争都不能毁灭人类的生活,人民有能力从斗争里取得更加光明美好的前途。这是毫无疑问的。当郭祥伴着丁冬的溪水向前行走时,一直是这样想着,想着。猛然抬头,前面已经是自己的营地了。

第十一章 灯火灿烂

郭祥回到营部,老模范一见他就说:

"看起来,你估计对了,敌人要反扑了。"

"来了多少?"郭祥忙问。

"据团长讲,李承晚又拼凑了五个师的兵力。"

郭祥不自觉地攥了攥驳壳枪的木壳:

"这条老狗,真是不见棺材不掉泪!得好好地收拾他一下才行。"

老模范说:

"刚才师长也来了电话,说要亲自和你通话。"

郭祥知道情况不同寻常,立刻摇通师部,只听师长在电话里说:

"郭祥!情况你都知道了吗?"

"知道了,首长。"郭祥恭敬地说。

"这情报比较可靠,是人民军转过来的。"师长说,"郭祥,这可是带有关键性的一仗啊!最近,我们消灭了李承晚四个师,确实把李承晚打疼了。他现在的反扑,不过是最后的孤注一掷。如果我们打得好,敌人很可能就此签字;如果打不好,也有可能增长敌人的幻想。我们的得失,是直接同板门店的谈判桌联系着的。"说到这里,师长又提高声音说,"据我估计,你那个白岩山很有可能是敌人这次的突击重点,这是关系全局的问题,你可要引起足够的重视。"

"你放心吧,师长,"郭祥响亮地说,"已经解放了的土地,我们决不能丢掉一寸。"

郭祥和老模范再一次向部队作了动员,并带领全营连夜构筑工事。第二天一早,刚吃过早饭,已经有三十几架敌机出现在上空,对白岩山进行俯冲轰炸。接着是密集炮火的轰击。顿时,这座白屏风似的山岭处在烟笼火绕之中。郭祥身处二线,惦记着一线只有简单的野战工事,很不放心,就从防炮洞里钻出来,嗖嗖地爬上山顶进行观察。等到大雾一般的炮烟渐渐消散,向山下一望,好家伙,只见敌人漫山遍野地攻了过来。不仅白岩山的正面,而且白岩山以东以西,凡目力所及处全是像黑蚂蚁一样的密密麻麻的敌人。成百辆的坦克,像乌龟似的伸着大长脖子在前面爬行,后面跟着敌人的步兵,端着枪,好像走在冰川上那样提心吊胆。等到他们走到山谷正中,各部队的迫击炮已经纷纷开火,顷刻在开阔地里腾起了无数团黑烟。接着又是我方"大洋鼓"的轰鸣。这种多管火箭炮,飞过时如飓风过耳,落地时山摇地动,腾起一大片火光。成连成排的敌人立刻被火光吞没,黑烟过后,留下了大片大片的死尸,没死的发出歇斯底里的怪叫声,四散奔逃。郭祥止不住连声喝彩,才放下心,回到防炮洞里。

截至中午,三营已经击退了敌人几次冲锋。情况已经有所缓和。但到下午二时,一线阵地上的战斗突然又炽烈起来,炮火也盖上了自己的阵地。郭祥觉得情况有变,果然前面观察所紧急报告:"敌人的坦克已经自白岩山的左翼突破了一线阵地,从公路上迂回过来,正在向金谷里方向前进。"郭祥立刻命令通讯员告诉机炮连进入阵地,接着,就从洞子里跳出来,说:

"老模范!你掌握全盘吧,我到前面去啦!"

说过,他向小牛招招手,两个人就沿着山冈小路往山下跑。还没有跑出几步,坦克炮已经迎面盖过来,"吭,吭,吭,吭",打得山冈上一片浓烟。郭祥穿过浓烟,看见十几辆涂着白五星的坦克,一辆跟着一辆,向着山口冲过来。那边山径上,机炮连的战士,正扛着火箭筒和无后坐力炮向着公路猛跑。敌人的坦克手显然发现了他们,坦克炮一个劲儿地打过来,山冈上烟火弥漫。小牛在后面一边跑,一边尖着嗓子叫:

"营长!营长!你快趴下呀!"

"现在还趴下干什么?"

郭祥训斥了他一句,在烟尘里更加快了脚步。话刚说完,一颗炮弹落在身边,黑烟起处,小牛看见郭祥倒在地上。他猛跑过去一看,郭祥的右腿负了重伤,鲜血直往外冒。小牛急忙掏出救急包给他包上,要往回背他,郭祥摆摆手说:

"不要管我!快去告诉机炮连长:先敲掉最前面的那辆坦克!要快!要抵近去打!"

"那你怎么办呢?"

"快去!执行命令!"

听到郭祥近乎发怒的语气,小牛不敢争辩,只好把冲锋枪一攥,穿过烟雾猛跑过去。这时,机炮连长已经带领他的连进到山脚。小牛传达了营长的命令,机炮连长立刻派了两个火箭筒手,跑步接近公路,接连射出几发火箭炮弹,第一辆坦克被击中了,顿时喷出一大团火,旋卷着黑烟。但是第二辆坦克稍微迟疑了一下,接着向旁边一绕,又继续猛冲过来。其他几辆也随后跟进。

小牛一心记挂着营长,马上向回跑。等他爬上山坡时,看见郭祥用两个前肘支着身子,拖着一条断腿已经向前爬行了二三十米。在他身后的草地上,留下了一大溜血迹。小牛心疼得不行。幸好这时后边上来一副担架。卫生员又把郭祥的腿包扎了一下,然后把他抬上担架。这一切郭祥都没有拒绝。可是,当卫生员抬上他刚要向后返时,郭祥在担架上支起身子,闪着炯炯的目光,说:

"你们要把我抬到哪里?"

"到绑扎所去呀!"卫生员说。

郭祥把头一摆,说:

"不,抬着我到前面去!"

两个卫生员和小牛都愣了。其中一个卫生员说:

"营长!你你……哪有抬着伤号往前面送的?"

"为什么就不行?"郭祥厉声说,"快!我要坐着担架指挥!"

小牛急得快要哭出来,摊着两只手说:

"营长!这个事谁听说过?再说你的伤……"

郭祥立刻打断他的话说:

"小牛,你真糊涂!你瞧这是什么时候?要是叫坦克冲过来还得了么?快!执行命令!"

大家都知道郭祥的脾气,平时嘻嘻哈哈,战斗上可违拗他不得,只好掉转头来,抬起担架朝前面走。敌人的坦克炮仍旧一个劲儿地打在山头上,担架穿行在迷漫的蓝烟里。郭祥用一只臂膀支着身子,半坐在担架上,睁着两只略带红丝的眼睛,机警地观察着战场的变化。……

担架到了山脚,又黑又瘦的机炮连长吃了一惊:

"营长!你怎么坐着担架来了?"

"先不说这个!"郭祥眼望着前面,"不要乱打!你亲自带一门无后坐力炮,先把头几辆坦克敲掉,把路堵住!"

"是!"连长答应了一声,接着用恳求的语气说,"你先回去吧,营长,我们决不能让坦克过来!"

"快去!"郭祥把头一摆。

机炮连长带着一门无后坐力炮飞跑下去,不一时,前面的三辆坦克又被击中起火。郭祥看见坦克后面的步兵已经有些慌乱,脸色微露笑意,又指示机炮连的指导员说:

"六〇炮呢?叫他们快揳敌人的步兵!"

指导员发下命令,敌人的步兵在六〇炮的连续发射中,溃乱了。机炮连的战士们,看见营长亲自坐着担架在前面指挥,又是感动,又是振奋,真是人人奋勇,个个争先,不一时就将敌人的十几辆坦克,击毁的击毁,打伤的打伤,在山口上乱纷纷地摆了一片。郭祥也忘了自己伤口的疼痛,每击中一辆,他就大声喝彩。

小牛见阵线渐趋稳定,连声叫:

"营长!这你可该下去了吧!"

郭祥就像没有听见似的,不予理睬。这时老模范已经上来,看见郭祥半坐在担架上,脸色苍白,又是感动,又是怜惜地说:

"嘎子!你是怎么搞的?"

郭祥微微一笑。

老模范拿出长辈的架势,严厉地说:

"你赶快给我下去!"

郭祥欲待分辩,老模范对卫生员挥挥手说:

"把他抬下去!"

"下去就下去。"郭祥笑着说,"你发脾气干什么!"

卫生员得了命令,立刻把担架抬起来。老模范硬扶着郭祥躺下,找了一床夹被给他盖上。他向前望望白岩山,向后望望金谷里,不胜留恋。担架已经走出了几步,他又让停下来,望着老模范和机炮连的干部说:

"我估计敌人还会反扑。解放了的地方,一寸也不能丢。你们可千万要守住啊！……"

担架离开战场，郭祥精神上一松弛，就觉得伤口钻心般地疼痛，头也昏沉沉的。不知走了多长时间，只听耳旁有人呼叫：

"郭叔叔！郭叔叔！喝点儿水吧！喝点水吧！……"

郭祥勉强睁开眼睛，原来担架停在一面悬崖下，有六七个朝鲜妇女架着一口大锅忙着烧水，跟前站着一个短发少女，手里捧着一个大铜碗，正叫他喝水呢。郭祥定睛细瞅了瞅，才看出是白英子。她眼里含着泪花，问：

"郭叔叔！你的伤很重吧？"

"不咋的！"郭祥笑着说，"是我一时不注意，腿上碰着了一点儿。"

白英子伸手要揭他的夹被，郭祥用手一拦，紧紧压住被边，笑着说：

"确实不重！用不了几天就会好的。"

白英子一手端着铜碗，一手拿着小勺儿。她舀了一勺水送到郭祥唇边，郭祥欠欠身，没有起得来，只好在枕上喝了。郭祥觉得那水真像甘泉一般甜美，一勺一勺，一直喝下大半碗去。他一面喝，一面问白英子：

"你妈妈呢？"

"她带着担架队到前面去了。"

"那谁照顾阿妈妮呢？"

"你放心吧，有邻居照顾她。"

"那好。"郭祥说，"小英子！我负伤的事，你千万不要对她们讲。"

担架要起程了，白英子放下铜碗，双手攥着郭祥的手，眼泪汪汪地说：

"郭叔叔！你这一走,我们什么时候才能见面呢?"

郭祥极力抑制住自己的情感,抚摩着她的头,安慰说:

"别哭,别哭！不要多长时间我就回来了……小英子！你是个好孩子,你要好好学习,将来好为人民服务！……"

担架走了很远,郭祥欠身望望,白英子还呆呆地站在那里。两年前,郭祥在草窝里发现这个无父无母的孤儿,那时她穿着脏污的小裙子,乱蓬蓬的头发上粘着草棒儿,是多么叫人怜惜啊！而现在,她已经长大了,在战争的烈火中长大了,处处英勇果敢,意志坚强,使人感到多么快慰呀！

不远处,就是绑扎所。郭祥在这里进行了包扎,打上了护板。接着就被抬上铺着稻草的卡车。此时,天色已经薄暮。汽车沿着宽阔的公路奔驰着,半夜时分才到了野战医院。

第二天,经过一个戴着眼镜、神态严肃的医生检查,很快就通知他:必须送回祖国治疗。尽管郭祥又拿出他那嬉皮笑脸的手段,一再恳求,但终属无效。何况第五军的医院已经转移到前方,这里是后勤一分部的基地医院。晚饭过后不久,一个男护士、一个女护士就把他抬上担架,向村外走去。郭祥说:

"你们要把我抬哪儿去呀?"

"到松街里火车站,送你回祖国呀！"

郭祥一听"松街里"三个字,心里一跳,猛地想起杨雪经常从松风里到松街里车站运送伤员。杨雪的坟墓就在松风里的南山上。一个隐藏了很长时间的念头来到心际,他问:

"护士同志！这里有个松风里吗?"

"你还不知道哇? 这个村子就是。"女护士笑着说。

郭祥沉吟了一下,又问:

"这里有烈士墓吗?"

"有。还不少呢!"

"有个护士叫杨雪的,她的墓是不是在这里?"

"你说的是那个掩护朝鲜孩子牺牲的女护士吧?"

"是,我说的就是她。"

"知道,知道。"女护士连声说,"这里的群众每到清明节都给她扫墓,我们还常到那儿过团日呢!……同志,你认识她吗?"

"认识。"

"她是你什么人?"

女护士微微偏过头来问。郭祥一时沉默无语。女护士可能觉着问得有点造次,连忙说:

"是老战友吧?"

"对对,是老战友。"郭祥接上说。

担架出了松风里,村南有一座松林密布的翠绿的小山。山冈下有一条弯弯曲曲的小河,被晚霞映得通红。女护士用手冲着山冈一指,说:

"同志,她的墓就在那里。"

郭祥在担架上支起身子,深情地望着那座山冈,喃喃自语地说:

"噢!就在这里。"

说过,又沉吟了一下,望望两个护士说:

"护士同志!我有一个请求,不知该提不该提?"

"你是想到那里看看吧。"女护士说。

"是。不过就得你们绕一点路。"

"那没有什么,时间还来得及。"

"这可就得谢谢你们了!"

两个护士立刻拐上草丛中的一条小路,走到河边,越过小桥,沿着一道慢坡走了上去。大约又走了六七十步,在几棵高大的红松下,郭祥看见有一个小小的坟头,上面长满了青草,坟前有一座半人高的石碑。碑前的草地上开满了各种野花。还有一株小枫树,上面已经有好几片早红的枫叶,在晚风里轻轻摇曳,就像欢迎他的来临似的。担架在这里停下。女护士指了指,说:

"这个就是。"

郭祥支起身子半坐起来,望望石碑,中间刻着一行大字:"国际主义战士杨雪之墓";上款是两行小字:"一九五一年五月二十一日,为掩护朝鲜儿童英勇牺牲,时年二十二岁";下款是一行小字:"松风里群众敬立"。郭祥用手轻轻地抚摩着石碑,一个字一个字地辨认着,默默地念了数遍。顿时,这位童年的伙伴,这位战争中的好友,十几年间的情景,一幕一幕地浮现在眼前,热泪顷刻夺眶而出,像明亮的露珠一般滴落在草叶上,又从草叶上滚落下来……

在悲痛之中,郭祥仿佛听见耳边叫道:"嘎子哥!别傻哭了!你又不是不懂事儿的。你自己也常说,天底下任何革命斗争都要付出相应的代价。何况我只不过做了一点琐碎的工作,洒了几点鲜血,而我的那腔热血本来就应当是交付人民的。这有什么值得悲痛,值得惋惜的呢?嘎子哥!还是赶快养好伤,顾自己的工作要紧。别的都是小事,只有为人民工作,才是一生中最重要的。你虽然回国去了,但我在这里,并不寂寞,并不清冷,因为我是在同我们结成生死之谊的朋友的国土。你看那满山的杜鹃花开得不是很鲜艳吗!那就是我们两国战士的热血变成的友谊之花。它将世世代代地开放下去……"

郭祥在沉思默想着,就近撷了许多金红色的野百合花,用细长的草叶束在一起放在墓前。嘴里默默地念叨着:"再见吧,小雪!我亲爱的同志!……"然后才摆摆手,示意护士启程。

担架赶到松街里车站,已是薄暮时分。车站附近,已经聚集着许多伤员。这里是敌人轰炸重点之一,原来有一道繁华的大街,如今只剩下五七间东倒西歪的空房子,站台和车站早已被炸得荡然无存。满地弹坑,都是填平了又炸,炸了又填,显得坑坑洼洼,起伏不平。护士选择了一块稍平的地方,把担架放下。他们等了一会儿,白天在山洞里待避的火车,才吼叫了几声,喷着白烟从洞里钻了出来。

郭祥和许多伤员被送到卫生列车的睡铺上。郭祥由于失血过多,精神困倦,很快就在火车的颠簸中睡熟了。

不知经过了多长时间,郭祥在矇眬中忽然被一阵鼓乐声惊醒。火车正停在一个小站上。车窗外人声嘈杂,灯火通明。其他伤员也都被惊醒了。有的伤员问:"这是怎么回事?"还有的说:"后方怎么这样麻痹呀,也不注意防空了。"郭祥支起身子往车窗外一看,只见站台上挤满了欢腾的人群,有志愿军、人民军的战士,还有朝鲜老百姓,男男女女,人人手里都拿着火把,面带笑容,正围成一个圈儿在唱歌跳舞呢!一个轻伤员从铺上爬起来,把身子探出窗外问:

"同志!有什么好消息呀?又打了大胜仗吧!"

只听车窗外一个声音回答说:

"你们还不知道吗?停战协定签字了,我们胜利了!"

"什么?你说什么?"这个伤员还有点不大相信。

下面那个声音又说:

"今天晚上九点钟,停火生效。你没看见大家正在庆祝吗?"

这个伤员立刻转过身来,用粗嘎的嗓音高声叫道:

"同志们!和平已经实现了!我们胜利了!"

"我们胜利了!"欢呼声一节一节车厢传了开去。

整个列车立刻沸腾起来。女护士在车厢里穿梭般地走着,把电灯全扭亮了。轻伤员纷纷从铺上坐起来,谈笑着。

"哼,我们到底打出了一个和平!"郭祥也喃喃自语地说。

列车继续向北飞驰。郭祥向窗外望去,沿途到处是灿烂的灯火,好像落地的银河一般。在那黑魆魆的田野间,还有一长串一长串的火光在移动着,那想必又是欢庆胜利的火把。

郭祥由于精神过度兴奋,思绪万千,难以入睡。自中国革命胜利以后,在东方发生的一次规模最大的战争,已经以中朝人民的胜利和美帝国主义的可耻失败而告终了。这场战争,对于东方人民和世界人民来说,意义是多么伟大,多么深远啊!

在这胜利之夜,郭祥和列车上的伤员们,朝鲜战场上的志愿军战士们,还有祖国大地上的父老兄弟姐妹们,恐怕都处在深深的激动之中吧,恐怕都在静静地思考吧。回想起中国人民这一段奇迹般的战斗历程,真如跨过了一道极其凶险的激流一般,使人感到快慰,对前途充满希望,并且增添了更加强大的信心……

郭祥觉得,今天晚上火车司机的情绪也特别高,他把这列车开得就像要飞起来似的。车轮声又是这么富有节奏,铿锵悦耳,简直比音乐家的曲子还要动听,因为这是从他的心里奏出的一支凯旋曲啊!

第十二章　停战令后

　　板门店,于昨天上午度过了她最繁华的日子之后而冷落下来。
　　世界上的事物,它的必然性同偶然性往往形成最有趣的联结。一个异常平庸甚至可笑的人,在某种机缘下也可以成为煊赫一时的人物。地方也是一样,一个极为平常的村镇,也会成为全世界注目的中心。板门店就是这样一个地方。老实说,她连村镇也够不上,只不过是朝鲜古都开城东南不远的村野小店罢了。它只有三座被风雨剥蚀得成了灰白色的茅屋,坐落于公路两侧,实际上留不住多少行人车马。但是,这个也许是世界上最小的村庄,却于一九五一年七月,在极其偶然中被确定为停战谈判的地点,从此,板门店三个字也就离不开每天的新闻节目了。其实,在中朝军队的联合打击之下,联合国军丧失了二十二万人,其中美军丧失十万之众,这才是迫使他们进行谈判的必然因素;而谈判地点选中了这个中古世纪的山野小店,却是极其偶然的。从这时起,在几座茅屋附近,就出现了一座宽大的白色帐篷。大帐篷里面摆着一张长方形的桌子,桌子上有两个紧紧对峙的钢座子,分别插着朝鲜民主主义人民共和国的国旗和联合国的旗子。这就是作战双方进行谈判的地方。帐篷有两个门,一个是中朝谈判代表进出的门,站着两个朝鲜人民军的士兵,长枪上着明晃晃的刺刀,显得十分威武;另一个是供美军代表出入的门,有两个美国宪兵分列左右,头上戴着 US 字样的红白两色钢盔,腰里带着手枪,鼻子上架着深绿色的大蛤蟆镜,低垂着头。谈判的时候,每天上午九时,朝中代表由开城坐吉普车来,美军代表坐直升飞机来,准时进入会场。会场门外的公路上,云集着世界各国的记者,有潇洒自若的,有举止高傲的,有年老力衰勉强从事着此种职业的,也有花枝招展卖弄风姿的,他们纷纷燃着烟斗或口衔着雪茄,在等候着会场上的最新消息。人们称这场谈判为旷日持久的谈判,一点不差,一谈就谈了两年!也许是世界上时间最长的谈判之一吧。谈谈打打,打打谈谈,既谈又打,既打又谈,战场上的炮火声和会场上的争吵声,搅在一起并且互相配合。美军代表哈利逊有时把脑袋歪在一边吹口哨,有时又像皮球撒了气垂头不语,这些也全随着战场上的风云变幻而定。谈判的时间,有时要争吵几个小时,有时十分八分钟就散场,有时又干脆停下来。作为板门店的标志,白天,上空有一个乳白色的气球,晚上,有两个直射天空的探照灯的光柱。在开城附近作战的战士,有时还望望那个光柱和气球,随着没完没了的令人心烦的谈判,也就不再去注意它们了。但是事物终有它的客观规律,随着正义者力量的生长,美国人已经看出,他们以狂妄和轻率开始的这场战争,是一个毫无取胜希望的"无底洞"了。于是,他们在又丧失了十三万人之后,终于同意了停战。昨天上午十时,这个小小的村庄,在完成了它的历史任务之前,演出了最后也是最热闹的一场,金日成元帅和彭德怀司令员也来到这里,同美军上将克拉克一起在停战协定上签了字。这个天天在新闻消息里重复着的板门店,已经回复了它那清静朴素的容貌,除了那个等待拆除的气球还在天空懒洋洋地飘荡以外,已经冷落下来。

开城是一个有中古风味的小城。因为它位于三八线南,后来又被划为中立区,破坏比较轻微。街道很整齐,杨柳夹道,一色青砖瓦房,还有许多四合院子,颇类似中国人的家室格调。彭总昨天签字以后，就住在这里。由于他连日奔波，还有许多记者来访，就感到有些疲劳。晚上本想好好休息一下，却不料在停战令生效前的两小时，发生了一场惊人剧烈的炮战。开始是敌人重炮的排射，随后是我军炮火的还击，霎时间竟像是一个大规模的战役正在进行。一开始还能听出炮弹飞行时的苏苏声，随后就像刮风一般什么也听不出来了。那震耳欲聋的隆隆声，使得窗户哗嗒嗒哗嗒嗒一直响个不停，床铺也像船只一般颠簸起来。使人想到，这万千发的炮弹在空中相遇，真的要迎头撞击了。这场炮战如此剧烈，又使人感到意味深长。从敌人炮火的轰鸣中，你可以听出敌人据有海空优势而却没有取胜的深深的怨恨；从我军炮弹的呼啸中，你也可以听出，战士们空怀壮志而却没有帮助朋友完成统一大业的遗憾。你仔细听，敌方的炮弹轰轰隆隆，轰轰隆隆，仿佛在说："决不算完，决不算完，我们是会再回来的！再回来的！"我们的炮弹也像在说："没有什么，没有什么，我们准备着再一次把你击退！把你击退！"炮弹与炮弹在空中的对话和辩论，是如此的激烈和喧闹，使人不敢相信一个多小时以后就会停战。但是就像一把利刃将时间猛地切开了似的，在秒针刚刚指上七月二十七日十九时整，双方的炮战一齐停了下来，正像人们说的戛然而止那样。

这是三年半来第一个安静的夜，没有枪声、炮声、飞机声和炸弹声的夜。彭总情不自禁地走出屋子，看到东面敌阵上空有几颗照明弹发出熄灭前的暗红色的光芒，正在飘摇下坠，北面松岳山上，刚才被炮弹燃着的火焰，一堆一堆还在熊熊燃烧，不知什么地方已经响起了锣鼓声。不一时，锣鼓声愈来愈多，渐渐由远而近，仿佛都汇集到附近的广场上来了。随后是高亢的口号声，激情的歌声和跳集体舞的音乐声。他回到屋里，躺在床上，想睡也睡不成了。不仅是外面的歌声笑声彻夜不绝，也因为他自己心中激情的烦扰难以成眠。从中南海的紧急会议到北京饭店的不眠之夜,从与毛主席的单独谈话到再跨征鞍,当时他觉得肩负的任务是何等沉重!可是经过三年来的惊涛骇浪,这个任务总算完成了。这使他感到欣慰。他从心底里感激毛主席的领导指挥和广大军民的奋斗,特别是战斗在最前线的舍生忘死的战士。这次他到开城来,本来预定在签字之后要到第一线看望看望战士们,现在这种愿望更强烈了……

这一夜,彭总没有睡很长时间,就起来匆匆吃了早饭,催促小张把东西放在吉普车上,准备上路。自己随意地在院子里踱着步子。今天他的脚步相当轻快,就像卸下了一副重担似的,走一走,停一停,还不时仰起脸来,望一望板门店上空那个飘浮无定的大气球,脸上流露出不易察觉的笑容。

这时,林青从前院走过来,说:

"彭总,我们恐怕不能按时出发了,有几个人要求见您。一个是北大文学系的教授,一个是西北大学的教授、桥梁专家,他们都是国内知名的学者,政协委员,还有一个您的老相识,延安的老诗人。他们都在部队进行访问,一听说您来到开城,都赶来了,说无论如何要见见您。"

彭总沉吟了一下,说:

"好,那就请他们来吧!"

不一时,林青就将客人领进了院子,后面还跟着一群摄影记者。彭总第一眼就看见那位延安的老诗人,他穿着灰色的中山服,戴着一顶鸭舌帽,留着一绺花白胡子。多年前,他就是这个装束,有时披着一件灰棉衣,走到哪里朗诵到哪里,差不多延安人都认识他。今天,他还是那样热情澎湃,一见彭总,赶忙抢过来握手,激动得几乎把彭总都抱住了,一连声地说:

"彭总啊！您真太辛苦了！太辛苦了！"

彭总也紧紧握住他的手，笑着说：

"您这次来朝鲜写诗了吗？"

"他已经写了一大本了。"那个北大的教授接上说。

"不行啊，不行啊！"老诗人连声叹道，"在我们战士的面前，我第一次承认，我的笔太笨拙了。"

那位北大教授，穿着整洁的白衬衣，戴着阔边的黑框眼镜，一直望着彭总温和地微笑着。那位桥梁专家是一个精瘦而精神矍铄的老人，他手里拿着一根手杖，从眼光里也流露出倾慕之忱。彭总同他们一一握手寒暄，把他们迎到屋里。

大家在室内的木椅上刚刚坐定，摄影记者的镁光灯就像打闪一般连续不停。彭总看了他们一眼，说：

"同志们，可以了吧，你夸嗒一下得花几斤小米呀！"

人们笑起来。记者们脸红红地在一旁坐下，也不好意思再照了。

"彭总，我想提一个有趣的问题。"那个精瘦的桥梁专家欠欠身说，"我今天听了一则英语广播，克拉克对他的僚属说，美国上将在一个没有打胜的停战书上签字，这在美国历史上还是第一次。这就是说，他对这次签字是感到屈辱和不服气的。那么，您呢，您在签字时的心情是怎样的呢？"

"我么……"彭总微笑着，说，"讲老实话，我们的战场组织刚刚就绪，没有利用它给敌人更大的打击，我也觉着有点可惜！"

老诗人捋着胡子笑道：

"叫我说，他这个将军所以感到这样大的遗憾，正是因为他碰到了中国一个百战百胜的将军！"

"不，世界上百战百胜的将军是没有的。"彭总瞅了老诗人一眼,"我彭德怀打过胜仗,也打过败仗。就是在朝鲜,也有些仗打得好,有的仗打得不好。"

"彭总,您真太谦虚了!"那个戴黑框眼镜的教授温和地笑着说,"中国志愿军不是在一般情况下战胜敌人的,是在装备非常悬殊的情况取胜的,应该说这是奇迹,而您,自然是创造奇迹的英雄。"

听了这话,彭总显得局促不安,连忙说:

"一个人哪能创造奇迹哟!如果说这次战争的胜利是一个奇迹,人民群众才是奇迹的创造者。"说到这里,他笑着望望教授,望望大家,又说:

"例如朝鲜的坑道工事,大概你们都住过了。现在人们称它是地下长城,挖出来的土方和石方,可以绕地球一周还多。难道这些都是我彭德怀挖的?恐怕任何个人也挖不出来。我不过做了自己应做的一份……"

"当然各人有各人的作用。"那个桥梁专家也插进来辩论,"不同的是,你起的是统帅的作用嘛!"

"不,统帅是毛主席和金日成元帅。"彭总立即打断他的话说,"最初我们讨论出兵还是不出兵的时候,我在北京饭店一夜没有睡,把毛主席的话念了几十遍,才通了。经过这三年的斗争,对他的胆识就体会得更深了。说实话,我以前一直把他看成大哥,现在才感到他是我的老师了。"

此时,彭总对人们的称颂已经觉得心烦,怕大家再说下去,就连忙向林青使了个眼色,林青会意,立刻笑着说:

"报告彭总,出发时间已经到了。"

"好好,"彭总立刻站起身说,"诸位朋友,这些问题就等我们回国以后再辩论吧!"

一辆小吉普车,出了开城,沿着我军阵地北侧的公路向东驰去。彭总的计划是第一步先看看金城前线新夺取的要点白岩山,然后再视察东西一线阵地。这条小公路每天都处在炮火之下,经过千修万补,异常坎坷不平。何况经过停战前的激烈炮战,弹坑累累,把地面和两侧的杂草都熏黑了。沿路不断遇到修路的人群,那些朝鲜的老人们、妇女们和志愿军的战士们,他们的神情非常愉快,一面干活儿一面说说笑笑,年轻的姑娘们还哼着歌。他们看见吉普车在炮弹坑里颠颠簸簸的可笑样子,就忍不住跟车上的人开几句玩笑:"哟,小心点儿,可别翻了车呀!""干脆,等我们修好再走吧!"随后还似乎听到人们的窃窃私议:"你瞧,车上这个老头儿年纪可不小了。""嘿,我看至少是个团长!"说着,人们还跑过来抢着在车轮下铲土,彭总也不断向他们点头微笑。汽车司机的情绪看来也特别高,遇上好路就把车子开得飞也似的。一路还看到好几处地方,正在举行军民联欢,朝鲜老百姓同战士们正欢乐地跳着集体舞。姑娘们穿着彩色的裙子就像和平鸽似的穿来穿去,笑微微地沉醉在歌声和乐声里。

车子进入金城川,一路南行,望见朝鲜人扶老携幼,三五成群,纷纷向南走去。妇女们顶着大包袱,有的还背着孩子,男人也背着很重的东西,在慢慢地跋涉着。他们的脸色虽然又黄又瘦,但都面含笑容。彭总看出来,这都是往日北逃的难民在返回家园。他想起刚出国时,那络绎不绝的逃难的人群,曾经使他这个很少流泪人也流下了眼泪。而今天,他们却不是向北而是向南走了,等待他们的是充满阳光与希望的生活。想到这里,他不禁从内心里感到幸福。可是他举目远望,却是一片荒芜景象,稻田里野草和荆棘丛生,处处农舍败落不堪。他想起北朝鲜一座座变成废墟的城市,想起文化古城平壤的断墙残垣,觉得恢复重建的任务,还是很艰巨的。志愿军虽然完成了一个任务,但是还有一个任务——帮助朝鲜人民恢复和重建家园,恐怕还要花点力气。

彭总一行,在先头师略事休息,随后就由师长洪川乘吉普车在前引路,继续向白岩山进发。中午过后,彭总望见前面一带山岭,就像白玉屏风一般,就知道白岩山已经到了。汽车又向前略走了一程,只见前面那辆吉普车停住,洪川下了车走过来说:

"报告司令员,先头团的干部接您来啦!"

彭总下车一看,前面十字路口大杨树下站着两个军人,似已等候多时,前面离村子总有三四里路,就立刻不高兴地说:

"不是叫你不要打电话吗?"

"我怕他们准备不及……"洪川红着脸说。

"有什么可准备的?"彭总瞪了他一眼,"都是自家人,搞这一套旧东西干什么?"

"彭总,"洪川笑着辩解说,"这也不是对您,别的首长来了也是这样。"

"那也不对!"彭总严厉地说,"不论什么人,都不要搞这一套!"

说话间,树底下那两个军人已经跑了过来。彭总看见洪川的脸更红了,也就把话收住。那两个军人来到彭总面前,其中一个白面皮举止文雅的军人恭恭敬敬地行了一个举手礼,另一个黑大汉,空着一只袖管,只打了一个立正。洪川正要给彭总介绍,彭总已经紧紧握住那个黑大汉的左手说:

"不要介绍了,我们早就是老朋友了。"

接着他就说起刚出国时候,电台掉了队,部队也没有赶上来的事,哈哈笑着说:

"我打了几十年的仗,没有遇到过这种情况,前面一个兵也没有,要不是老邓赶上来,一块石头还落不了地嘞!"

邓军没有说出什么,只是嘿嘿地傻笑着。

接着洪川又介绍了周仆。然后大家一起上车,向村里驶去,在一座茅舍前停了下来。

彭总的脾气和风格是全军都知道的,尤其是在下面吃饭的问题使人为难。如果准备得好了,那是肯定要挨骂的;如果弄得太不像样,又使人过意不去。这次倒好,这里刚刚打过仗,许多老百姓还没有回来,东西很难买,只好打开几个祖国运来的罐头,炒了一些鸡蛋粉,弄了一个炒辣椒下饭。这个小"宴会"就设在茅屋里的正当屋,大家盘膝而坐。对彭总的唯一优待就是让他坐在一个背包上。吃饭时,大家心里十分不安,而彭总却特别满意,吃得满头大汗。自始至终,笑容满面,问这问那,没完没了。

"有个战斗英雄郭祥,不是这个部队的吗?"

"是,是我们的一营营长。"周仆连忙答道,"最后这一仗他打得很好,负伤以后坐在担架上还指挥呢。"

"伤重不重?"

"一条腿断了!"

彭总停住筷子,关切地问:

"还能治好吗?还能不能回到部队?"

"已经送后方了,还没有回信。"

彭总叹了口气,把碗放在小炕桌上:

"你们应当去看看他!"

"是的。"周仆说,"这确是一个好干部。二次战役起了很大作用。敌人南北两面夹击,又是飞机,又是坦克,他这个连就像钉子一样钉在那里,硬是一动不动,真有点英雄气概!"

"这我知道。"彭总说,"他在志司开会,我们还见过面,谈过话,他在敌人后方的山洞里,不是还住了几十天吗?"

"是的,是的,郭祥也说过,您那次对他鼓舞很大。"

彭总坐在背包上,若有所感地说:

"选干部就要选这样的人!对革命忠诚、老实、勇敢、大公无私。在关键时刻,这种人一个可以顶一百个、一千个。不要选那种光会耍嘴皮子的人,拍马、钻营、捧卵泡的人,那种人成事不足,败事有余,真到紧急关头,就都没有用了。"

彭总一句话捅开了话匣子,大家纷纷议论,十分热烈。周仆笑着说:

"可惜这种现象哪里都有,就是消灭不了,有些地方还偏爱用那种拍马钻营的人。"

"是啊,是啊,"彭总说,"有喜欢坐轿子的,自然就有抬轿子的。如果没有喜欢坐轿子的,抬轿子的也就失业了。我的脾气大概也难改了。对好的干部,有成绩的,我就要表扬;有毛病的,不正派的,我就要批评。所以我彭德怀弄了个高山倒马桶——臭气远扬!"

大家哄地笑起来。

接着,彭总问起部队停战后有什么问题。

"还是老规律,"周仆笑着说,"情况一松,就打起小算盘了。"

"也是实际问题。"邓军补充说,"主要是还有不少干部没有结婚,青年战士们也想探探家。"

彭总笑微微地望着邓军:

"你结婚了吗?"

邓军红了红脸,洪川笑着说:

"他那个白胖小子,一生下来就有八磅重,现在恐怕会跑了吧。老邓临出国,还抱着他的胖小子,自言自语,说了老半天呢!"

大家笑了一阵。洪川又说:

"就是周仆的条件高,现在,对象还不知道在什么地方。"

彭总用筷子指指周仆:

"你今年多大年纪了?"

"三十二了。"周仆也腼腆起来。

"不要紧,"彭总说,"我就是四十岁才结婚,看起来也不过如此。你们还年轻,我彭德怀是肯定看不到共产主义社会了,我们辛辛苦苦,还不是为了后代!"

饭后,大家劝彭总休息一下,彭总认为时间不多,还是抓紧时间去看看战士。于是,邓军和周仆坐上师长的吉普车在前引路,去看了几个连队,最后来到三连时,已经快要夕阳衔山了。

三连正在一座青青的小山岗上掩埋烈士。他们按照团的指示,准备把全团最后一战牺牲的同志埋在一起,修一个烈士陵园。当彭总一行来到山下,三连连长齐堆和指导员陈三赶快下山来接。附近的十几个战士也围拢过来。彭总看见这些生龙活虎的小伙子,穿着白衬衣,高高地挽着袖子,露出紫铜色的臂膀,一个个都是这么年轻英俊,心里着实高兴,就同他们道了辛苦,一个一个都亲切握手。

人群中有一个年纪最小的战士,眨巴着一双猫眼,望着彭总笑眯眯的,圆乎乎的脸上还露出两个酒窝。彭总同他的眼光相遇,就笑着问道:

"你这个小鬼,叫什么名字?"

小鬼红了红脸,没有马上答出来。齐堆代他答道:

"他叫杨春,是子弟兵的母亲杨大妈的儿子。"

"你今年多大了?"彭总又问。

"十七了。"杨春说。

"是今年参军的吗?"

"不,是前年秋天参军的。"齐堆又代他说,"他姐姐是个护士,五次战役后牺牲了,他母亲就把他送来参军了。夏季战役以前,他就创造了'百名射手',现在已经是小鬼班的班长了。"

"什么?他是'百名射手'?"

"是的。"

彭总带着惊讶的神气,又打量了他一番,足足看了好几秒钟,然后笑着点了点头。杨春不好意思地低下头去。彭总又问:

"小鬼,这次停战你觉得怎么样?高兴吗?"

"高兴。"杨春答道,"就是有点不够解气。"

彭总很有兴致地望着杨春,有点儿故意逗他:

"我们同朝鲜一共消灭敌人一百零九万人,怎么能说不解气呢?"

"没有把敌人赶到大海里嘛!"

大伙笑起来。

杨春从未见过这样高的首长,开始还有点胆怯,经过一阵谈话,好像已经同彭总很厮熟的样子,两个猫眼眨巴眨巴地望着彭总,认真地问道:

"司令员,我提一个问题行吗?"

杨春的这句话一出口,干部们立刻瞪大了眼睛,从洪川师长直到团干部,面面相觑,不知道这个捣蛋鬼要出什么纰漏。但彭总却兴致不减,立刻笑着说:

"好好,你提。"

"我提的是一个比较大的问题。"杨春舔了舔干裂的嘴唇,"现在已经停战了,我们呼啦一走行吗?"

"你说呢?"

"我说不行。"

"为什么？"

杨春指了指四处荒芜的土地和倒塌的房舍，说：

"你看，帝国主义糟踏成这个样子，老百姓可吃什么呀？我们总得帮助他们搞搞建设再走。"

彭总不觉心中一热，没有想到这个看去还是个孩子的战士，竟同自己想的一样。他又逗他说：

"这样说，你不想你妈啦？"

杨春笑着说："你给我十天半月的假，我回去看看不就行了！"

大家又笑起来。彭总越发觉得这个小鬼可爱，不自觉地上去捏了一下他的脸蛋，颇有感慨地对干部们说：

"革命战争真是锻炼人！他已经能想问题了。"

这时，从师长洪川，直到邓军、周仆、齐堆、陈三全笑嘻嘻的，心里一块石头也落了地。

面前的这座小山，是座长圆形的美丽的小岗子，上面长满了青草野花，还有不少幼松。后面的高山像伸出两只臂膀亲切地拥抱着它，前面还有一道弯弯曲曲的溪流。

彭总朝山上望了望，正要举步上山，齐堆上前拦住说：

"司令员，上面正在掩埋烈士呢，还是不要去了。"

"怎么，人死了就不要去了？"

彭总瞪了他一眼，径自向山上走去。众人也不敢再拦，默默地跟在彭总身后。

彭总一面走，一面察看着墓前的木牌。那些木牌上都分别写着烈士的姓名、年龄、职务和家乡住处。当他发现有几座坟前没有插木牌时，就停住脚步，对齐堆和陈三说：

"这里怎么没有插木牌呀？"

"有一些还没有查清楚。"陈三面有难色地说。

"不要怕麻烦!"彭总说,"可以找他们连队的人来亲自辨认。不是这些牺牲的同志,我们怎么来的胜利?"

他继续向前默默地走着。由于正是炎夏天气,一阵小风吹来,已经传来尸体难闻的气息。这时,团里一个参谋,出于好心,从口袋里取出一个口罩,赶到前面,送给彭总说:

"司令员,请你把它戴上吧!"

彭总一看,脸立刻沉了下来,严厉地说:

"你是什么阶级感情?"

参谋急忙退下,其他人也不敢做声,随彭总来到停放烈士遗体的地方。彭总停住脚步,默默地脱下军帽肃立着,站了很久很久……他很想说,"谢谢你们,亲爱的同志们!亲爱的战友们!不是你们,哪里会有今天的胜利呢!"但是他没有说出来,几点热泪,从他露出白鬓发的面颊涔涔而下……

那边,像白玉屏风般的白岩山,已被夕阳染成金红,显得更加壮丽了。

第十三章　新起点

卫生列车于第二天午夜到达沈阳。郭祥被接到市区的一所部队医院。他睡在软软的床铺上，虽然感到相当舒适，但由于初回祖国，心情过度兴奋，当金红色的阳光刚刚照上玻璃窗，就醒来了。

他不顾伤口的疼痛，挣扎着坐起来，从四楼的窗口贪馋地望着外面的一切。楼下是一座大院子，院子紧临着一条繁华的大街。汽车不绝地来来往往穿梭飞驰。有轨电车，一路闪射着翠绿色的火花，鸣奏着"玎玲玲——玎玲玲"的铃声，仿佛一面走一面嚷："我来了！我来了！"使他觉得很有趣并且十分悦耳。马路两边，是无尽的骑着脚踏车的人，就像流水一般。人行道上行人也不少，穿着白衬衣戴着红领巾的孩子们，更是一群一群的。他们一个个面带欢笑、朝气蓬勃地走着。远处工厂高高低低的烟囱突突地冒着烟，与早晨乳白色的雾气交融在一起。郭祥望着这一切，简直样样感到亲切，感到新鲜，不断默默地念叨着：祖国啊！祖国啊！几年不见，你是变得多么可爱，多么兴旺啊！……此刻如果不是他的腿脚不便，他真会立刻跑到街上去，好好地看一看，走一走，看个够也走个够！

他把眼光收回来，看看院子，有几个人正在扫地。其中一个人身量高大，穿着白底蓝格的病号服，扑下身子扫得十分起劲。郭祥看他的姿势动作，很像乔大夯，就扒住窗口向下冒叫了一声：

"乔大夯同志！"

那人似乎没有听见，还在那里一个劲儿地扫着。郭祥又连喊

了两声,那人才停住扫把,慢悠悠地转过身来,向上一望,郭祥才看清的确是他,就亲切地叫:

"大个儿!大个儿!"

"营长!是你呀!"

乔大夯说着,慌忙扔下大扫把,跑进楼门,不一时,就气喘吁吁地推门进来,着急地说:

"营长!你怎么又负伤啦?"

"嘻,一时不注意,碰着了一点儿。"

"伤重不重?"

"不重!不重!"

郭祥笑着说,一面亲切地握着他那结着厚茧的大手,问:

"大个儿!你的伤怎么样?"

"好啦。"乔大夯憨厚地一笑。

郭祥用怀疑的眼光看了他一眼,说:

"好啦?干吗不让你出院?"

乔大夯又憨厚地一笑。随后坐在床前的小凳上,问:

"这次打到金谷里了没有?"

"打到了。"

"见到阿妈妮了吗?"

"见到了。"郭祥说,"她老人家还问:大个儿为什么没有来。"

乔大夯深感遗憾地说:

"这次全怪我。炸药没放好,还牺牲了几个同志,我也没去成……"

郭祥安慰了他一番,接着问:

"这里还有咱们营的伤号吗?"

"有,有,"乔大夯说,"调皮骡子还在这儿呢,我马上去喊他。"

乔大夯刚站起身,调皮骡子王大发已经推门进来。他没有穿病号服,而是穿着一身崭新的军衣,端端正正地戴着军帽,从头到脚显得异常清洁整齐。他向郭祥很精神地打了一个敬礼。郭祥见他那不在乎劲有了很大改变,不免惊奇,就笑着说:

"调皮骡子,一年多不见,你可大变样儿了!……你这是参加宴会去吧?"

"嗐,你就别提了!"调皮骡子笑着说,"又是给红领巾们作报告去!这一片儿的小学、中学,我差不多快跑遍了。动不动就叫我'钢铁战士',叫得我这心里真吃不住劲儿,脸上也臊乎乎的。同志们经常跟我说,'调皮骡子,你可不能再吊儿郎当了,现在身份不同了。你应该站有站相,坐有坐相,如果再满不在乎,可就是个影响问题。'弄得我跟绳子捆住了似的,浑身不自在。你今天叫我这声'调皮骡子',我心里痛快多了!"

郭祥哈哈大笑,又问:

"你的伤怎么样了?"

"叫我说,早就差不离儿了。可是医生老说不行。说我失血过多,身子弱,要养一阵儿;还说什么'宣传工作也很重要'。这一下可好,把那么红火的一个夏季战役也赔进去了,朝鲜也停战了。其实,我这肠子也就是比平常人短一截儿,无非多解几次手儿,那有什么!"

说到这儿,调皮骡子伸手就去揭郭祥的夹被,说:

"营长!你这伤怎么样了?"

郭祥赶快压住被边,笑着说:

"没啥,也就是碰着了一点儿。"

"哼,碰着了一点儿?"调皮骡子鬼笑着说,"你不是碰着了一点儿,就是摔着了一点儿,再不就是烫着了一点儿!我知道你一入院,这伤就轻不了。刚才我就作了调查研究,听你们一块儿下来的伤员说,你的腿叫打断了,还坐着担架指挥呢!"

"你别听他们瞎咧咧。"郭祥笑着说,"就是骨头碰着了一点儿,也能长上嘛!"

两个人同郭祥一直亲亲热热地谈到开饭才回去。饭后,郭祥刚刚躺下,一个胖胖的医生带着两个年轻的女护士走进来。这位医生约有四十上下年纪,和蔼可亲,一进门就用钦佩和尊敬的眼光端详着郭祥,笑嘻嘻地说:

"你就是郭营长吧?"

"我叫郭祥。"他连忙恭敬地说。

"你就是那个战斗英雄郭祥吧?"两个女护士齐声说,一面用异常钦羡的眼光望着他。

郭祥怪不好意思,红着脸说:

"你们恐怕认错人了!"

"错不了。我们在报上看到过您的战斗事迹,还有照片儿。"一个女护士笑嘻嘻地说,"您还有一个外号,叫'嘎子'吧?"

郭祥红着脸,心里说:

"这些新闻记者怎么搞的?怎么把这些乱七八糟的事全写上了!"

医生一面和他亲切地谈着,一面揭开夹被,让护士解去夹板,检查他的伤势。当护士把一层层的绷带和纱布轻轻解去的时候,医生脸上的笑容顿时消失。他和两位护士交换了一下目光,接着就咬起下嘴唇,皱起了眉头。郭祥见他们的神色不对,就欠起身看了一下,见那条被打断的小腿已经隐隐地呈现出黑色,伤口上好像还冒着气泡,就问:

"怎么样?"

"没……有什么。"医生苦笑了一下,吞吞吐吐地说。

"医生同志,"郭祥郑重地说,"你知道我住过多次医院,负伤不是第一次了,你对我一定要讲真话。"

医生犹豫了一下,脸色沉重地说:

"很可能是气性坏疽,恐怕要施行手术。"

"什么手术?"

"这是很明显的。"

"你是说要截肢吧?"

"是的。这种气性坏疽蔓延开,很快就有生命危险……"

郭祥觉得脑袋轰地一下,耳朵也嗡嗡作响。他沉默了好几秒钟,然后冷静地说:

"那可不成!生命危险我不怕。这条腿你不能给我锯掉。我是在前方工作的,一参军就没有离开过前线!"

"郭营长!这可不能凭主观愿望啊!"医生苦笑了一下,"到现在只能牺牲局部来保存全部!……"

"不成!"郭祥仍然顽强地说,"我不能参加战斗,还要那个'全部'干什么呢!?"

"好,好,我们再慎重地研究一下。"

医生见一时说不服他,只好这样说。

郭祥的"气性坏疽"越来越严重了。每天的高烧都在四十度以上,烧得他终日昏昏迷迷。医院党委经过几次慎重研究,并且征得兵团党委和第五军党委的同意,最后还是果断地作了"截肢"的决定,在一个上午施行了手术。

当他被推回病房,在麻醉状态中醒来的时候,发觉他的一条右腿,已经从膝盖以下截去了。他从此就将与战斗生活永别,再不能到前线去了。想到这里,一种难以形容的痛苦啮嚼着他的心,他用被子蒙住了头……

几位年轻的女护士,哪里能够体察他此刻的心情?尽管说了许多好话,也劝不住他。一位机灵的小护士就悄悄地跑出去,把他的两个老战友——调皮骡子和乔大夯找来。调皮骡子叫了两声"营长",见郭祥蒙着头一语不发,就叹了口气,对护士们说:

"你们别劝他了。你们不知道他的心情,怎么能说到他心里去呢?我跟他在一块儿战斗了好多年,他的特点我是知道的。你们以为,他是因为失去了一条腿就那么难过吗?不是,绝对不是!他是从枪子儿里钻出来的一条硬汉。什么样的伤亡他没有见过?你就是把刀架在他脖子上,他也不会眨一眨眼,掉一滴泪!可是今天,为什么他这么难过呢?这个你们就不懂了。因为他从十五岁上参军,就拿着枪跟敌人干,他从来没有离开过部队,离开过前线。他的志愿就是消灭敌人。他认为,只有跟敌人一枪一刀地干,才是他的生活。只要一打仗,他就来了劲,他苦也吃得,累也受得,本来有病也没有病了,那个精神劲儿,就像鱼儿游在大海里似的。可是今天,你把他的腿锯了,再打起仗来,你叫他怎么到前线上去呢?他难过的就是这个……营长,我说的这话对不?"

说到这儿,郭祥把被子一掀,泪痕满面,紧紧抓住调皮骡子的手,说不出话。

调皮骡子见事情有了转机,又立即接上说:

"营长!你是我的老战友,又是我的老上级。你过去对我的帮助不小。可是也不能光是上级帮助下级,下级也可以帮助上级。尤其今天这个关键时刻,我也得帮助你几句,你说行不?"

"你说吧!"郭祥点了点头。

"叫我说,营长,你这思想也不见得全面。"调皮骡子笑着说,"你说,我们东征西杀是为了什么?是不是为了革命?"

"当然是。"

"那后方工作呢？是不是也是为了革命？"

"当然……也是。"

调皮骡子笑着说：

"对呀！既然前方后方都是为了革命，那么，你为什么就不可以做点后方工作呢？"

乔大夯见是个碴口，也接着温声细语地说：

"什么工作也是一样。营长，碰上这种事儿，你也只好想开一点儿。"

"这个道理我懂。"郭祥叹口气说，"就是我这感情转不过弯儿来呀！"

这时，门外有一个熟悉的声音问：

"他就住在这里吗？"

"对，就在这里。"另一个声音回答。

门被推开，医院的王政委——一个一只胳膊的长征老干部陪着一个人走进来。调皮骡子和乔大夯回头一望，嚯，是自己的团政委周仆到了。他满脸风尘，像是刚下火车的样子。两个人赶快站起来打了一个敬礼，一面兴奋地对郭祥说：

"营长，你瞧是谁来了？"

"政委！"郭祥叫了一声，紧紧抓住周仆的手，热泪不禁夺眶而出。

周仆握着郭祥有些冰凉的手，心中异常激动，但他竭力克制着，伏下身子轻声地问：

"郭祥，你现在觉得怎么样？"

郭祥未及回答，调皮骡子就接上说：

"政委，你来得好巧啊！你赶快劝劝他吧，营长正难过哩！"

周仆叹了口气，说：

"像他这样的人,要他离开前线,离开战斗,怎么会不难过呢?……因为他是一个真正的战士!"

周仆把凳子往床边移近了一些,握着郭祥的手说:

"郭祥同志!你从十四五岁就在我那个连队,我是了解你的。同志们称赞你一贯作战勇敢。你是一生下来就喜欢打仗吗?不是!你一不是为了多挂几个奖章、勋章,二不是为了升官晋级,更不是为了别的虚荣。因为你是一个苦孩子,是从人民的苦海中走过来的,党的教育使你认识了真理。你爱人民爱得很深,你对敌人恨得很深。你懂得,只有用战斗才能解脱人民的苦难;只有彻底消灭敌人,才是你应尽的天职。你的这种品质,我认为是异常可贵的……"

大家都点头称是。周仆停了停,又继续说:

"但是,郭祥同志,你还要更全面地理解我们共产党人的战斗任务。我们的最终目标是实现共产主义;作为第一步,建设社会主义的伟大斗争,已经全面展开了。我们多年来的梦想,今天就要变成现实。比起过去,这是一场更伟大、更艰巨的斗争。阶级斗争还是很尖锐、很复杂、很激烈的。前进的道路还是曲折的,不平坦的。你今天虽然残废了,不能再回到部队工作,但这并不是战斗任务的结束,而是另一种战斗的开始。只不过是战斗岗位的变换罢了。我相信你是一块经过烈火锻炼的真金,放到哪里都是顶事的……"

郭祥的精神顿时愉快了许多,眼睛也显得清爽明亮起来。他低声而诚挚地说:

"好吧,政委,我听你的话:准备接受党交给我新的战斗任务。"

"这就好啰!"医院的王政委也乘机鼓励说,"看起来,这小伙子的脑筋比我灵。想当年我这膀子锯掉的时候,一想不能回前方了,心里那股难受劲儿就别提了,一直哭了三天三夜,谁说也不行!……"

大家笑起来。王政委又说:

"郭祥同志！我听说有一个自称为'突破口'的干部,就是你吧？"

"不是他是谁？"人们笑着说。

"这小伙子真跟我年轻时候一模一样。"王政委带着十分欣赏的笑容对郭祥说,"小伙子！你就下决心,向别的突破口去突击吧！你瞧我,不是干起后勤工作来啦？革命是这么大的事业,需要冲开的突破口还多着哪！"

人们笑起来。郭祥也笑了。

调皮骡子望着周仆说：

"政委！你来得实在太巧了。光靠我们这个水平儿,还真说服不了他呢！"

"老实说,自他负了重伤,我和团长就很不放心。一听师里派人慰问伤员,我就赶快来了。听说军里和兵团部都要派人来看望他。"

说到这里,周仆忽然想起了什么,笑着对郭祥说：

"有人托我件要紧事我差点儿忘了,我还给你带着一封信呢！"

说着,他从上衣口袋里掏出一个淡蓝色的信封,递给郭祥。郭祥一看那熟悉的秀丽的字迹,脸刷地就红起来,赶忙把信塞到枕头底下。调皮骡子诧异地问：

"谁的信哪？"

"这个你们就别问了。"周仆笑着说,"反正是最关心他的人！这是我临上火车,有人跑到火车站交给我的。还一再嘱咐我千万不要丢了,我说：'保证完成任务。'"

人们又哄地笑了起来。郭祥涨红着脸说：

"政委,快别说了,你就饶我一条命吧！"

人们又说笑了一阵,方才离去。郭祥听听人走远了,才从枕头

下摸出信来,悄悄拆开。一瞅第一行字:"亲爱的郭祥同志",脸上一阵发热,看看四外无人,才又看下去:

亲爱的郭祥同志:

我们已经很长时间不见面了。当我在鼓动棚前欢送你们突击营时,我是多么想跟你一块到前边去啊!可是,不仅做不到,而且当着那么多的人,连话也没有跟你说上一句。等你们突破敌人防线的第二天,我们才组织了个小组,踏着你们的脚迹向前挺进。一路上我们看到敌人的狼狈相,真是高兴极了。你负伤的消息,他们一直没告诉我,还是后来我从小报上表扬你坐着担架指挥的新闻里看到的。我问你的伤重不重,他们都说不重,可是我从他们的脸色上发现他们是在瞒着我。这使我很不满意,他们还是瞧不起我!这时候,我真恨不得飞到你的身边。亲爱的同志!你的伤究竟怎么样了?你能把真实的情况告诉我吗?你别拿老眼光看我,认为我还是个孩子。我虽然很幼稚,但革命战争需要付出代价,我还是懂得的。郭祥!我郑重地告诉你:我爱你,不是由于别人的强迫,也不是虚荣的动机,而是对一个真正的战士的倾慕。不管你的伤势多重,只要你一息尚存,我将始终爱你,绝不会有任何改变。亲爱的同志,你就好好地安心静养吧!愿你早日恢复健康!因为政委等着要走,恕我不能多写了。我将遵照你多次的嘱咐,很好地向小杨姐姐学习,沿着她的道路奋发前进!

紧紧地握手!

徐芳
八月一日

郭祥把信读了一遍又一遍,眼泪好几次要滚落下来。眼前老是浮现出徐芳戴着军帽垂着两条小辫的可爱的面影,耳边也响着她那雪花满天飘的歌声。尤其是想到自己的血管里还奔流着她的鲜血,郭祥从心底里腾起一种深深的尊敬和感激之情。但是,越想到她的可爱处,便越发踌躇起来。他明确地意识到,他们的结合以前是可能的,现在却是不可能的,也是不应该的。他怎么能让这么年轻可爱的女孩子,同一个将要奔赴乡村的残废人在一起生活?那将给她带来多少难以想象的不便?即使她出于纯洁的动机甘心乐意,在自己的情感上却是通不过的。他应该比她更理智,比她更想得全面。正因为爱她,就更应当为她着想。他应该立刻写一封信,迅速结束他们之间的关系。他觉得只有这样,才是一个共产党员所应采取的行动……

他决心一定,心头仿佛轻松了许多。接着他就眯起眼睛来琢磨词句。他觉得这封信必须明确果断,同时也要注意不因自己的粗率而使对方感到难过。

世间的词汇很多,总是有选择余地的。虽然郭祥并不善于此道,但是由于他脑子快,聪敏灵活,最后还是想好了。可是,当他欠身从床头柜去取纸笔的时候,却不慎碰着了伤口,疼得他登时出了一身冷汗。他只好躺下来,稍停了一会儿。这时候,女护士进来了。为了避免她耽搁时间,他就假装睡着,打起呼噜来……

一直等护士离去,他才重新挣扎着坐起来,把信写成。第二天一早,他就叫护士把糨糊拿来,亲自封好,贴上邮票,托护士赶快发出。女护士接过信,溜了一眼,笑着说:

"这是给谁的信哪?"

"一位同志。"

"同志?别蒙人了!干吗抓得这么紧哪?"

"你赶快送出去吧!"郭祥说,"我不诓你,确实是一位同志,不过是一个很好的同志。"

第十四章　路

郭祥开刀以后,症状很快消失,体力日渐康复,情绪也越来越活跃了。不到一个月,他已经拄着双拐在院子里走来走去。一天,医院的王政委在院子里碰上他,愉快地说:

"小伙子!我瞧你走得好利索呀!"

"人的情绪一好,伤口也长得快了。"郭祥笑着说,"政委,你还没见我过去爬山那劲头呢,几百公尺高的大山,我嗖嗖地就爬上去了。"

王政委笑着说:

"小伙子,你别急。有个好消息我还忘了告诉你:我已经给上海的假肢工厂去了信,叫他们给你定做一条假腿。虽然做不到爬山'嗖嗖地',也能做到行动方便,如果骑上车子也可以来往如飞了……"

"真的?"郭祥眉飞色舞地问。

"谁还蒙你?"王政委笑着说,"昨天工厂已经来了回信。工人们好热情啊!他们说:为我们的战斗英雄服务,这是无上光荣。我们一定要精工细做,弄得合合适适的,叫他今后飞驰在社会主义大道上。"

郭祥扶着双拐,深为感动地说:

"政委,我非常感激党和群众对我的关怀!最近我想问题想得特别多,感到自己过去的贡献实在太小了。晚上睡不着觉,我就想起,过去有些仗,本来还可以打得更好一些,有些人和事也可以处理得更妥当一些,但是由于自己的水平和学习不够,都没有做到。想到这儿,我是很难过的。现在我既然不能回前方了,就下定决心回农村去！我很想帮助杨大妈办合作社,把汗水洒到家乡,为建设社会主义的农村尽一份力……"

"你这想法,当然很好。"王政委说,"不过,我听说,组织上考虑到你的功绩,准备把你安置到荣军学校……"

"什么？是要把我养起来？"郭祥一惊。

"那里也有工作嘛,可以给大家做做报告。"

"这可不行！"郭祥把拐猛地一蹾,"我是共产党员,不能去享那个清福。"

王政委笑着说：

"这是组织的照顾嘛！"

"不,我不能接受这个照顾。"郭祥恳求地说,"政委,你赶快向上反映一下,我年轻轻的,就像一支蜡烛,才刚烧了个头儿,怎么能就此熄灭了呢？为了党的事业,我决心一点不剩地把自己彻底烧完！"

王政委由于感动,一时无语,沉了一会儿,郑重地说：

"好小伙子！我一定把你的愿望反映上去。"

一个月后,上级批准了郭祥的请求。不久,上海假肢工厂派工人把定做的假肢亲自送来。郭祥一试非常合适。这事给了他很大鼓舞,真是处处感到祖国的温暖。他装上假肢,每天勤奋地练习。有时截肢处磨得红肿了,他还不罢休。乔大夯和调皮骡子就经常来找他说说闲话,下下象棋,打打扑克,以免他练得过度。

这天,闲谈起入朝初期的情况,就扯起陆希荣来。郭祥说：

"这个怕死鬼,不知到哪儿去了！"

"我见过他。"调皮骡子笑着说,"还是狗改不了吃屎!"

"你在哪儿见过他?"

"就在这里!"调皮骡子说,"自从他自伤以后,就送到这个医院。医院的王政委看他参军比较早,还想挽救他。伤好了,就留他在这里当管理员。谁知道这家伙旧习难改,还是拉拉扯扯,吹吹拍拍。我入院的时候,他还在这里。有一天,我看见病房里围着一堆人,叽叽嘎嘎乱笑。我走近一听,原来是他正在那里眉飞色舞地吹嘘他的'过五关斩六将'呢。可笑的是,他把你的事迹也说成是他的事迹。那些不了解情况的伤员,一个个睁大着眼,很钦佩地望着他。我气呼呼的,实在忍不住了,我就说:'陆希荣!我把你好有一比,你这可真叫高山摔茶壶——就剩下一个嘴儿了!'他恼羞成怒,把我大骂了一顿,并且对大伙说:'你们别听他的,他是我们营有名的调皮兵,最落后了。'我说再落后,也没到你那个程度,用革命的子弹在自己身上创造回国的条件!"

乔大夯哈哈大笑。郭祥又问:

"以后呢?"

"到三反五反运动扫尾时,他就被查出来了。"调皮骡子说,"好家伙!群众揭发出来的事儿可真不少!最主要的是,他跟一个国民党军官的姨太太名叫'一枝花'的,不知怎么勾搭上了。他贪污了不少钱,还把祖国人民送给伤病员的慰问品,和前方送来的胜利品,送到那个'一枝花'的家里……"

"真是无耻透顶!"郭祥骂道,"以后呢?"

"以后就把他作复员处理了。再以后就不知道到哪儿去了。"

"这是一个投机分子!"乔大夯说。

郭祥点点头,说:

"对!他还是一个两面派。这种人认识他很不容易。因为他有许许多多假象,包了一层又一层。在他身上,现象和本质往往相反。比方说,他本来对群众、对战士没有感情,可又装出一副非常平易近人、非常关心你的样子;他本来对上级是瞧不起的,时时刻刻想取而代之,可又会装出非常尊重你,非常听话的样子,把你吹捧得非常舒服;他本来对同级想一脚踹到地下,表面上却对你非常热情,使你信赖他,达到以他为首的目的;他本来对战斗是恐惧的、厌烦的,在某种有利时机,也可以脱光膀子,干一家伙;他对革命事业本来就没有热情,一贯虚情假意,但是他在一些场合,又往往发表一些激烈的、极'左'的词句,表现得比谁都要革命……他就是这种人。"

"他到底是想搞些什么呀?"调皮骡子瞪着大眼睛问。

"搞什么? 自然是搞个人的东西,搞个人野心。"郭祥说,"这种人,不是把革命事业看成是千百万劳苦群众闹翻身求解放的伟大事业,而是眼睛盯着一切机会,想把自己变成一个什么'大人物'。他追求的,就是名誉、地位、金钱、权力和所谓的'个人幸福'。这种人,也读马列的书,可是并不用马列的立场观点改造自己的思想,不过是给自己的丑恶思想,插上几根孔雀的羽毛罢了。结果马列词句喊得呱呱叫,灵魂深处,还是资产阶级那一套。这种人自以为聪明,我看迟早是要破产的……当然,他这种思想,和他的阶级出身也有关系。他是出身在一个地主兼官僚的家庭。"

乔大夯和调皮骡子都点头称是。

由于郭祥刻苦锻炼,到十月份,已经能够离开拐杖,走得颇为熟练。他就向院方提出出院。医院领导同意了他的要求。接着又办妥了转业手续。志愿军政治部还专门派了张干事来护送他。出院这天,医院的王政委,乔大夯、调皮骡子以及其他的战友们都到车站为他送行。老战友多年在一起,同生共死,感情无比深厚,今日分手,自然难舍难分,一声汽笛不知催落了多少眼泪!直到火车出站许久,郭祥还不断地回头张望呢。

第二天旭日东升时,列车到达首都北京。郭祥虽是伟大的平津战役的参加者,但是对这座举世闻名的古城,只是匆匆而过,从来没有细细参观过。出国以后,对这座毛主席、党中央居住的都城,自然感情更深了。所以,他和张干事都同意在这里停留两天,好好游览一番。

两天来,他们住在北京卫戍区的一个招待所里,每天早出晚归,游览了好几处名胜。郭祥记得,这座古城刚解放时,满街都是垃圾,一片破败景象,连电车都像走不动的样子。整个城市就像一架破旧不堪的座钟,早就停摆了多年。今天一见,气象完全不同了。整个城市焕然一新,像是从噩梦中醒来,真正焕发了自己的青春。这一切使得他多么高兴啊!尤其是当他站在金水桥上,扶着汉白玉栏杆,望着金碧辉煌的天安门,望着伟大领袖的巨幅画像,望着毛主席每年检阅游行队伍的地方,更使他心潮澎湃,激动不已。深深使他感到遗憾的,就是没有赶上刚刚过去的国庆节,没有亲自看到他老人家。几年来,在国外战火纷飞的战场上,他多少次想念着他,和战友们亲切地谈着他,在睡梦里梦见过他,总想有一天,战争胜利了,能够亲自率领着自己的连队,在天安门前咔咔地走过,接受他老人家的检阅。可惜时机错过了!只有等待来年,再来看他老人家吧!……他在金水桥上站了很久,很久,最后在天安门前拍了一张照片,作为此行的纪念,然后才恋恋不舍地离去。

他们本来只准备在首都停留两天,可是不知谁走漏了消息,第三天就有某中学的青少年请郭祥去作报告。张干事也在旁说,这是宣传工作,推辞不得。谁知一开头不得了,这个中学接着那个中学,这个工厂接着那个工厂,一连五六天,一场接着一场。弄得郭

祥简直脱身不得。这天晚上,郭祥就对张干事说:

"我看咱们溜吧!要这样下去,年底也走不成了。"

张干事因为任务在身,也欣然同意。头天晚上买好了车票,第二天一早,两个人就提着行李,悄悄走出门来。谁知刚走到大门口,就被七八个戴红领巾的孩子围住,他们乱纷纷地问:

"哪一位是郭叔叔呀?"

郭祥笑着说:

"你们倒是要找谁呀?"

"我们要找郭祥,他是战斗英雄,我们请他去作报告。"

郭祥一看又走不成了,眼角一扫,看见招待所一个又高又胖的管理员,正在后面大楼底下和几个人指手画脚地谈论什么,就笑嘻嘻地冲后一指:

"你们瞧,那个又高又胖的就是!"

红领巾们一听,冲着管理员一窝蜂似的拥了过去。这边郭祥向张干事挤挤眼,说了一声"快走!"就急匆匆地出了大门,挤上电车,玎玎玲玲地开向前门车站去了。

红领巾们拥到管理员跟前,拉着他亲热地嚷叫着:

"叔叔!叔叔!您快去给我们作报告吧,我们还没听过您的报告呢!"

"作什么报告呀?"管理员一愣。

"讲战斗故事呀!讲您的英雄事迹呀!讲您怎么打美国鬼子呀!"孩子们七嘴八舌地叫。

"我有什么英雄事迹呀?"

"哎哟!您是战斗英雄,您还没有事迹?叔叔,您就甭客气了!"

"我们知道,英雄们都有这种谦逊的品质。"一个女孩子说。

管理员急得满脑门汗,涨红着脸说:

"我没有到过朝鲜,我哪儿来的英雄事迹呀?你们怕是弄错人了吧?"

红领巾们又是一片声嚷:

"不不,没错儿!您就是郭叔叔!"

"看多会蒙人!还说没到过朝鲜呢!"

"您就去一次吧,一个钟头也行!"

管理员这才知道是把他错当做了郭祥,就扑哧一声笑了,说:

"嘻,我倒是不会蒙人。嘎子才蒙人哩!你们刚才碰上的那个就是郭祥!"

孩子们吵着,笑着,立即追到车站,终于在候车室里找到郭祥。一个女孩子说:

"叔叔!您怎么净蒙人哪?"

"嘻!那也是没法子!"郭祥笑着说,"说老实话,我平常是不怎么蒙人的。"

"哼!怪不得人家叫您'嘎子'!"

郭祥也哈哈地笑起来,说:

"你们别听那个,那都是老战友们逗着玩儿的。"

"不管怎么说,您今天得给我们说一段战斗故事。"孩子们又要求说。

郭祥连连点头答应。一个故事刚说了一半,只见从那边走过一个人来。看样子很像陆希荣。他戴着鸭舌帽,穿着很考究的咖啡色的料子服,皮鞋擦得锃亮,手里提着两个沉甸甸的大提包,好像要找寻一个座位的样子,但是看到郭祥,就匆忙地掉过脸去。郭祥就试探地叫了一声:

"呃,你是陆……"

那人只好掉过脸来,十分尴尬地说:

"噢,是郭祥啊,我刚才没看见你。"

郭祥把身子挪了挪,给他腾了个座位。陆希荣没奈何,只好放下东西,在长椅上慢腾腾地坐下来。他显出一副亲热的样子。但仍然可以听出是上级的口吻说:

"郭祥!你这是到哪儿去呀?"

"回家乡去。"

"回家乡去?回家乡干什么?是探家吗?"

"不,我残废了,不能在部队工作了。"

"唉,你也落了个这!"

陆希荣用同情的口吻说。但在眉梢眼角却流露出一种快意的神情。郭祥一听很不舒服,反问了一句:

"你觉着'落了个这',很不好吗?"

"哪里!哪里!"陆希荣也自觉失言,连忙改口说,"当然,这也是很光荣的!"

说过,他掏出"大中华"烟,虚让了一下,就点着抽起来,边吐着烟,边慢悠悠地晃着腿说:

"你这几年还是当连长吗?是不是提拔了一下?"

"提拔什么!"郭祥说,"光这个连长,我还觉着当不好呢。"

"说实在话,你是吃了文化太低的亏。"陆希荣叹了口气,同情地说,"要是我还在部队,恐怕早就当团长了。听说我过去的通讯员已经当营长了。过去和我一块入伍的人,已经有人当了师长。你很清楚,他们当时的能力并不比我强……"

郭祥听他这一类的话,不知听过多少遍了,要任他说下去,至少要说上两个钟头。就厌烦地打断他的话说:

"你这是到哪里去呀?"

"回西安去。"

"你在西安干什么?"

陆希荣得意地笑了笑,说:

"不瞒你说,我现在是西北潘记皮毛公司的副总经理。"

"哦?皮毛公司?"郭祥惊奇地叫了一声。

"不过,不是一般的皮毛公司。"陆希荣更加得意洋洋地说,"在西北各省,算是数一数二的了。而且是一个奉公守法户。"

"你怎么到了那里?"

"天无绝人之路!"陆希荣愤愤地说,"部队不要我了,又开除了我的党籍,我总要找一条活路嘛!你还记得我们在咸阳住的那家房东潘经理吧,我给人家一说就收留了。干了几个月,潘先生看我很能干,就让我当了副总经理,把女儿也嫁给我了。我这次到北京来,就是同北京的皮毛商店商讨一些业务方面的事情……"

郭祥斜了他一眼,鄙视地说:

"陆希荣!你要好好想想,你怎么能干这个?"

"人总不能在一棵树上吊死!"陆希荣冷笑了一声,"什么事人干不得?我这么多年,对革命忠心耿耿,兢兢业业,吃了千辛万苦,到头来,革命究竟给了我些什么?弄得我一身虱子两脚泡,落了个浑身伤疤,两手空空,最后还说我是什么蜕化变质分子,被糖衣炮弹击中的分子,把我一脚踢出门外……"

郭祥实在忍不住了,把手一挥,也愤然说:

"不是党把你踢出门外,是你背叛了党,是你踩着党的脊梁骨要往上爬!叫我看,同志们说你是蜕化变质分子,被糖衣炮弹击中的分子,都说轻了,你是一个革命事业中的投机商,变成了革命队伍的叛徒!党把你驱逐出去,是一件好事。"

陆希荣受到意外的一击,气得浑身发抖,脸色苍白,两只手哆

哆嗦嗦地提起提包,站起身说:

"好你个郭祥!我不同你辩论。这也不是辩论的地方。咱们就各走各的路吧。但是我可以告诉你,我离开你们是能够生活的,而且我的生活会比你要美满得多!"

说过,他拎起提包狼狈而去。郭祥冷笑了一声,在他背后大声说:

"好,那就过你那美满的生活去吧!人要掉到粪坑里,可就爬不出来了!"

张干事和红领巾们都嘎嘎地笑起来。

"这个人倒是谁呀?"一个男孩子仰着脖子问。

"他当过我们的营长。"

"营长?他怎么会给资本家干事呀?"

郭祥笑着说:

"世界上有些事说奇怪也不奇怪。就好比一泡大粪,大家都说很臭,可是蝇子就觉着很香,一见大粪就嗡嗡嗡,嗡嗡嗡地爬上去。争先恐后,还唯恐赶不上趟儿。"

孩子们又笑起来。大家正催郭祥把故事讲完,候车室已经响起了广播喇叭,到了放行时刻。旅客们纷纷站起来,排成队向站台拥去。一个女孩子噘着嘴说:

"这个人真讨厌!要不是他故事早讲完了!"

郭祥笑嘻嘻地说:

"你们看到的这个故事,不是也很有教育意义么!"

孩子们也站起来,有的抢着帮郭祥拎提包,有的帮他拿大衣,闹吵吵地簇拥着郭祥向站台走去。初升的太阳,照着孩子们一张张红彤彤的笑脸,都像鲜花一般可爱,郭祥把他们的小手攥得更紧了。

第十五章　归故乡

郭祥回到家乡的消息,很快就传遍了全村。这小伙子从小就待人和气,不笑不说话,全村男女老少来看他的,真是一批接着一批,一伙接着一伙,把他那三间小坯屋,挤得风雨不透。窗户底下有一个鸡窝,孩子们挤不进去,纷纷登上鸡窝爬满了窗台。杨大妈怕把鸡窝蹬塌,不断地把孩子们轰下去,可是刚轰下去,接着就又爬得满满的。杨大妈笑着对郭祥妈说:"真是!咱们村哪家娶新媳妇,也没这么热闹呢!"郭祥妈欢喜得不知说什么好。她一遍又一遍地把乡亲们送出栅栏门。温柔的金丝微笑着蹲在灶火坑前帮助烧茶,刚蹲下去,进来的人就把她挤到一边去了。

正忙乱间,外面有一个瓮声瓮气的声音叫道:

"小嘎子!是你回来了么?"

立刻有几个声音接着说:

"老齐叔!人家在外头是营长了,你怎么还叫人小嘎子呀?"

"我不叫他小嘎子叫什么?"那个瓮声瓮气的声音又说,"我跟他爹在一块儿扛了一辈子活,我叫他一声小名,就把他叫小啦?"

郭祥从搭起的窗子往外一看,见齐堆的父亲瞎老齐,正由来凤领着挤进来。郭祥笑着说:

"大伯!你老人家快进来吧!"

瞎老齐挤进来,郭祥连忙给他让了个座位,接着说:

"大伯!我看你这身子骨还挺硬朗哪!"

"硬朗有么用？也不能为国家出力了！"

"那是你的眼不好使嘛！"郭祥笑着说，"这几年日子过得怎么样？"

"不赖！从我记事儿起，没这么舒心过。"瞎老齐说，"这都靠咱们成了社，不犯愁了。依我说，你杨大妈没有少服辛苦。这会儿全村有一半户数随咱们了。"

"这都是毛主席指的道儿。"杨大妈笑着说，"要说咱们服的辛苦，比起志愿军可差多着呢！"

"也不能这么说！"郭祥说："跟敌人一枪一刀地干，那个好办；大妈，你这个仗可不容易！"

"别的好说，就是阶级斗争太复杂！"杨大妈说，"你要向前迈一小步，就得同他们斗争。那些'大能人'，'醉死狗'，后头还站着地主、富农。手段真够毒的。你这一回来，我就更有主心骨了。"

郭祥把手一挥，精神抖擞地说：

"咱们摽着劲干！我这次回来，就没有准备再走。我不信社会主义新农村就建不成！"

"那太好啦！"大妈拍着巴掌说，"把志愿军那股劲儿拿出来，干什么事儿也干得成！"

"这话不假！"人们兴高采烈地说。

"俺家小堆儿怎么样？"瞎老齐冷孤丁地插进来问。

"那是我们的小诸葛。"郭祥称赞说，"这小子忒有心计，早就当连长了。"

瞎老齐心里高兴，但是把嘴一撇：

"哼，连长？我就不信那一百多号人，他带得了？"

"老齐哥，你也别小看人。"一个老头说，"孩子出去，共产党一教育就出息了。你别看今儿个挂着两筒鼻涕，到明天就许变成个战斗英雄!"

屋里掀起一阵笑声。但瞎老齐不笑,仍旧缘着自己的思路思虑着什么,接着又说:

"上回来凤到朝鲜去,我本有心叫他们把喜事办了,可两个人不同意,说是战斗环境儿!这不,已经停战了,也不知道他啥时候回来?"

来凤的脸腾地一下红了,推推瞎老齐说:

"爹!你怎么说话也不看个场合!"

"什么场合?"倔老头子反问,"今儿个我碰见小嘎子,有什么话说不得?"

郭祥笑着说:

"快了!快了!我听政委说,准备叫他回来一趟。"

杨大妈也笑着说:

"老齐哥!这事我给你惦记着哪。等齐堆回来,跟小契那一对儿一块办,来个新式的!"

瞎老齐面露笑容,众人也笑了。郭祥问:

"噢,小契也有对象了,跟谁呀?"

大妈朝金丝一努嘴儿,笑着说:

"你说说,还有谁?"

正在烧火的金丝,微笑着低下头去。郭祥两手一拍说:

"好好,这一来小契别再穿他那个破褂子了!"

众人也笑起来。

郭祥望望屋子里的几个老人,忽然想起本村的百岁老人郭老驹老爷爷,就问:

"咱们村岁数最大的老爷爷还在世吧?"

"前不久才去世了。"杨大妈说,"老人家临去世还念叨你,说我也看不上小嘎子了。"

郭祥叹了口气,说:

"我记得,上次临走,他老人家还拄着拐棍儿送我,扶着我的肩膀说:'小孙孙!好好地打!可别叫那些洋鬼子和国民党再回来!'我老是忘不了他这句话。想不到老人家已经去世了。"

人来人往,从午后直到掌灯时分。吃过晚饭,人又来了许多,直到夜深才渐渐散去。这天,除小契在县里开会,许老秀出车以外,知近亲友都见到了。

这次郭祥家来,母亲自然万分欢喜。可是郭祥也注意到,母亲老是望着他那条伤腿,就知道她为自己犯愁。果然,等人们散去,母亲就走过来,抚摸着他那条腿,心疼地说:

"当娘的知道,要革命就有牺牲。可是,你年轻轻的,没有了腿,以后可怎么办呢?"

"不碍!"郭祥笑着说,"妈,你想想旧社会,像咱们这些人还不是落个狼拉狗啃,现在少条腿算什么!可惜的就是不能再到前方去了。"

说过,他站起身来,故意当着母亲的面,在屋子里咔咔地走了两趟,边走边说:

"妈,你瞧工人们多能!这是他们特意给我做的。待几天,我还要锻炼骑车子呢!"

"嘻,小嘎儿,"母亲说,"你就不想想你已经快二十八了?……"

郭祥知道母亲为自己的婚事担心,故意逗笑地说:

"不碍!不碍!咱们找不到好的,还找不到差的?只要找上个跟咱一个心眼儿的,会给你烙个饼,擀个杂面也就行了。"

母亲见儿子如此乐观开朗,也就宽心地笑了。郭祥乘机转变话题道:

"妈,我上次家来,你不是说想买个老花镜吗?我这次在北京已经给你买了,你看看戴着合适不?"

说着,他从挎包里掏出一个浅蓝色的绒眼镜盒,取出眼镜,擦了擦,把母亲的一绺苍白头发向上理了理,亲自给母亲戴上。母亲伸出手看了看指纹,乐呵呵地说:

"行,行,比李家大娘那副还合适呢!"

第二天,张干事到省委组织部去为郭祥办转业手续。一大早,郭祥就兴冲冲地随着大妈到这个已经办起了两年的"火炬农业合作社"来看望大家。社部办公室,各个生产队,豆腐房,粉房,饲养场都已初具规模。虽然家底还薄,但人们的干劲很足,显出一片兴旺景象。他们在一个牲口屋里看到了肩宽背阔的许老秀。他刚从外面使车回来,正在喂牲口。挽着袖子,肩膀头上搭了块手巾。郭祥喊了一声"大伯",许老秀才转过头来,笑着说:

"我正打算喂完牲口去看你哩!"

大妈歪着头看看太阳,笑着说:

"老秀哥,你光顾你那牲口了,晌午饭你还没吃吧?"

"吃了。"

"吃啦?在哪儿吃啦?"

许老秀笑了笑,算作回答,一面把碎草撒在牛槽里。

大妈对郭祥笑着说:

"这可是个好管家人!出去办事儿,不管恋多大黑,熬多大晌,也是掐着空肚子回来。上回叫他去贷款,吃了块凉山药就走了。一去肚子就稀稀零零地疼。取了票子,就饿得顶不住了。赶到梅花渡,吃自己的吧,自己没有,吃社里的吧,又觉着不合适。就这么一路疼着,呛不住,就掐着肚子歇一畔儿,一共歇了三十多畔儿才回到家。你说说,背着一大捆人民币,就舍不得抽出一张来喝口热汤……"

"你说的,那是社里的嘛!"许老秀捋捋白胡子笑着说。

"那倒是!人都说,老秀真是公私分明。凭这一点,我就有了信心。"大妈又夸奖说,"他当副社长,比自己过日子还细。槽头灯,只怕点得大了;往大车上膏油,只怕蘸得多了;连个鞭梢也不肯买,总是劝社员说:'咱们细着点儿,等将来生产上去了,我再给你买根好的。'……"

"我就是这思想!"许老秀放下竹筛子,用手巾擦了把汗,笑着说,"咱们到啥山,砍啥柴,生活苦一点不要紧,等咱们把社会主义办起来就好说了。"

郭祥看了这株在家乡的土地上破土而出的充满生命力的社会主义幼苗,心里是多么欢喜啊!光辉灿烂的远景,已经出现在自己眼前。一种新的渴望战斗渴望献身的力量,充满了全身,就像在战场上面临着一个新的伟大战役似的。

半个月后,省委组织部派人来到凤凰堡,向郭祥宣布了省委的决定:本县张书记升任地委书记,任命郭祥为县委书记,并即刻到任接受工作。郭祥本来打算协助大妈把火炬农业社办好,这一决定不免出乎意外。

但对杨大妈却是一个天大的喜讯,觉得本县的社会主义事业更加有希望了。

经过一两个月的锻炼,郭祥的车子已经骑得相当熟练。纵然不能说行走如飞,也做到了来去自如。这时,在大清河的两岸,你经常可以看到一个穿着褪色军衣的年轻人斜背着挎包,骑着车子,穿行在那一带乡村里。由于他那特有的群众作风,不要很长时间,已经和群众混得很熟,连小孩子也都亲热地追着他喊"嘎子书记"了。

这天,他正在一个村子工作,有人跑来通知说,部队里来了人,杨大妈要他赶快回到凤凰堡去。郭祥立刻跨上车子,不大工夫就来到大妈院里。还没有进门,就听见屋里传出邓军那洪亮的笑声。进门一瞅,不光邓军,齐堆、杨春全回来了。杨大伯和小契正陪着他们坐在炕上说话。大妈和金丝、来凤在当屋围了一个圈儿正忙着包饺子呢。郭祥向邓军恭恭敬敬地打了一个敬礼,喊了一声:

"团长!你好!"

邓军急忙伸出那只独臂,同郭祥热烈地握手,并且笑着说:

"你这个嘎家伙,来得好快哟!比我这一只胳膊还利索哪!"

"我已经成了哪吒了,"郭祥笑着说,"一行动就踏着两个大风火轮!"

其他人也都抢着同郭祥握手。

郭祥笑嘻嘻地问:

"团长!你们怎么凑得这么齐呀,说回来都回来了?"

邓军还没答言,齐堆从旁提醒说:

"咱们团长已经到师里工作了。"

"我的能力不够!"邓军说,"上级已经答复我喽,先到南京军事学院学习一个时期。我是路过,来看望看望大妈和你,他们也顺便来探探家。当然,还有一点别的事情,我还有一件没有完成的工作……"

"什么工作?"郭祥好奇地问。

"等一会儿,你就知道啰!"

邓军神秘地笑了一笑。

大家多日不见,分外亲热,一面抽烟,一面谈笑。郭祥问起部队和各个老战友的情况,才知道朝鲜停战后,部队移防到三八线以北某地整训。师长已经调到军里任职。周仆也调到师里任师政治委员。团里由孙亮担任团长,老模范任团政治委员。一营营长由齐堆担任,教导员由陈三担任。花正芳任侦察连连长。调皮骡子王大发回队后任三连连长,乔大夯为指导员,"文艺工作者"小罗任副指导员。疙瘩李任二连连长。文化教员李风,因擅长外语,被调到上级机关的联络部门去了。小玲子调到空军学飞行员。小迷糊调到步兵学校学习。此外,小牛、小钢炮、郑小蔫和杨春等仍留在三连,也都担任排长和副排长了。

郭祥听了,点点头,高兴地说:

"好!这些班子配得很硬!叫我看,不管什么敌人再侵略我们,都够他们喝一壶的!"

"反正不能叫他们占了便宜!"小杨春挺挺胸脯,显出一副英勇善战的样子。

郭祥忽然想起了什么,又问:

"咱们的傻五十呢?他现在怎么样了?"

"他也是最后一天负伤的。"齐堆说,"他从医院回来,我们本来想让他复员,可是他哭着说:'我是翻身来的,你们怎么让我复员?'我们又考虑,他资格很老了,想提他当炊事班长;他说:'不行,我这人不愿管人,我还是当炊事员吧!'新兵一来,他又是磨豆腐,又是做粉条,忙着给大家改善生活,挑水的时候,总是一路唱着,干得可欢着哪!"

郭祥想着这些老上级、老战友,一个个的声容笑貌都重现在眼前。他们都是多么可爱,多么亲切啊!可惜的是不能再同他们一起工作了。

郭祥正沉吟间,邓军打开皮包,取出一个小绒盒,掀开盖子,里面是一枚金光闪闪的勋章。邓军递给郭祥,并且郑重地说:

"我还没有告诉你,朝鲜政府已经授予你'朝鲜民主主义人民共和国英雄'的称号,志愿军领导机关也授予你'一级战斗英雄'的称号。这是朝鲜政府授给你的一级国旗勋章……"

郭祥手捧勋章,心情激动,脸色严肃,沉了半晌才说:

"我十分感激朝鲜人民,感激党给我的荣誉。我很明白,这些荣誉,应当归功于我们伟大的领袖,伟大的党和伟大的人民。"接着,他低下头去,像是对大家也像是对自己喃喃自语地说,"我们都是打过仗的人。我们自己最清楚:仗不是一个人打的!在朝鲜我们牺牲了多少好同志啊!他们已经安眠在朝鲜的土地上了。正是他们,用自己的生命才换取了这些胜利……单凭一个人,那是什么事情也做不出来的!哪里会有什么荣誉称号?什么奖章、勋章?"

说到这里,他很自然地想起杨雪,心里不禁热辣辣的,瞧了瞧大妈在场,没有再说下去。

"那是自然。"邓军说,"我们也从来不是为了个人荣誉才去战斗的。"

接着,邓军又从皮包里取出一个红绸子裹着的小包,笑吟吟地说:

"再看看这件礼物吧!这是纪念志愿军出国三周年的时候,金银铁同志亲手交给我的。他再三嘱托我,一定要亲自交到你手里。"

郭祥解开红绸子,里面有两个纸包。打开第一个纸包,原来是一大包暗红色的花子。郭祥问:

"这是什么花子?"

"无穷花。"邓军笑着说,"这是金妈妈特意送给你的。老人家说,我是见不到我的中国阿德儿了,你就把这个捎给他吧,叫他种到他家乡的土里。什么时候无穷花开了,他看见花,他就会想起来还有一个朝鲜妈妈在思念他……"

郭祥的眼睛有些湿润。他小心翼翼地把花子包好,又去解第二个纸包。第二个纸包里包的是一双用黑油油的头发编成的鞋子,乌亮的头发闪着青春的光芒。郭祥不禁心弦颤动,手指也索索地颤抖起来。邓军说:

"这是朴贞淑和小英子用自己的头发编起来送给你的。她们说,就是这样,也报答不了志愿军的恩情!"

郭祥激动万分,含着热泪说:

"朝鲜人民真是太好了!我永远也忘不了他们!他们在那样困难的环境下,同凶恶的敌人不屈不挠地战斗,他们付出了最大的牺牲,流了大量的鲜血。不只是我们用鲜血支援了他们,他们也用鲜血支援了我们,保卫了我们祖国的安全。再没有比鲜血凝成的友谊更珍贵了。我一定按照老妈妈的话,把这些花子种上,让无穷花年年月月地开下去,让我们的友谊世世代代地传下去。至于这双鞋,我不能接受也不敢接受。我建议把它送给我们的党中央,让它给我们两国人民的友谊作个永恒的纪念吧!"

邓军、大妈和全屋的人都点头称是。

这时,金丝她们已经把饺子包好了。大妈到院子里望了望太阳,说:

"已经晌午错了,我看饺子下锅吧!"

"不行,不行!"邓军摇摇头,笑着说,"后面还有一个重要人物没有到嘞!"

"谁?什么重要人物?"郭祥一愣。

齐堆向大家挤挤眼,说:

"可谁也不许说啊,说出来可就没有突然性了!"

大家哄地笑起来,霎时都看着郭祥。弄得郭祥真是丈二和尚摸不着头脑,急火火地问:

"你们这是搞的什么名堂!到底是谁?"

"你猜猜看。"杨春诡笑着说,"一个最关心你的人!……"

"最关心我的人……"郭祥沉吟了一会儿,笑着说,"我知道了,是政委吧?"

大家笑得更厉害了。大妈更是笑得前仰后合,不断地用袖子擦眼泪,最后才止住笑说:

"你这嘎小子,今天倒不灵了。世界上就是政委对你关心哪?"

正在这时,只听窗外有一个清脆的声音说:

"杨大妈是住在这里吗?"

"来了!来了!"大家一片声嚷。

话音没落,徐芳已经站在门口。她仍旧背着一把提琴,也许因为急于赶路的缘故,两颊显得绯红异常。

原来她中途回北京探家,是坐下一趟列车赶来的。

大家纷纷抢上去,同她握手。郭祥犹犹豫豫地向前跨了两步,刚伸出手来,徐芳就背过脸去,眼角上挂着两颗明亮的露珠。

"不要这样!不要这样!"邓军用上级兼长辈的口吻说道,"今天是大喜的日子,可不许哭鼻子喽!"

"是他,是他……对我太不了解了!"徐芳掏出手绢来擦掉了眼泪。

"我们可以批评他嘛!"邓军把那只独臂一挥,"开饭!"

大妈立刻端上酒菜,还特意嘱咐小契说:

"今天是个胜利会,大家凑到一起不容易,你一定要陪他们喝够!听到了吧,就是你喝多了,我也不会骂你。"

"放心吧,嫂子,你包给我就是了!"

小契说着,拿起酒壶来,给每个人都斟得满满的。邓军首先举起杯来,沉思良久,缓慢地说:

"抗美援朝战争,现在已经胜利了。这是一个伟大的胜利!意义很不简单嘞!它捍卫了朝鲜的民族独立,保卫了祖国的安全,并且推迟了世界战争的爆发,真正保卫了世界和平。回想当时,这场战争,对我们刚刚诞生一年的新中国,是多么严重的考验哪!"他望望墙上的毛主席像,感慨地说,"但是,这场考验,终于在党中央、毛主席的英明领导下,胜利地度过了。我们和朝鲜人民一道,在世界人民的支持下,不仅赢得了战争的胜利,而且大大推进了我们国家的建设,开始了建设社会主义的伟大事业。这场考验再一次证明,我们的党和军队是伟大的,我们的人民是伟大的,他们蕴藏的革命精力是无穷无尽的。是永远不可战胜的。任何凶恶残暴的敌人,不管它拥有什么武器,妄想征服我们都是办不到的!"

他因为激动,斟得过满的酒不断洒落下来,接着又说:

"但是,在战争开始的时候,愚蠢的敌人并没有认识到这一点。尽管我们的周总理向他们提出了严重警告,他们还是认为我们软弱可欺,认为我们不敢出兵。他们都是唯武器论的可怜虫,以为凭借他们的优势武器,就可以为所欲为,征服别人的国家。他们错了,他们忘记了今天的中国已经不是昨天的中国,今天的东方也不是昨天的东方!中国人民已经站起来了!任何想称霸世界的人,妄图宰割我们的时代已经一去不复返了……"

说到这里,他停了停,望了大家一眼,又深情地告诫说:

"可是,同志们!我们可千万不能丧失警惕!经过这一次战争,是不是就不会再爆发战争了?敌人是不是就从此甘心了,再不轻举妄动了?不会的!只要帝国主义制度还存在,只要阶级还存在,战争就是不可避免的。在我们前面,还会有艰巨的斗争,还会有严重的考验。我们决不能存有和平幻想和侥幸心理。我们必须加强准备。只有准备充分,才能立于不败之地!不但我们这一代人,我们下一代、下两代……同样要有充分准备。一旦战争的风暴袭击过来,我希望我们的年轻人,能像抗美援朝的英雄们那样,英勇献身,前仆后继,再一次经得起严重的考验。我相信,他们为了祖国人民的利益,为了世界革命的利益,是会做到这一点的!"

邓军说过,将满满的一大杯酒,一饮而尽。接着,郭祥、大妈、小契、齐堆、杨春等人,也都在激动的心情中,纷纷将酒喝干。邓军望着徐芳,建议说:

"小徐!今天机会难得,把你那《刘胡兰》选曲,再来上一段吧!"

大家都拍手赞成。徐芳也不推辞,立刻取出提琴,站在当屋演奏起来。也许因为她心情激动的缘故,今天的琴声显得格外激越和高昂,立刻又把大家带回到那严峻的战争年代。大家好像又看见漫天飞舞的雪花,交织着朝鲜战场上的火光。郭祥宛如处在战斗前夕一样,力量顷刻充满全身,恨不得立刻冲上前去,要求一项最繁重、最艰巨的战斗任务……

第一部至第四部第九章
写于一九五九年——一九六五年春。
第四部第十章至第六部
写于一九七四年——一九七五年秋。

重印后记

丁玲同志逝世已经十二年了。她在经历多年坎坷复出后的第一篇文章,就是《我读〈东方〉》。这一深情的崇高的勉励,使我铭感难忘。因此,借本书重印之机,将此文作为代序置于卷首,以表示我对这位前辈杰出的革命作家长远的怀念。

魏 巍

1998 年 2 月 20 雨雪之日